AF764850

सफलता
के मायने

अशोक कुमार

सफलता के मायने

अशोक कुमार

अंजुमन प्रकाशन
इलाहाबाद

सफलता के मायने (सेल्फ हेल्प)

प्रकाशक : **अंजुमन प्रकाशन**
942, मुट्ठीगंज, इलाहाबाद-3 उत्तर प्रदेश, भारत
website - anjumanpublication.com
E-mail : contact@anjumanpublication.com

आवरण : श्री कम्प्यूटर्स, इलाहाबाद
टाइप सेटिंग : श्री कम्प्यूटर्स, इलाहाबाद
संस्करण : प्रथम, 2018
ISBN : 978-93-86027-89-4

माता-पिता

श्रीमती पुण्यवासी देवी एवं श्री राम बूझभारती

को सादर समर्पित

भूमिका

'सफलता के मायने' नवोदित साहित्यकार अशोक कुमार जी की प्रथम कृति है, जिसमें लेखक ने जीवन में सफल होने के राज़ को खोलने का प्रयास किया है। सरल व्यक्तित्व के धनी अशोक कुमार जी के अत्यंत उपयोगी एवं मर्मस्पर्शी विषयों पर लेखन से समाज व देश लाभान्वित होगा। एक तरफ लेखक ने जहाँ जीवन में सफल होने के रहस्य पर प्रकाश डालने का प्रयास किया, वहीं दूसरी तरफ असफलताओं के कारण को भी ढूँढ़ने का प्रयास किया है।

यकीनन यह पुस्तक सिर्फ विद्यार्थियों के लिए ही नहीं बल्कि उनके माता-पिता या अभिभावक के लिए भी बहुमूल्य साबित होगी,क्योंकि किसी भी व्यक्ति के सफल होने में उनके माता-पिता का अहम योगदान होता है

मुझे यकीन ही नहीं अपितु पूर्ण विश्वास है कि यह पुस्तक हर व्यक्ति खासकर विद्यार्थियों एवं युवावर्ग के हौसलों को उड़ान देगी और सफल होने में कारगर सिद्ध होगी।

हिन्दी साहित्य की खासी समझ रखने वाले लेखक अशोक कुमार जी ने इस पुस्तक में अपनी लेखनी के माध्यम से पाठकों को प्रभावित एवं लाभान्वित करने में कोई कोर-कसर नहीं बाकी रखी है। निःसंदेह, लेखक का उज्ज्वल साहित्यिक भविष्य उनकी बाट जोह रहा है। 'सफलता के मायने' की सफलता हेतु मेरी हार्दिक शुभकामनाएँ।

रणजीत कुमार 'शेखपुरी'
(कवि/शायर/गीतकार)
ग्राम व पोस्ट-ऐफनी
जिला-शेखपुरा (बिहार)

अपनी बात

सफलता-असफलता के मायने प्रत्येक व्यक्ति के लिए अलग-अलग होते हैं; कोई व्यक्ति अपनी नज़र में सफल हो सकता है, परन्तु वह दूसरों की नज़र में एक असफल व्यक्ति हो सकता है। मान लीजिए कोई व्यक्ति अपने बच्चे को डॉक्टर या इंजीनियर बनाना चाहता है और उसके लिए वह अपने बच्चे को सारी सुविधाएँ मुहैया कराता है, परन्तु उसका बच्चा बैंक में जाना चाह रहा है; वह उपलब्ध सुविधाओं का उपयोग अपने ड्रीम जॉब के लिए कर रहा है और एक दिन जब उसका चयन बैंकिंग क्षेत्र में हो गया तो, उस समय वह निश्चित ही अपनी नज़र में एक सफल व्यक्ति बन गया परन्तु अपने पेरेन्ट्स की नज़र में उस छात्र की सफलता का मूल्यांकन कम है या यों कहें, उसने पेरेन्ट्स की नज़रों में केवल नौकरी प्राप्त की है न कि सफल व्यक्ति बनकर उभरा है।

सफलता-असफलता के गूढ़ रहस्यों की तलाश करते हुए मैंने अपने अनुभव से छात्रों के जीवन पर पड़ने वाले विभिन्न प्रभावों का इस पुस्तक में समावेश किया है; मुझे पूर्ण विश्वास है कि यह पुस्तक छात्रों, अभिभावकों एवं शिक्षकों द्वारा पढ़ी जायेगी।

इस पुस्तक के दूसरे भाग में विभिन्न प्रकार के पाठ्यक्रमों का परिचय संक्षेप में दिया गया है, जिससे छात्र अपनी पसंद के अनुसार अध्ययन कर सकते हैं... साथ ही साथ उन पाठ्यक्रमों के अध्ययन से किस प्रकार के रोजगार का सृजन होता है, इस बारे में भी विस्तार से बताया गया है, जिससे छात्र अवश्य ही लाभान्वित होंगे।

सफलता की कोई तय मंजिल नहीं होती; उसे खुद ही तय करना पड़ता है और जब तक उस मंजिल पर पहुँच न जायें चलना ही पड़ता है।

- अशोक कुमार
adiak1978@gmail.com

अनुक्रम

सफलता का मार्ग

मैं अक्सर न्यूज पेपर में पढ़ता हूँ कि अमुक छात्र जो कई सालों से प्रतियोगी परीक्षाओं की तैयारी कर रहा था, और अथक प्रयास करने के बावजूद सफलता नहीं मिली तो अपने कमरे में फाँसी के फंदे से झूलता मिला।'' इसी तरह राजेन्द्र ने परीक्षा में फेल होने की वजह से आत्महत्या कर ली। इस तरह की ढेरों खबरें करीब-करीब हर महीने सुनने को मिल जाती हैं। मैं काफी दिनों से इस तरह की खबरों पर विचार कर रहा था, कि आखिर लोग ऐसा क्यों करते है? क्या उनके पास आत्महत्या की वजह उनकी केवल असफलता ही थी या कुछ और? आदि ढेर सारे प्रश्न मेरे दिमाग में उठते रहते हैं।

मैं सोच में पड़ जाता हूँ कि सफलता और असफलता क्या है?

इसका उत्तर भी बहुत सरल है। हम जिस चीज की कामना करते हैं और उस चीज को प्राप्त कर लेते हैं तो सफल कहलाते हैं, पर यदि हम उस चीज को नहीं प्राप्त कर पाते तो असफल हो जाते हैं।

मैं आज इसी सफलता और असफलता को समझने की कोशिश करूँगा और इसको समझने के लिए Scientific Approach रखूँगा, और विज्ञान की दृष्टि से इसको समझाने की कोशिश करूँगा। मेरी यह सफलता और असफलता की Analysis उन लोगों के लिए, उन विद्यार्थियों के लिए है, जो किसी न किसी वजह से हिम्मत हार बैठते हैं और इस तरह से हतोत्साहित हो जाते हैं कि उनके मन में आत्महत्या तक की भावना जागृत हो जाती है; शायद मेरा यह लेख पढ़कर उनके मन में कुछ आशा का संचार हो और वे लोग अपने जीवन से नकारात्मक सोच हटाकर सकारात्मक दृष्टिकोण विकसित कर सकें तो यह मेरे लिए बहुत बड़ी बात होगी।

Arise, Awake till goal is not reached

सफलता-असफलता को प्रभावित करने वाले कारक, इंसान के जीवन में कुछ ऐसे कारक होते हैं, जो उसकी प्रत्येक गतिविधि को प्रभावित करते हैं; इनमें से कुछ कारक हैं जो जीवन में एक सफल व्यक्ति के रूप में स्थापित करने में उसकी मदद करते हैं, जो निम्नलिखित हैं -

1. लक्ष्य निर्धारण
2. लक्ष्य को पूरा करने के लिए सतत प्रयत्न
3. लक्ष्य प्राप्त करने के बाद की स्थिति/लक्ष्य अधूरा रहने के बाद की परिस्थिति

लक्ष्य को प्रभावित करने वाले कारक

1. व्यक्ति का घरेलू परिवेश
2. संगी साथी
3. स्कूल कॉलेज, कोई संस्थान
4. सामाजिक स्थिति
5. स्वास्थ्य

सफलता - असफलता क्या है?

सफलता क्या है? क्या केवल हमने जो लक्ष्य निर्धारित किया है, और उसको प्राप्त कर लिया है, तो हम सफल हो गए? क्या लक्ष्य प्राप्ति के बाद हम संतुष्ट हो गए और उसके बाद हमें किसी और चीज की जरूरत नहीं? इत्यादि बहुत सारे प्रश्न हैं जो हमारे जीवन से जुड़े हैं। इन प्रश्नों की गहराई में जाने पर हमें ज्ञात होता है कि हमारा सफलता का मानचित्र, हमारी आयु और हमारे सोच की वजह से हमेशा बदलता रहता है और सफलता का पैमाना हमारी आखिरी साँस तक हमको अपने अनुसार नचाता रहता है।

एक छोटा बच्चा; उसको केवल माँ का दूध चाहिए; वही उसके लिए सबसे बड़ा सुख है। जब वह थोड़ा बड़ा होता है और उसको स्कूल भेजा जाता है तो उसके लिए सबसे बड़ी खुशी की बात होती है कि वह कितना जल्दी स्कूल से घर आ जाए और उसके लिए पढ़ाई-लिखाई किसी बोझ से कम नहीं होती और स्कूल जाना किसी प्रताड़ना से कम नहीं...पर धीरे-धीरे समय के साथ उसका मन स्कूल में लगने लगता है। जब वह देखता है कि उसके जैसे बहुत सारे बच्चे स्कूल में आते हैं, और पढ़ने के अलावा आपस

में खेलते हैं, बातचीत करते हैं; तब वह धीरे-धीरे उन बच्चों के करीब आता है, जिनमें उसे आत्मीयता की झलक नजर आती है और तब वह बात करना शुरू करता है। उसके बाद दोस्ती हो जाती है। पर इस दोस्ती का मतलब केवल स्कूल में मौज मस्ती करना या अपना काम अधूरा रह गया है तो दोस्त से पूरा करवाना, या उसकी मदद करना भर है। इस उम्र तक के ज्यादातर बच्चों का लक्ष्य किसी भी प्रकार खेलना और खेलना होता है; वही उनका मनोरंजन है, वही उनकी सफलता है; और यदि उनको खेलने को न मिला तो यह उनके लिए असफलता है, जिसकी वजह से वे उदास हो जाते हैं या कभी-कभी रोने लगते हैं। पर उदास होना या रोना क्षणिक होता है, और उनके मनःस्थिति को ज्यादा प्रभावित नहीं करता, पर इस तरह की Prolong स्थिति उनके व्यक्तित्व को प्रभावित करती है, क्योंकि खेलना बच्चों की स्वाभाविक प्रक्रिया है; जैसे पानी हमेशा ऊपर से नीचे की ओर बहता है, उसी तरह बच्चों का खेलना न सिर्फ उनके स्वास्थ्य को प्रभावित करता है, बल्कि उनके आत्मसम्मान को बढ़ावा देता है और यही वजह है जो बड़े-बड़े शिक्षाविद् Play way Method को ज्यादा महत्त्व दे रहे हैं।

यदि बच्चे को उसके स्कूल में पर्याप्त सुविधा मिल रही है, जिसमें उसका सर्वांगीण विकास हो रहा है, तो बालक के अंदर आत्मसम्मान की भावना का विकास होने लगता है और उसे अहसास होने लगता है कि उसका भी महत्त्व है; उसको जानने-समझने वाले लोग घर के बाहर भी मौजूद हैं, जिससे वह बहिर्मुखी स्वभाव का बनने लगता है, और इसी बाह्य समाज के साथ समायोजन से ही उसके व्यक्तित्व का विकास होना है। बाह्य जगत में विचरण करते हुए वह विभिन्न चीजों के बारे में सूचनाएँ और ज्ञान संग्रह करता है और वह निश्चय ही जानना चाहेगा कि जीवन की वास्तविकता क्या है? बालक की मानसिक क्षमताएँ ज्यों-ज्यों बढ़ती जाती हैं; उसमें प्रौढ़ता की भावना आती है और उसे अनुभूति होती है कि उसका जीवन के प्रति क्या उत्तरदायित्व है।

उत्तरदायित्व की भावना का विकास हो जाने पर वह चीजों को अपने नजरिए से देखने लगता है। स्कूल में पढ़ाई-लिखाई के साथ-साथ विभिन्न प्रकार के खेलों का आयोजन, बालक के अन्दर सफलता-असफलता का बोध कराते हैं।

वार्षिक परीक्षाओं में अच्छे अंक लाकर; पास होकर दूसरे कक्षा में जाने पर बालक को न केवल उसके माँ-बाप द्वारा, बल्कि उसके अध्यापक द्वारा भी बालक को शाबासी देना या कोई पुरस्कार देना, बालक के अंदर के अहम को जगाता है और वह प्रसन्नचित हो उठता है कि उसने कुछ ऐसा 'अच्छा' काम किया है जिसकी वजह से सब लोग उसकी तारीफ कर रहे हैं, और यहीं से उसके सफलता की यात्रा शुरू होती है।

विभिन्न प्रकार के खेलों में जीत हासिल करना और अपने दोस्तों को पछाड़ना, बालक को असीम ऊर्जा से भर देता है और उसके अंदर यह भावना विकसित होने लगती है कि मैं सबसे आगे हूँ।

वहीं दूसरी ओर यदि बालक के अच्छे अंक नहीं आते और यदि फेल हो जाता है, तो बालक के माँ-बाप उसे खूब डाँटते हैं और यदि डाँटते नहीं भी हैं, तो कहते हैं कि बेटा तुम्हारा नंबर अच्छा नहीं आया, पर तुम्हारा दोस्त तो बहुत अच्छा नंबर पाया है; तुम दिन-रात केवल खेलने में लगे रहते हो, तुम्हारा पढ़ने में मन नहीं लगता है; तुम्हें अब चॉकलेट नहीं मिलेगा, खिलौना नहीं मिलेगा आदि-आदि। इस तरह बच्चे के अंदर यह भावना आती है कि उसने सचमुच कुछ गलत किया है, जिसकी वजह से सब लोग उससे इस तरह से बात कर रहे हैं और यदि इस तरह की बात उसे अक्सर सुनने को मिल जाती है तो उसके अंदर हीनता की भावना आ जाती है और उसे अहसास होने लगता है कि मैं कमजोर हूँ, मैं अच्छे से नहीं पढ़ सकता। तब वह पढ़ाई से जी चुराने लगता है और वह प्रयत्न करता है कि जो उसे इस तरह की बात सुना रहा है, उसके पास कम से कम जाए।

परीक्षाओं में अच्छा नंबर न आने पर अक्सर माँ-बाप या अध्यापक बच्चों को डाँटते-फटकारते है और उसके ऊपर दबाव बनाने की कोशिश करते हैं ताकि वह पढ़ाई में ज्यादा ध्यान दें; पर उन्हें यह समझ में नहीं आता कि आखिर बच्चा पढ़ाई में क्यों पिछड़ रहा है? उसके पीछे क्या कारण हैं? क्या पढ़ाई बच्चे के अनुरूप नहीं हो रही है? बच्चे के अनुरूप का मतलब बच्चे को पढ़ाने के लिए उसी स्तर पर जाना होता है, जो अक्सर अध्यापक या माँ-बाप नहीं कर पाते। अध्यापक के पास तो 40-60 विद्यार्थी होते हैं और क्लास में सभी विद्यार्थियों की क्षमता एक सी नहीं रहती। यदि किसी

Topic को अध्यापक ने समझाया और उसके बाद उससे सम्बन्धित प्रश्न पूछे, तो उसमें अधिकांश बच्चे सही उत्तर दे देते हैं, तो उसे लगता है कि बच्चों को वह Topic समझ में आ गया; पर जो बच्चा किसी चीज को थोड़ी देर में समझता है, उसे तो कुछ समझ में नहीं आता। इस तरह पूरा का पूरा कोर्स पूरा हो जाता है, पर बच्चा कोर्स से बिल्कुल अनभिज्ञ रहता है, जिसकी वजह से वह पढ़ाई में पीछे हो जाता है। माँ-बाप के पास बच्चा ज्यादा रहता है। माँ-बाप का फर्ज है कि अपने बच्चे को अच्छी तरह समझें और उसकी तुलना दूसरे से न करें। इस प्रकार बच्चे की कमी पता लगाकर उसे दूर करने का प्रयास करें, तभी बच्चे के अंदर पढ़ाई के प्रति इच्छा जागृत होती है, अन्यथा वह पढ़ाई से जी चुराने लगता है और धीरे-धीरे उसके अंदर यह प्रवृत्ति घर कर जाती है और यहीं से उसके अंदर हीनता की भावना पैदा हो जाती है, जो उसके लिए बहुत ही नुकसानदायक है। इस तरह उसके अंदर एक ऐसा भाव प्रकट होता है जो उसे सदैव पीछे रहने को प्रेरित करता है, जिससे वह सोच लेता है कि मैं आगे नहीं बढ़ सकता।

मेरा पढ़ने में मन नहीं लगता, मुझे English, Maths, Science से डर लगता है; नंबर कम न आने पर पापा-बहुत ज्यादा डाँटेंगे ही, इससे ज्यादा क्या कर सकते हैं। Teacher को तो हर बात में डाँटने की आदत है, वो मेरी बुराई पापा-मम्मी से करेंगे ही।

इस तरह से जीवन के प्रति एक negative attitude develop हो जाता है, जो इंसान को असफलता के मुहाने पर लाकर खड़ा कर देता है। हमारे जीवन की धुरी हमारी पढ़ाई है। यदि हम पढ़ाई में अच्छा करते हैं तो हम भावी जीवन के बारे में सकारात्मक सोच रखते हैं और यदि पढ़ाई में अच्छा नहीं कर पा रहे, तो जीवन के प्रति एक नकारात्मक सोच पैदा होने लगती है, जो हमें नकारात्मक ऊर्जा से भर देती है।

बाल्यावस्था तक बालकों में खेल की क्रियाओं की प्रचुरता पायी जाती है। इस अवस्था में उनके अंदर समूह भक्ति (Loyalty to Group Gang) तीव्र होती है, इसके कारण समाज और उसकी संस्थाओं में संघर्ष होता है। समूह के नेता का सम्मान करने के लिए बालक अपने माता-पिता और अध्यापक से संघर्ष कर बैठता है। उसके अंदर बहुत सारी भावनाओं

का विकास होता है और यदि बाल्यकाल में बच्चों को उनके स्तर के अनुरूप उनकी ऊर्जा को सही दिशा प्रदान कर दी जाए तो वह निश्चित ही अपने जीवन में एक सफल व्यक्ति बनेंगे।

सफलता-असफलता का बीज बच्चों में माँ-बाप और अध्यापक ही डालते हैं और उनका केवल एक ही पैमाना होता है कि उनका बच्चा पढ़ाई में सबसे आगे रहे और वह हर कक्षा को Top करे। इस तरह की सोच हर माँ-बाप की होती है...और इस तरह सफलता-असफलता का पैमाना, बच्चों का पढ़ाई में क्या प्राप्तांक आया है, उस पर निर्भर करता है; न कि बच्चे के व्यवहार या उसके आचरण पर। कभी-कभी कोई बच्चा किसी खेल में बहुत अच्छा होता है, पर यदि वह अपने क्लास में अच्छा अंक नहीं पाता तो इसके लिए उसे खेल में अच्छा Performance देना काम नहीं आता।

बाल्यकाल तक बच्चों के अंदर सफलता या असफलता का मतलब केवल खेलना है। वे जब भी मौका पाते हैं, खेल में मशगूल हो जाते हैं, या टीवी पर कार्टून देखने लगते हैं; उनके लिए परीक्षा का ज्यादा महत्त्व नहीं रहता। उनकी नजर में पढ़ाई तो माँ-बाप द्वारा थोपा गया एक बोझ है। वे यह नहीं समझ पाते कि यही उनके आगे बढ़ने का जरिया है। बस वह इससे जी चुराने की कोशिश करते हैं। क्लास 8 तक तो इनको पास या फेल से भी कोई ज्यादा मतलब नहीं रहता; बस वह वही करते हैं जो उनके माँ-बाप या अध्यापक बोलते हैं या मार्ग दिखाते हैं। यदि माँ-बाप या अध्यापक, बच्चों के फेल होने पर उन्हें कुछ न कहें तो अधिकांश बच्चों को यह भी नहीं एहसास होगा कि वो फेल हो गए हैं। कहने का मतलब यह कि पास-फेल की परिभाषा केवल बड़े जानते हैं और वही बच्चों में यह भावना Induced करते हैं, वो पास हैं या फेल हैं। यानी सफलता-असफलता का पाठ, पास और फेल से शुरू हो जाता है।

बाल्यकाल में बालक को प्रभावित करने वाले कारक, जो उसके शैक्षणिक जीवन को प्रभावित करने के साथ-साथ उसके व्यक्तित्व को भी प्रभावित करते हैं, वे निम्नलिखित हैं।

1. अनुवांशिकता - माता-पिता के गुणों का प्रभाव बालकों के संवेगों पर पड़ता है। अधिकांश बालक अपने माता-पिता की भाँति व्यवहार या

आचरण करते हैं और इनमें बहुत सारे गुण अपने पूर्वजों से ही पाते हैं।

2. पर्यावरण - पर्यावरण का हमारे जीवन में बहुत ही ज्यादा महत्त्व है। हमारे आस-पास की हर चीज हमें प्रभावित करती है और इसका बालकों के सामाजिक मानसिक शैक्षणिक विकास पर बहुत ही ज्यादा प्रभाव पड़ता है। पर्यावरण में कई बातें होती हैं -

अ) परिवार का पर्यावरण :- घर का जैसा पर्यावरण होता है, वैसा ही बालक का संवेगात्मक विकास होता है। यदि घर के सभी लोग आपस में प्रेम और भाईचारे से रहते हैं और उनके बीच परस्पर सौहार्द है, तो बालक में भी इसी प्रकार की भावना का विकास होगा और वह हर जगह शांति और सोहार्दपूर्ण वातावरण में रहना पसन्द करेगा। इसके विपरीत यदि घर के वातावरण में क्लेश है; लोग बात-बात पर झगड़ने लड़ने लगते हैं, तो बालकों में भी झगड़ालू प्रवृत्ति पनप जाती है।

ब) परिवार की परिस्थिति - आर्थिक, सामाजिक व नैतिक, सांस्कृतिक परिस्थितियाँ बालक के विकास पर प्रभाव डालती हैं।

स) विद्यालय का पर्यावरण :- विद्यालय का पर्यावरण, बालकों को परिवार के बाद सबसे ज्यादा प्रभावित करता है। अधिकांश आदतें और व्यवहार बालक, विद्यालय से ही सीखता है।

3. स्वास्थ्य - शारीरिक एवं मानसिक दोनों प्रकार के स्वास्थ्य का प्रभाव बालक के विकास पर पड़ता है, बीमारी के कारण चिड़चिड़ा होना एक उदाहरण है। असंतुष्ट बालक लड़ाकू होता है।

4. सामाजिक स्वीकृति - समाज में सम्मान न मिलने पर कुंठा का विकास होता है; इससे संवेगात्मक विकास अनियमित हो जाता है और मानसिक विकास रुक सा जाता है।

5. बुद्धि - बुद्धि एक जन्मजात क्षमता है। कुछ व्यक्ति जन्म से ही बुद्धिमान होते हैं और कुछ जन्म से ही मूर्ख। यह क्षमता वंशानुक्रम द्वारा प्राप्त होती है। बुद्धि कम होने से संवेगात्मक संतुलन नहीं हो पाता है और विकास भी रुक जाता है; इसके विपरीत तीव्र बुद्धि के कारण संवेगात्मक

विकास उचित रूप में होता है।

ये सब कारक हैं, जो बालक के व्यक्तित्व को तो प्रभावित करते हैं, जिनको हम जानते हैं; पर सबसे ज्यादा और प्रभावशाली कारक तो बालक खुद ही है; उसकी सोच है, उसकी अन्तर्दृष्टि है, जिससे हर चीज को अपने नजरिए से देखता और समझता है। मैं इसको एक कहानी से समझाने की कोशिश करता हूँ।

श्याम की कहानी

श्याम एक बेहद गरीब घर का लड़का है। उसके माता-पिता दिहाड़ी मजदूर हैं। श्याम के तीन भाई-बहन हैं, जिनमें श्याम का दूसरा नंबर है। श्याम, क्लास 8 का छात्र है। उसका बड़ा भाई कक्षा 10 में है और बहन छोटी है, जिसकी उम्र चार साल है। श्याम के माता-पिता हाड़-तोड़ मेहनत कर अपने दोनों बच्चों को गाँव के स्कूल में भेजते हैं। उनका सपना है कि उनके बच्चे उनकी तरह मजदूरी न करें और पढ़-लिखकर अपने पैरों पर खड़े हो जाएँ। श्याम और उसका भाई नरेश, दोनों रोज स्कूल साथ-साथ जाते और आते हैं। श्याम, पढ़ने में बहुत अच्छा नहीं था, वह स्कूल केवल भयवश जाता है, ताकि घर में डाँट न पड़े और चूँकि बड़ा भाई भी साथ में जाता है, तो मजबूरन उसे भी स्कूल जाना पड़ता है। कुल मिलाकर वह पढ़ाई से जी चुराने की कोशिश करता रहता है, जबकि उसके उलट उसका भाई पढ़ने में ठीक है, और Exam में अच्छे अंक लाकर पास होता आया है। एक दिन की बात है। श्याम की तबियत खराब हो गयी। वह उस दिन स्कूल नहीं गया। वह घर पर ही रह गया। चूँकि श्याम की तबियत ज्यादा खराब थी, तो उसकी माँ भी उस दिन मजदूरी करने नहीं गयी, उसके पिता ही गए। दोपहर का वक्त था। श्याम, दवा खाने के बाद थोड़ा अच्छा महसूस कर रहा था, तभी अचानक घर के बाहर कुछ लोग आए। उनमे से एक ने जोर से आवाज दी, "ऐ सुनीता! (जोर से) ऐ सुनीता!" श्याम की माँ दौड़ते हुए बाहर आयी और बोली- "क्या हुआ सॉब?"

आदमी - तू आज क्यों नहीं काम पर आयी?

श्याम की माँ- सॉब, श्याम को बहुत तेज बुखार था।

आदमी- अच्छा ठीक है, पर कल से जरूर काम पर अइयो, नहीं तो दोनों को काम से बाहर कर दूँगा।

और फिर वह आदमी अपने दोस्तों से बातें करते हुए चला गया। जब वह चला गया तो श्याम ने पूछा, कौन था? तो उसकी माँ बोली, बेटे, वह हमारे मालिक का बेटा था, जहाँ पर हम लोग काम करने जाते हैं। श्याम को तो पहले ही पता था कि उसके माता-पिता दोनों मजदूरी करके उन सबका पेट पालते हैं; पर उसके माता-पिता की इस तरह कोई बेइज्जती करे, फिर भी उसके माता-पिता उस आदमी को अपना मालिक कहते हैं, इसका उसे जरा भी अहसास नहीं था। उसे पहली बार महसूस हुआ कि जो बात उसे बहुत बुरी लग रही थी, वह उसके माता-पिता के लिए साधारण सी बात थी। वह सोच में पड़ गया, पर उसे कुछ समझ में नहीं आ रहा था। शाम हुई। श्याम के पिताजी घर आए। श्याम ने सोचा कि उसकी मम्मी उस आदमी के बारे में पिताजी को बताएगी पर मानो वह भूल गयी। वह पहले की तरह खाना बनाने में लग गई, मानो कुछ हुआ ही नहीं। पर श्याम से नहीं रहा गया। वह लगभग गुस्से में अपनी मम्मी से बोला, पापा को नहीं बताओगी?

श्याम की मम्मी - क्या बात बेटा?

श्याम - वही जो तुम्हारा नाम लेकर तुमको किस तरह बुला रहा था।

हँसते हुए वो बोली, मालिक का बेटा; वो तो पागल और घमण्डी है, उसकी बात का क्या करना।

श्याम के पिताजी सब सुन रहे थे। उन्होंने श्याम की मम्मी से पूछा तो उसने सारी बातें बता दी। श्याम के पिताजी सारी बात सुनकर हँसने लगे। अब श्याम आगबबूला हो गया। उसने कहा, पिताजी, आप भी मम्मी की बेइज्जती पर हँस रहे हैं? तब जाकर श्याम के पिता को कुछ समझ में आया। उन्होंने उसे और बड़े बेटे को बुलाकर कहा-

बेटा, हम लोग बहुत ही गरीब हैं; मेहनत मजदूरी न करें तो पेट नहीं भरेगा... और जानते हो, दुनिया में सबसे बड़ा दुःख गरीबी है, जो इंसान के जमीर को मार देती ह और जिसका जमीर मर गया, उसको इज्जत-बेइज्जत

की क्या चिंता। बेटा, यदि हम अपनी इज्जत-बेइज्जत की चिंता करेंगे तो तुम लोग कैसे पढ़ोगे, कैसे हमको गरीबी के दलदल से निकालोगे? इसलिए बेटा, हम लोग दूसरों की बात की परवाह नहीं करते और इसी उम्मीद पर हैं कि तुम लोगों को इस लायक बना दें कि तुम लोग बड़े साहब बन जाओ, और तुम्हें वह दिन न देखना पड़े, जो हम लोग देख रहे हैं।

उस रात श्याम को नींद नहीं आयी। उसने मन ही मन निश्चय कर लिया; कुछ भी हो, मैं अपने मम्मी-पापा को इस हाल में नहीं रहने दूँगा। तबसे उसने पढ़ाई को एक हथियार बना लिया, क्योंकि उसके पिताजी ने उसे समझाया था कि यदि कोई हमें इस गरीबी से निकाल सकता है तो उन सबकी पढ़ाई।

जो श्याम, पढ़ाई से जी चुराता था, वह जमकर पढ़ने लगा। जो चीज उसे समझ में नहीं आती थी, वह उसे रट लेता था। उसने अच्छे अंकों से क्लास पास किया और जब उसका अच्छा नंबर आया तो उसे और भी ज्यादा Motivation मिला, जिससे वह क्लास 12 तक जाते-जाते First Class नंबर से पास किया और अपने बड़े भाई से भी ज्यादा नंबर पाया।

श्याम, इस समय इंजिनियर बनकर अमेरिका की एक मल्टीनेशनल कंपनी में काम कर रहा है। उसका भाई डॉक्टर बन गया और बहन एक शिक्षिका बन गयी है। श्याम के माँ-बाप अब अपने घर में रहकर अपने लिए एक बड़ा सा मकान बनवा रहे हैं, जिसकी Design श्याम ने की है और सारा खर्चा वही उठा रहा है। उसने अपने भाई को मना कर दिया है कि वह पैसा न दे।

यह सच्ची कहानी है और हमारे आस-पास बहुत सारे श्याम के माँ-बाप जैसे लोग रहते हैं। इस कहानी से एक चीज जो उभरकर सामने आ रही है, वह ये कि व्यक्तित्व को प्रभावित करने वाले बहुत से कारक हैं, पर जो चीज इंसान को आगे बढ़ने के लिए प्रेरित करती है और उसे सफलता के मुकाम पर पहुँचाती है, वह है उसकी 'सोच और मेहनत'। इस कहानी में श्याम के व्यक्तित्व का Analysis करें तो जो बालकों को प्रभावित करने वाले कारक थे, उनमें से ज्यादातर कारक उसके प्रतिकूल ही थे; कोई अनुकूल नहीं था। बस एक ही चीज अनुकूल थी; वह श्याम के माँ-बाप की

सोच। पर माँ-बाप की अच्छी सोच होने के बावजूद श्याम को पढ़ने में कोई दिलचस्पी नहीं थी, पर एक घटना ने न केवल उसकी सोच को बदला, वरन् उसके अंदर आमूलचूल परिवर्तन ला दिया, जिसकी बदौलत उसने अपने परिवार की स्थिति ही बदल डाली।

मोहन की कहानी

मोहन अपने चार भाई-बहनों में सबसे बड़ा है। कुशाग्र बुद्धि का मोहन अपने हर क्लास में अच्छा नंबर पाता है। उसके मम्मी-पापा दोनों पढ़े-लिखे हैं। पापा स्कूल में अध्यापक हैं और मम्मी Housewife हैं। घर पर पढ़ाई का माहौल है। सभी बच्चे पढ़ते हैं। मोहन तो हमेशा पढ़ता ही रहता है। मोहन के पापा कहते हैं कि बेटा पढ़कर इंजिनियर बनेगा। मोहन के दिमाग में भी ये बात है कि वह पढ़कर इंजिनियर बनेगा। मोहन अभी क्लास 8 में है। उसे नहीं मालूम कि इंजिनियर क्या होता है; पर वह जब अपने मामा को देखता है कि वो बड़ी गाड़ी से आते हैं और उसके लिए अच्छे-अच्छे कपड़े और मिठाइयाँ लाते है तो वह और उसके भाई-बहन बहुत ही ज्यादा खुश होते हैं। उसके मामा इंजिनियर हैं और बिजली विभाग में काम करते हैं। उन्हीं को देखकर मोहन के दिमाग में यह बात आती है कि वह भी बड़ा होकर इंजिनियर बनेगा। सब कुछ सामान्य चल रहा था। मोहन पढ़ाई ठीक से कर रहा है, पर जैसे वह पहले पढ़ता था, वैसा वह नहीं कर पा रहा, और नंबर भी पहले जैसे नहीं आ रहे हैं। मोहन, क्लास 8 पास करने के बाद Tuition करने लगा, ताकि उसके क्लास 9 में अच्छे नंबर आएँ और वह क्लास 9 लगभग अच्छे नंबर से पास हो गया। क्लास 10 में आने पर मोहन ने जमकर पढ़ाई की और लगभग 90 प्रतिशत पाकर पास हुआ। क्लास 11 में उसने Science Stream को Select किया, पर वह पहले की तरह पढ़ने में मन नहीं लगाता था। उसका ध्यान ज्यादातर कोचिंग पर और घूमने में लगा रहता। वह दोस्तों से Future के बारे में बातें करता और कहता कि 12 में आने पर खूब मेहनत करेंगे, अभी तो थोड़ा आराम कर लेते हैं। अब उसको समझ में आ गया था कि क्लास 11 के नंबर नहीं जुड़ते हैं, और केवल क्लास 12 का ही नंबर जिन्दगी भर काम आता है,

इस बात को जानकर वह हर विषय के प्रति Casual Approach रखने लगा। इसी बीच स्कूल में ढेर सारी Co-curricular activities होने लगीं। चूँकि मोहन एक अध्यापक का लड़का था, और पढ़ने में भी ठीक था, इसलिए उसको अध्यापकों ने Extra activities में Participate करने के लिए प्रोत्साहित किया। मोहन ने कई activities में participate किया और इन activities में खूब मन लगाकर काम किया और other activities के चक्कर में वह पढ़ाई से जी चुराने लगा। जब भी उसके पापा या मम्मी उसको घर पर पढ़ने के लिए कहते, वह किसी न किसी activities का बहाना बनाकर उनकी बात को टाल देता। किसी तरह उसने क्लास 11 पास किया और क्लास 12 में आ गया। क्लास 12 में आकर वह खूब मेहनत करने लगा। उसने दिन-रात एक कर दिया ताकि उसके अच्छे नंबर आएँ और साथ-साथ पहले ही attempt में IIT qualify कर जाए। मोहन ने खूब मेहनत की और 12 में भी 90 प्रतिशत नंबर लाया; पर वह IIT/और स्टेट के इंजिनियरिंग Exam पास नहीं कर पाया। मोहन को यह आशंका नहीं थी कि वह पास नहीं होगा; उसे पूर्ण विश्वास था वह न केवल पास करेगा, बल्कि अच्छी रैंक भी आयेगी और उसका नाम होगा। पर हुआ उल्टा। रैंक तो दूर की बात, IIT के मेन्स में ही फेल हो गया और स्टेट इंजिनियरिंग Exam में उसकी बहुत खराब रैंक आयी, जिससे वह केवल Private कॉलेज में ही admission ले सकता था; पर अच्छा कॉलेज नहीं मिला। मोहन को लगा कि आज तक तो मैं कभी फेल नहीं हुआ, इसमें कैसे फेल हो गया? यह उसके जीवन की अब तक की सबसे बड़ी हार थी, जिसको वह बरदाश्त नहीं कर पा रहा था। उसे लगा कि उसका सारा सपना बिखर गया; वह किसी काम का नहीं रह गया। रात-रात भर उसको नींद नहीं आती, जिससे उसका शरीर काँपने लगता। उसका मन न खाने में लगता न पीने में। दोस्तों के साथ भी घूमना छोड़ दिया। दिनभर घर में पड़ा रहता, गुमसुम चुपचाप। मोहन बुरी तरह depression में चला गया। उसके मम्मी-पापा उसको लाख समझाते, पर उस पर कोई असर नहीं पड़ा। धीरे-धीरे उसकी तबीयत खराब हो गई तो उसके मम्मी-पापा उसे डॉक्टर के पास ले गए; तब जाकर कहीं उसका सुधार हुआ, पर वह पहले की तरह नहीं रहा।

इस कहानी में सारी परिस्थितियाँ मोहन के अनुकूल थीं। घर में पढ़ाई का माहौल, माँ-बाप पढ़े-लिखे; मोहन भी कुशाग्र बुद्धि का, फिर भी मोहन का व्यक्तित्व दब गया, केवल एक failure की वजह से। यदि हम इसकी व्याख्या करें तो मोहन ने एक सपना देखा और उस सपने को पूरा करने के लिए जो प्रयत्न होने चाहिए वह उसने नहीं किया। अधूरे प्रयत्नों की बदौलत इतना महत्त्वाकांक्षी हो गया कि उसे लगा मैं कभी फेल नहीं हो सकता। मतलब कि वह अपने इर्द-गिर्द एक स्वप्निल दुनिया में जी रहा था, जिसका वास्तविकता से कोई सम्बन्ध नहीं था। पर जब उसका सामना हकीकत से हुआ तो घबड़ा गया, झुँझला गया और हार को बरदाश्त नहीं कर पाया और depression उस पर हावी हो गए, जिनकी वजह से वह अवसाद में चला गया।

यह कहानी केवल मोहन की नहीं, उसके जैसे लाखों विद्यार्थियों की है, जो क्लास 11 को एक पिकनिक क्लास की तरह लेते हैं और जैसे-तैसे पास होते हैं। वे यह सोचते हैं कि क्लास 12 में जाकर खूब मेहनत करेंगे और IIT/Medical में Select हो जाएँगे; पर वे यह भूल कर जाते हैं कि क्लास 11 का Syllabus भी इन Exams में आता है और जब वे किसी कोचिंग में जाते हैं तो क्लास 11 का Syllabus ही एक deciding factor हो जाता है, इन exams को qualify करने के लिए; क्योंकि exam 12 के बाद होते हैं और 12 का Syllabus तैयार रहता है। जिसने 11 में मेहनत से पढ़ लिया, वह बाजी मार ले जाता है। और जो 11 में मस्ती में रहता है, वह यदि मोहन जैसा है तो परेशान हो उठता है, क्योंकि उसने कभी failure नहीं देखा, पर फेल हो गया। Public exam में या competitive exams में कोई फेल नहीं होता.. बस यही होता है कि हम उस level तक नहीं पहुँच सके, जिस level पर हम अपने आपको पास की category में रखते हैं और लोग हमें बधाई देते। पर यह तो competition है और हमारा performance बहुत कुछ इस बात पर निर्भर करता है कि औरों ने कैसा performance किया है। इस कहानी में मोहन के माँ-बाप, उसके भाई-बहन, उसके अध्यापक, उसको समझा रहे हैं कि failure जिंदगी का एक सत्य है, जिसको स्वीकारना चाहिए; इसका ये मतलब नहीं कि सबकुछ खत्म हो गया, बल्कि यह मतलब है कि हमें

इससे सीख लेनी चाहिए और जो कमी रह गयी है उसको दूर करना चाहिए। failure, आदमी के अंदर धैर्य और सहनशीलता को बढ़ाता है और उसे आगे बढ़ने की प्रेरणा देता है; पर यह प्रेरणा वही अनुभव कर सकता है जो अति महत्त्वाकांक्षी नहीं है। और जो एक से अधिक लक्ष्य को निर्धारित किए रहता है... मसलन यदि इंजिनियर नहीं बन पाए तो Scientist बन जाएँगे या प्रोफेसर या टीचर; पर जो सिर्फ एक goal set करता है और उसमें असफल होता है तो उसकी हालत मोहन जैसी हो जाती है। यह depression इतना खतरनाक है कि इंसान को मौत के मुहाने तक ले जाता है।

दिलीप की कहानी

दिलीप के पापा रेलवे में स्टेशन मास्टर हैं और उसकी मम्मी एक Housewife हैं। दिलीप के पापा की हार्दिक इच्छा है कि उनका बेटा पढ़कर, एक बहुत बड़ा अधिकारी बने। इसके लिए उन्होंने दिलीप को सारी सुविधाएँ उपलब्ध करा दी हैं, ताकि उसको कोई समस्या न हो। दिलीप एक सामान्य विद्यार्थी है और उसका पढ़ाई में उतना मन नहीं लगता, जितना उसको लगाना चाहिए। वो अपने दोस्तों के साथ घूमने और खेलने में व्यस्त रहता। इसी के चक्कर में वह कभी-कभी रात के नौ बजे तक घर आता और पूछने पर बताता कि अपने दोस्त के यहाँ Question पूछने गया था। दिलीप के पापा की ड्यूटी ऐसी थी कि वह उस पर ठीक से ध्यान नहीं दे पाते थे पर कभी-कभी वह जब समय से घर पहुँच जाते तो दिलीप को समझाते थे; पर उनके न रहने पर दिलीप को तो मानों पंख लग जाता और वह अपनी मम्मी की बात नहीं सुनता और ज्यादातर वक्त घूमने में, खेलने में लगाता। यदि घर पर रहता तो Facebook पर समय बिताता। दिलीप ने किसी तरह थोड़ा बहुत मेहनत कर 10 क्लास पास किया। उसका Science और मैथ्स में अच्छा नंबर नहीं था, फिर भी उसके मम्मी, पापा ने उसे Science stream दिला दिया। क्लास 11 में दिलीप ने Physics, Chemistry और Maths की coaching कर ली। वह School से 1 बजे छूटने के बाद coaching चला जाता था और शाम 7 बजे तक घर

आता। तब तक वह थककर चूर हो जाता। एक दो घंटा थोड़ा आराम करता और 9 बजे पढ़ने बैठ जाता और मुश्किल से आधा घंटा पढ़ता तो उसे भूख लग जाती और खाना खाकर सो जाता। सुबह उसकी मम्मी उसको स्कूल जाने के लिए जगाती थीं। दिलीप का रोज का यही रूटीन था। क्लास 11 में दिलीप के तीनों विषय जिनमें वह कोचिंग करने जाता था, अच्छा नंबर नहीं आ रहा था। वह किसी भी विषय में पास नहीं हो पा रहा था। और जब टीचर, मम्मी-पापा को बुलाने को कहते तो वह कोई न कोई बहाना बना देता, पर उन्हें स्कूल नहीं बुलाता। इसी तरह साल निकल गया और जब Result निकला तो दिलीप Detained हो गया। उस समय उसको बहुत दुःख हुआ। दिलीप कई दिनों तक परेशान रहा, पर उसके मम्मी-पापा और अध्यापक के समझाने पर वह थोड़ा नॉर्मल हुआ और अपनी असफलता भुलाकर वह फिर से क्लास 11 में पढ़ने लगा। कुछ दिन तक तो दिलीप ने मन लगाकर पढ़ाई की, पर कुछ समझ में नहीं आता तो वह वहीं पर रुक जाता; फिर उसको किसी से पूछता भी नहीं। वह फिर से धीरे-धीरे अपनी पुरानी रूटीन पर आने लगा। इस बार भी जब वह पेपर देने जाता, तो आधी-अधूरी तैयारी करता और पूरे प्रश्न के उत्तर नहीं लिखता। अब उसका नंबर Single Digit में आने लगा। अब उसको नंबर से मतलब नहीं रह गया; वह तो School, Time Pass करने के लिए जाने लगा। कम नंबर आने से उसका पढ़ाई से जी उचट गया। एक बार उसके अध्यापक ने समझाया कि बेटा तुम्हारा नंबर इस बार भी अच्छा नहीं आ रहा; तुम क्यों नहीं Science stream छोड़कर commerce stream या art stream ले लेते; उसमें शायद तुम अच्छा कर लेते। पर दिलीप उनको बताता कि उसके पापा चाहते हैं कि वह Science stream लेकर पढ़ाई करे, इसलिए उसने Science stream opt किया है। इस साल भी वह पास नहीं हो पाया और फिर से XIth Class में Detained हो गया। पर इस बार दिलीप को उतना नहीं फर्क पड़ा। वह घर पर दिखावे के लिए एक दो दिन उदास रहा। उसके मम्मी-पापा ने देखा तो उन्होंने फिर से उसे समझाया, पर दिलीप को लग रहा था कि मैं फेल कहाँ हुआ हूँ, फेल तो मेरे मम्मी-पापा हुए हैं, जिन्होंने जबरदस्ती अपनी मर्जी मेरे ऊपर थोपी; मैंने तो पिछली बार ही कह दिया था कि मुझसे Science Stream नहीं चल पायेगा, फिर भी

पापा नहीं माने; वह बोले, मेहनत कर लो, तुम अच्छे नम्बर से पास हो जाओगे। Science Stream में ज्यादा opportunities है; art और commerce students को कोई पूछता नहीं है। पर मैं क्या करूँ? जब Physics, Maths समझ में ही नहीं आ रहा तो क्या करूँ। मैंने बहुत कोशिश की, पर मुझसे Maths नहीं बन पाया; Chemistry तो शाम को याद करता, सुबह तक भूल जाता। तीनों विषय मुझसे नहीं चल पाये। अब पापा चाहे जो सोचें, मुझसे Science नहीं पढ़ा जाता। पापा को सर ने भी समझाया था कि इसका Stream बदल दें, पर पापा के डर के मारे मैंने सर से कहा, नहीं, इस बार मैं मेहनत खूब करूँगा और अच्छा नंबर लाऊँगा। ये सब मैंने पापा को खुश करने के लिए किया था; पर असलियत मुझे पता थी, कि मुझसे Physics, Chemistry, Maths नहीं हो पायेगा और जिसका नतीजा एक बार फिर fail होकर मैंने चुकाया।

इस कहानी में दिलीप जब पहली बार फेल हुआ तो इसका उसे बहुत अफसोस हुआ। अगली बार उसने अपनी क्षमता के अनुसार मेहनत की, पर मनवांछित फल नहीं मिला। उसे पहले ही जैसा नंबर मिलने लगा। कम नंबर आने की वजह से उसका अपने विषय से मोहभंग हो गया। वह जब पढ़ने बैठता, तो दबाव से बैठता। उसका पढ़ने में मन नहीं लगता था और वह केवल अपने माँ-बाप के कहने पर ऐसे विषय को पढ़ रहा था, जिसमें उसकी एकदम रुचि नहीं थी। फिर वह उनको दिखाने के लिए पढ़ता था। उसे अच्छी तरह ज्ञात था कि उसका साल बरबाद हो रहा है, पर भयवश, लज्जावश उसे अपने मम्मी-पापा की बात माननी थी, भले ही उसे असफलता क्यों न मिले। दिलीप सबकी नजर में फेल हुआ, पर दिलीप को पता था अपने failure की वजह; जिससे इस बार failure का उस पर कोई ज्यादा असर नहीं हुआ।

कभी-कभी माँ बाप अपने सपने, जो वह पूरा नहीं कर पाते, ये वह अपने बच्चों से उम्मीद करते हैं कि वे सब उनके सपने को पूरा करेंगे; पर वे यह भूल जाते हैं कि उनके बच्चे केवल उन्हीं के बताए हुए रास्ते पर नहीं चलेंगे; हो सकता है उन्हें कुछ और ही पसंद हो, जिसे उनके माँ-बाप न पसंद करें। अक्सर ये देखा गया है कि ज्यादातर असफलता इसलिए नहीं होती कि बच्चा पढ़ना नहीं चाहता; बल्कि इसलिए होती है कि उसने जो

Stream select किया है, वह उसकी रुचि के अनुरूप नहीं है। अक्सर माँ-बाप कहते हैं कि हमने अपने बच्चे को सारी सुविधाएँ दे दीं, उनके लिए कोचिंग लगा दिया, सारी किताबें खरीदकर दे दीं... इत्यादि; पर वह यह भूल जाते हैं कि केवल सुविधाएँ देने से या ढेर सारी किताबें मुहैया करा देने से बच्चे आगे नहीं बढ़ेंगे; उसके पीछे उस बच्चे की रुचि और उसकी पसन्द को जरूर पहचानना चाहिए। मेरा यहाँ रुचि और पसंद से मतलब है कि बच्चा जिन विषयों पर अच्छी पकड़ बना सकता है; यदि वही विषय उसको पढ़ने को मिलें, जिसमें उसकी पसंद हो, तो वह कभी-भी असफल नहीं होगा। यदि बच्चों की पसंद के अनुसार विषयों का चयन होता है, तो बच्चे उसे करते हैं और पूर्ण समर्पण के साथ उसमें तल्लीन रहते हैं, जिससे अच्छे नतीजे मिलते हैं और बच्चों में किसी प्रकार का तनाव नहीं होता। और यदि पढ़ाई-लिखाई तनाव मुक्त वातावरण में हो रही है, तो उसकी सफलता की मात्रा बढ़ जाती है।

अमित की कहानी

अमित एक बहुत मेहनती लड़का है। वह क्लास 10 से 12 तक में हर क्लास में टॉप किया। उसको, उसके अध्यापक और सहपाठी बहुत मानते हैं। अपने दोस्तों के बीच वह प्रोफेसर साहब के नाम से जाना जाता है। जिस किसी को कोई चीज समझ में नहीं आती, वह अमित से पूछता और अमित भी उस चीज को अच्छे से समझा देता। पर इधर कुछ दिनों से, जबसे सुनील का Admission हुआ, अमित की position नंबर दो पर चली गयी। अमित पहले की तरह अब पढ़ता भी नहीं। उसके अंदर superiority complex की भावना आ गयी। वह सोचता कि मुझसे तेज इस क्लास में कोई नहीं; जिससे परीक्षा में उसका नंबर कम आने लगा और सुनील का ज्यादा। जब दोस्त उससे पूछते तो बोलता, मैं जानबूझकर एक दो प्रश्न छोड़ देता हूँ, ताकि सुनील मुझसे आगे रहे; और जब बोर्ड परीक्षा होगी तो मेरा ही नंबर सबसे ज्यादा आएगा। अब अमित का मन पढ़ाई में नहीं, इसमें लगा रहता कि किस तरह सुनील को नीचा दिखाए। इसके लिए वह तरह-तरह की हरकतें करता, मानों वह क्लास में सर्वश्रेष्ठ हो। और जब

अध्यापक कोई प्रश्न पूछते तो वह तुरंत हाथ उठा देता, चाहे उत्तर सही हो या गलत। वह जरूर कुछ न कुछ बोलता, ताकि वह क्लास में अपनी Position को Maintain किए रहे। पर जैसे-जैसे समय बीतता गया, अमित की पढ़ाई कमजोर होती गयी और उसके नंबर का ग्राफ भी गिरने लगा। दोस्त उसको कई बार समझाये कि तुम अपनी पढ़ाई पर ध्यान दो; किसी को देखकर नहीं चलते। पर अमित कहता ये सब तो मैं जान-बूझकर कर रहा हूँ, पर देखना क्लास में मैं ही टॉप करूँगा; मेरा नाम स्कूल के Topper Board पर होगा। इसी तरह अमित ने साल बिता दिया और जब परीक्षा का समय आया तो अमित घबड़ा उठा। परीक्षा से 10-15 दिन पहले वह खूब पढ़ने लगा। उसने दिन रात एक कर दिया। अब वह जिस विषय को उठाता, तो देखता, कि उसका केवल 45 प्रतिशत हिस्सा ही तैयार है; बाकी को उसने बहुत आसान बताकर बाद के लिए छोड़ दिया था; अब उसे लगने लगा कि कोई भी विषय पूरी तरह तैयार नहीं है। वह घबड़ाने लगा, उसको टेन्शन हो गया। उसको लग रहा था कि यह भी नहीं तैयार, वह भी नहीं तैयार... वह टॉप करना तो दूर, पास भी नहीं हो पाएगा। अमित को Hyper Tension हो गया। उसे समझ में ही नहीं आ रहा था क्या करूँ? कैसे शुरूआत करूँ? कुछ भी अच्छी तरह से नहीं तैयार है। वह कई दिनों तक ठीक से सोया भी नहीं, जिसकी वजह से उसको मितली जैसी आने लगी। अब उसे लगा कि उसकी तबियत खराब हो गयी है, तो उसने घर में बताया। तब तक परीक्षा काफी करीब आ गयी थी। उसके मम्मी-पापा ने उसको डॉक्टर को दिखाया। किसी तरह अमित ने पहला पेपर, जो English का होता है, दिया। उसको देकर आया तो उसे लगा, पेपर अच्छा हुआ है तो थोड़ा Relax हुआ। फिर अगला पेपर Physics का था। वह Physics के पेपर की तैयारी में लग गया। उसने दिन-रात एक कर दिया। पेपर से एक दिन पहले वो रात भर मेहनत से पढ़ा और परीक्षा देने के लिए स्कूल गया, पर पेपर के समय वह Physics का पेपर देखकर चक्कर खा गया। उसे लगा, वह पास नहीं हो पायेगा, क्योंकि ज्यादातर प्रश्न के उत्तर उसे नहीं आ रहे थे। रात भर जागने और बहुत ज्यादा टेन्शन की वजह से उसे Vomiting आने लगी। उसको किसी तरह उसके Invigilator उठाकर मेडिकल रूम में ले गये। वहाँ पर उसने Vomiting की। उसके

बाद वह बेहोश हो गया। इस तरह से उसका Physics का पेपर छूट गया और उस साल उसे अपनी परीक्षा छोड़नी पड़ी।

इस तरह सैकड़ों अमित, हर साल देखने को मिल जाते हैं। किसी परीक्षा को या किसी Competition को टॉप करना एक बात है और उसको Maintain रखना अलग, क्योंकि हर किसी की चाह होती है कि वह सबसे आगे रहे। अमित, क्लास IXth से XIth तक हर साल टॉप करता आ रहा था। उसको लगा कि मुझसे तेज कोई नहीं और वह अपने हर विषय को लेकर उतना संजीदा नहीं रह गया। उसको लगने लगा कि कैसे भी पढ़ लेगा और सबसे ज्यादा नंबर पा जाएगा... एक तरह से कह सकते हैं कि उसके अंदर Superiority Complex की भावना आ गयी। जब उसे सुनील से टक्कर मिलने लगी तो वह सुनील को बहुत हल्के में लेने लगा। अब उसका सारा ध्यान पढ़ाई से हटकर सुनील पर लग गया। वह दिन-रात यह सोचा करता था कि किस तरह सुनील को नीचा दिखाऊँ और खुद उससे श्रेष्ठ साबित करूँ। यह सब करते हुए उसने अपना बहुमूल्य समय खो दिया और जब उसे अहसास हुआ कि वह काफी पिछड़ गया है, तब तक देर हो चुकी थी। उसके सामने पहाड़ जैसी समस्या आ गयी। कम समय में 10-15 में कैसे सभी विषय तैयार करे और अच्छे से अच्छा नंबर पाये? कम समय में ज्यादा टॉपिक तैयार करना बहुत ही मुश्किल काम होता है और उससे भी ज्यादा मुश्किल उन टॉपिक को हल करके किसी भी प्रकार के प्रश्न का उत्तर देना; जिसकी वजह से उसे Tension होने लगी और Ultimately उसे परीक्षा छोड़ना पड़ा।

राजू की कहानी

राजू एक बहुत मेहनती लड़का है। वह हर चीज को एक अलग नजरिए से देखता है। उसके पिताजी इनकम टैक्स में अधिकारी हैं। राजू के पिताजी अक्सर उसको कहा करते हैं कि तुम्हें बड़ा होकर एक बहुत बड़ा इंजिनियर बनना है। राजू, जो 10 पास होकर 11 में आ गया, उसने अपने पापा के अनुसार Science Stream Select किया और पढ़ने लगा। 11

क्लास में राजू को उतना नंबर नहीं मिला, जितना उसको पिछले क्लास में मिलता था। अब उसे अक्सर अपने पापा से डाँट मिलती थी। उसके पापा जब भी स्कूल आते तो सबसे पहले उसके क्लास के उन बच्चों का नंबर देखते, जिनका राजू से ज्यादा आता। फिर वह टीचर से पूछते कि राजू का नंबर कम क्यों आ रहा है? जिसका जवाब अध्यापक देते कि राजू का नंबर उसके Performance के हिसाब से ठीक आ रहा है, वह आगे चलकर Improve कर जायेगा। पर उसके पापा संतुष्ट नहीं होते और उसे डाँटते रहते कि वह ठीक से पढ़ाई नहीं करता। उसका मन घूमने में लगता है; इतनी सुविधा मिलने के बावजूद वह क्लास में 15वें स्थान पर रहता है; यदि मुझे इस प्रकार की सुविधा मिली होती तो मैं IAS बन गया होता... आदि ढेर सारी बातें उसे सुनाया करते, पर कभी उसकी बड़ाई नहीं करते कि वह अच्छा नंबर पाया है, और इसी तरह मेहनत करे तो आगे बढ़ेगा। राजू, अपनी क्षमता से ज्यादा मेहनत करता था, पर कुछ चीजें वह भूल जाता, और वह परीक्षा के समय अक्सर घबड़ा जाता था, जिससे जिस प्रश्न का उत्तर वह अच्छी तरह लिख सकता था, वह भी जल्दी में खराब हो जाता, जिससे उसका नंबर कट जाता।

वह घर पर भी खूब मेहनत करता। वह अक्सर पढ़ता ही रहता, पर उसे कोई चीज काफी देर तक याद नहीं रहती। एक बार उसके अध्यापक ने पूछा कि बेटा तुम कोई चीज ठीक से याद क्यों नहीं करते? एक प्रश्न का उत्तर दूसरे में लिख देते हो। तब राजू ने कहा, सर मैं बहुत याद करता हूँ, पर भूल जाता हूँ; सर मैं क्या करूँ, मुझे खुद ही कुछ समझ में नहीं आता। राजू के अध्यापक भी उसकी बात सुनकर निरुत्तर हो गए। राजू को हमेशा Maths से डर लगता, पर अपने पापा के डर की वजह से वह Math लेकर पढ़ रहा है। किसी तरह से वह 11 क्लास पास कर पाया और जब रिजल्ट निकला तो उसकी पोजिशन क्लास में 25वें नंबर पर थी। जब उसके पापा को पता चला तो वे स्कूल आये और उसके कक्षाध्यापक से बोले, मेरा बेटा पढ़ने में बहुत तेज था, पर इस स्कूल में पढ़ाई न होने की वजह से वह पीछे चला गया; यहाँ के अध्यापक ठीक से पढ़ाते नहीं हैं, नहीं तो मेरा बेटा बहुत अच्छी पोजीशन पाता। इससे पहले उसके क्लास अध्यापक बोलते... और अभिभावक, जो रिजल्ट लेने आये थे, वे लोग

बोलने लगे, क्या केवल आपका ही बेटा पढ़ता है, हम लोग के बच्चे नहीं पढ़ते? स्कूल में पढ़ाई बहुत अच्छी होती है, पर आपका बच्चा न पढ़ पाये तो क्या करिएगा... इसमें स्कूल और यहाँ के अध्यापकों को मत दोष दीजिए। यह सुनकर वह रिजल्ट लेकर चुपचाप राजू के साथ घर आ गए। राजू उस दिन बहुत डर गया था। घर पर जैसे ही ये लोग पहुँचे, राजू की मम्मी ने पूछा, बेटा कैसा नंबर आया है? इससे पहले राजू कुछ बोलता, उसके पापा गुस्से से उसका रिपोर्ट-कार्ड फेंककर लगभग चिल्लाते हुए बोले, देख लो अपने बेटे की करतूत। राजू की मम्मी ने सोचा, शायद राजू पास नहीं हुआ। उन्होंने डरते हुए रिपोर्ट-कार्ड उठाया तो देखा; वह तो पास है, केवल इसकी पोजीशन सही नहीं आयी।

उसकी मम्मी बोलीं, क्यों इतना गुस्सा कर रहे हैं, राजू तो पास है... वह इस साल मेहनत करेगा तो अच्छी पोजीशन ला देगा। सुनकर राजू के पापा, आपा खो बैठे और बोलने लगे, घर ही में रहती हो तुम; क्या पता कितनी कम्पीटिशन है... जब यह अभी से नहीं कुछ कर पा रहा है तो आगे चलकर क्या कर लेगा? तुम्हीं ने इसका दिमाग खराब कर रख दिया है और तुम्हारी ही वजह से यह पढ़ाई में कमजोर हो गया। पता नहीं मैंने क्या कर्म किया था कि इसके जैसा लड़का मिला, जो मेरी हर जगह बेइज्जती करा देता है; नहीं तो आज उन लोगों की क्या औकात थी कि मुझे कुछ समझा पाते। अब मैं अपने ऑफिस में क्या मुँह लेकर जाऊँगा? जब लोग पूछेंगे कि सर आपके लड़के का क्या पोजिशिन आया, तो मैं क्या बताऊँगा, कि यह पीछे से First आया है... इसे तो अपना लड़का कहते हुए भी शर्म आती है।

राजू यह सब सुन रहा था... और जब उससे न रहा गया तो बोला, पापा आप मुझे छोड़ दीजिए; तब आपको शर्म आनी बंद हो जाएगी... और मैं बता दूँ मैंने बहुत मेहनत की है, पर अच्छी पोजीशन नहीं ला पाया, क्योंकि इस बार का पेपर कठिन था; मैं तो पास भी हो गया, पर मेरे क्लास के दस बच्चे पास भी नहीं हुए। वह यह सब इतने गुस्से और आवेग में बोला कि उसके पापा का गुस्सा काफूर हो गया और वह उठकर चल दिए। इस घटना के बाद राजू, क्लास 12 में बहुत मेहनत करने लगा। उसने मन ही मन ठान लिया था कि अबकी बार परीक्षा में सबसे ज्यादा नंबर लाएगा,

तभी वह अपने पापा से बात करेगा।

उधर राजू के पापा ने इस घटना के बाद गुस्सा करना कम कर दिया, पर वह अक्सर दूसरों के बच्चों की बड़ाई करते। एक दिन उनके मित्र घर आए, तो वह बात करने लगे कि आजकल कम्पीटिशन कितना बढ़ गया है और आज के लड़के/लड़कियों को इतनी सुविधा मिलने के बावजूद अच्छे अंक नहीं प्राप्त कर पाते; हम लोगों के समय इस तरह की सुविधा नहीं थी। उसके पापा चूँकि Income Tax में अधिकारी थे और हमेशा पैसे वालों के सम्पर्क में आते थे, जिससे उन्हें लगता था कि मेरा बेटा पढ़कर एक इंजिनियर बन जाए, ताकि खूब पैसा हो। वह खुद इंजिनियर बनना चाहते थे, पर किसी कारणवश वह ऐसा नहीं कर पाये, जिससे वह काफी असन्तुष्ट रहते हैं, और कभी-कभी भावुक हो जाते थे और इसी वजह से उन्होंने राजू को Science Stream दिलाया कि जो वह नहीं कर सके, उनका बेटा करके दिखाये।

इधर राजू ने अपनी पढ़ाई शुरू कर दी और उसने एक कोचिंग ज्वाइन कर लिया, ताकि वह पहले ही attempt में किसी अच्छे सरकारी इंजिनियरिंग कॉलेज में सेलेक्ट हो जाए। जैसे-जैसे समय बीतता गया, राजू का नंबर फिर पहले जैसा आने लगा। स्कूल में वह क्लास के समय कोचिंग का पेपर हल करता। जब कम नंबर आने लगा, तो उसे लगा फिर पापा डाँटेंगे। अब वो रिपोर्ट-कार्ड पर अपने पापा के फर्जी हस्ताक्षर करने लगा। Parent Teacher Meeting में वह अपने पापा को न बुलाकर अपनी मम्मी को बुलाता। जब अध्यापक कहते कि यह आजकल पढ़ाई पर ज्यादा ध्यान नहीं दे रहा है, तो कहता, सर अगली बार अच्छा नंबर लाऊँगा। इस तरह वह अपनी मम्मी और अपने अध्यापक को गुमराह करता; पर हकीकत कुछ और थी। राजू का पढ़ने में अब उतना मन नहीं लगता। वह सिर्फ बाहर जाने के चक्कर में रहता। उसके बहुत से दोस्त बन गए थे, जिनके साथ वो शहर भर में घूमना पसंद करता। उनके पास मोटर साइकिल और महँगा मोबाइल Handset है। वो अब साथ में मोबाइल पर अश्लील फिल्म देखते थे और सारी अश्लील फिल्म डाउनलोड करते और उसे आपस में share करके देखते। इन सब फिल्मों को देखकर राजू का दिमाग खराब हो गया, और half yearly exam जब हुआ तो वह Physics, Chemistry और

Maths में पास भी नहीं हुआ। जब उसने अपना रिजल्ट देखा तो परेशान हो उठा। उसे समझ में नहीं आ रहा था, क्या करे। उसने तो अपने पापा से promise किया था कि अच्छी position लाएगा; पर position तो दूर, वह पास भी नहीं हो पा रहा है।

Half Yearly का नंबर देखने के बाद राजू ने निश्चय कर लिया कि अब वह मन लगाकर पढ़ेगा और किसी भी प्रकार की दूसरी गतिविधियों में नहीं पड़ेगा। उसने अपने लिए एक समय-सारिणी बनाया और उसी के अनुसार पढ़ने लगा। इतना सब होने के बाद उसने अच्छी तैयारी कर ली, और जब बोर्ड का पेपर हुआ तो उसे उम्मीद थी कि अबकी क्लास में टॉपटेन में जरूर रहेगा। पर जब रिजल्ट निकला तो राजू, मैथ में किसी तरह 40 नम्बर पाया; बाकी विषयों में वह अच्छा नंबर पाया; 70 प्रतिशत से ज्यादा... पर क्लास में उसकी position 15 नंबर पर चली गयी। राजू अपना रिजल्ट देखकर बहुत दुःखी हो गया। उसे समझ में नहीं आ रहा था कि उसका नंबर इतना कम क्यों हो गया। वह परेशान हो उठा। उसे लगा उसके पापा वैसे भी उसे डाँटते रहते थे और जब नंबर देखेंगे तो क्या कहेंगे। मैंने उनकी बातों का जवाब दिया था और उनसे Promise किया था कि अच्छा नंबर लाऊँगा, पर मैं उसमें नाकाम रहा। वह सोच रहा था कि मैंने अपने पापा के सपने को तोड़ दिया; मैं उन लोगों को अपना मुँह दिखाने लायक नहीं रहा। इतना कम नंबर पाकर क्या करूँगा, मेरा जीना बेकार है। राजू के अंदर आत्महत्या की भावना आ गयी। घर पर उसकी मम्मी थीं। उन्होंने राजू से रिजल्ट के बारे में पूछा तो राजू ने अपना रिजल्ट उनको दे दिया। उन्होंने देखकर बोला, अच्छा नंबर आया है। यह सुनकर राजू की आँखों से आँसू छलक उठे। उसने कहा, पापा बहुत डाँटेंगे; मेरा अच्छा नंबर नहीं आया।

राजू की मम्मी ने कहा, कोई बात नहीं; अब तो हर जगह Entrance Exam हो गया है; अच्छे से मेहनत करो, फिर पीछे मुड़कर नहीं देखोगे।

राजू के मन में थोड़ा ढाँढ़स बँधा; फिर भी उसका मन बेचैन था। पापा घर आये तो उनको किसी ने उनके ऑफिस में मिठाई खिलाई थी, क्योंकि उस आदमी का लड़का अपने स्कूल में टॉप किया था। उन्होंने राजू को

बुलाया और रिजल्ट दिखाने को कहा। राजू ने डरते हुए अपना रिजल्ट उनको थमा दिया। उसका रिजल्ट देखते ही उनका माथा गरम हो गया। वह बोलने लगे, ऐसे नंबर पाकर तुम क्या बनोगे,

गाँव पर जाकर गाय चराओ... तुमने तो कहा था कि अच्छा नंबर आएगा, पर इतना घटिया नंबर; तुम्हारे जैसी मुझे सुविधा मिली होती तो मैं स्कूल क्या, पूरे जिले में टॉप कर जाता। उसके पापा ये सब इस तरह कह रहे थे कि मानों सबकुछ खत्म हो गया। उसकी मम्मी ने भी उनको समझाना चाहा, पर वह नहीं रुके और राजू को भला-बुरा कहते रहे। राजू, चुपचाप उनकी डाँट सुनता रहा और कुछ नहीं बोला। उस रात राजू ने खाना खाया और अपने कमरे में चला गया। कमरे में जाकर उसने एक पत्र अपने मम्मी-पापा के नाम लिखा।

आदरणीय पापा एवं मम्मी!

मैं कॉमर्स लेकर पढ़ना चाहता था और अपनी एक कंपनी खोलने का मेरा सपना था; पर आपके दबाव की वजह से मैंने Science Stream select किया और जितना मुझसे बन पड़ता था उतना मैंने मेहनत की; फिर भी मेरा नंबर कम आया, जिसकी वजह से आपकी, आपके समाज में बेइज्जती हो गयी। आपने मेरे लिए बहुत कुछ किया, पर मैं बदले में आपको कुछ नहीं दे सका, सिवाय दुःख के। आपने एक बार कहा था कि आपको शर्म आती है कि मैं आपका बेटा हूँ; तो आपको शर्म करने की कोई जरूरत नहीं और मम्मी का ख्याल रखिएगा; मम्मी मेरी सबसे अच्छी है... मम्मा I Love You पापा I Love You

- आपका राजू

इस पत्र को लिखकर राजू सो गया... और ऐसा सोया कि फिर कभी नहीं उठा। दो दिन बाद अखबार में आया कि सरस्वती विद्या मंदिर के छात्र ने पिता की डाँट से क्षुब्ध होकर कोई विषैला पदार्थ खाकर आत्महत्या कर ली। पर क्या वास्तव में राजू ने आत्म हत्या की? क्या आत्महत्या के लिए सिर्फ वही जिम्मेदार है? राजू जैसे हजारों लाखों लड़के-लड़कियाँ हैं; सिर्फ

उन्हीं को आत्महत्या के लिए जिम्मेदार ठहराना ठीक नहीं है।

आत्महत्या कोई नहीं करना चाहता है; हर आदमी अपने तरीके से जीना चाहता है... चाहे वह पढ़ने वाला विद्यार्थी हो या Competition की तैयारी करने वाला कोई छात्र। मुझे नहीं लगता, किसी विद्यार्थी को अपनी खराब Position आने पर इतनी ज्यादा हताशा या निराशा होगी कि वह आत्मघाती कदम उठा लेगा। यदि कोई कम नंबर पाता है, तो वह थोड़े समय के लिए निराश जरूर होगा, पर वह ऐसा कदम कभी भी नहीं उठाएगा।

कम नंबर आने की वजह से आत्महत्या, फेल होने की वजह से आत्महत्या की मुख्य वजह तो माँ-बाप का व्यवहार कि वह डाँटेंगे; उसके संगी साथियों का व्यवहार। अधिकांश मामलों में बच्चे के अंदर डर बैठा रहता है कि उसके मम्मी-पापा क्या सोचेंगे, वह उन लोगों से कैसे आँखें मिला पायेगा। और इस तरह वह अपनी ही नजरों में गिर जाता है और अपने आपको बिल्कुल असहाय और असमर्थ समझने लगता है। उसे लगता है कि सबकुछ यहीं पर खत्म हो गया। यदि वह बोर्ड क्लास में अच्छा नहीं कर पाया तो आगे कुछ भी नहीं होगा। पर हकीकत कुछ और ही है। स्कूल के दिनों में क्लास 12 तक बच्चों पर माँ-बाप का, अध्यापक का दबाव रहता है और वे जो कुछ भी सोचते हैं, उसमें उनका अपना योगदान कम, माँ-बाप और अध्यापक का योगदान सर्वाधिक रहता है। अधिकांश माँ-बाप को चाहिए कि अपने बच्चों को अच्छी तरह समझें कि वो क्या करना चाहता है, क्या बनना चाहता है; उसकी इच्छाओं को ध्यान में रखते हुए उसे ऐसा मार्गदर्शन दें कि किसी भी प्रकार की हताशा या निराशा या असफलता में आशा की किरण को न छोड़े। किसी भी प्रकार की असफलता किसी को विचलित कर सकती है, पर उसके दृढ़ विश्वास को डिगा न पाये।

हम सबको अपने बच्चों को इस तरह से फुटबाल खिलाड़ी की तरह बनाना चाहिए, जो बार-बार हारने के बावजूद अपनी टीम के लिए पूरे जी जान से अगले मैच में उतरता है; जो यह भूल जाता है कि वह किसी टीम से हारा भी था। जीवन में यह जरूरी नहीं कि हम जो काम कर रहे हैं, उसमें सफल ही रहें। असफलता के बारे में सोचना थोड़ा मुश्किल कार्य है; पर

थोड़ा समय लेकर हम यह मुमकिन कर सकते हैं। जीवन भर हम सब प्रत्येक स्तर पर संघर्ष करते रहते हैं। स्कूली जीवन में प्रत्येक विद्यार्थी का केवल एक ही लक्ष्य होता है, कि वह अच्छे से अच्छा नंबर लाए; कोई विद्यार्थी यह नहीं चाहता कि उसका कम नंबर आये या वह फेल हो जाए; पर हकीकत है ये कि कुछ का नंबर कम आता है और कुछ का ज्यादा। जिनका नंबर कम आता है, वो न केवल अपने माँ-बाप से बल्कि अपने अध्यापक से डाँट खाते हैं और वहीं से उनकी मनोवृत्ति दबने सी लगती है; पर जिनका नंबर ज्यादा आता है, उन्हें हर तरफ से शाबासी मिलती है, जिससे उनका उत्साह बढ़ जाता है और वो दुगनी मेहनत कर आगे रहने की कोशिश करते रहते हैं।

क्या सफलता या असफलता केवल व्यक्ति के प्रयास का फल है?

किसी व्यक्ति की सफलता या असफलता केवल उस व्यक्ति द्वारा किए गए कर्मों पर ही नहीं निर्भर रहती; वह इस बात का भी द्योतक है कि उसके परिवार, समाज, संगी-साथी उसके किए गए कार्यों को किस तरह से लेते हैं। अर्थात् किसी की सफलता केवल उसके द्वारा खुद के किए गए अथक प्रयासों को ही प्रतिफल नहीं है, बल्कि वह तो मिश्रित प्रयासों का एक परिणाम है, जो उस व्यक्ति/छात्र को सफलता के रूप में हासिल होती है। मिश्रित प्रयास का मतलब उस व्यक्ति या छात्र का परिवार, उसके माता-पिता, संगी-साथी या समाज किसी न किसी स्तर पर किसी न किसी रूप में उसको सफल बनाने के लिए उपरोक्त रूप से जिम्मेदार हैं; अर्थात् इन सबके सामूहिक प्रयासों के उपरान्त कोई व्यक्ति सफलता का मुकाम हासिल करता है।

यदि हम छात्र जीवन से ही सफलता का विश्लेषण करें, तो एक छात्र को सफल बनाने में निम्नलिखित कारक होते हैं :-

1. परिवार

2. विद्यालय/शैक्षणिक संस्थान

3. संगी-साथी

4. समाज

परिवार : परिवार एक सामाजिक संस्था है और किसी भी व्यक्ति के जीवन की एक महत्त्वपूर्ण इकाई है, जो व्यक्तित्व पर सबसे ज्यादा प्रभाव डालती है। किसी भी बालक की प्रथम पाठशाला उसका परिवार होता है, और वह यहीं से अधिकांश गुण-दोष स्वतः अपना लेता है। किसी परिवर में यदि लोग प्रेम और आपसी भाईचारे के साथ रहें और उनमें किसी प्रकार का मनमुटाव या संघर्ष न हो... और यदि इस तरह की नौबत आए तो उसे आपसी सहमति से दूर कर लें, तो बच्चे के अंदर स्वतः, प्रेम एवं भाईचारे का गुण विकसित होने लगेगा। इसके विपरीत यदि घर में, परिवार के सदस्यों के बीच मनमुटाव और संघर्ष हो तो बच्चे के अंदर हिंसात्मक प्रवृत्ति पनपने लगती है और वह चिड़चिड़ा, आक्रामक और हठी हो जाता है।

किसी भी परिवार में बच्चे पर सबसे ज्यादा प्रभाव उसके माता-पिता का होता है और बच्चे को सफलता के मुकाम पर पहुँचाने में माता-पिता का बहुत बड़ा योगदान होता है।

प्रत्येक माँ-बाप यह चाहते हैं कि बच्चा पढ़-लिखकर बड़ा आदमी बने। इसके लिए वे काफी लंबी-चौड़ी प्रेक्टिस किए रहते हैं। वे अपने बच्चे के लिए, सबसे पहले अपनी क्षमता के अनुसार स्कूल का चयन करते हैं और उसमें दाखिला दिलाने का भरपूर प्रयास करते हैं और यदि उनके बच्चे को मनचाहे स्कूल में प्रवेश मिल गया तो वह यह मानकर चलते हैं कि उनका बच्चा कुछ न कुछ बन जाएगा, क्योंकि अमुक स्कूल से निकले हुए लड़के अच्छे पोस्ट पर इस समय जॉब कर रहे हैं। इसके अलावा वे अपने बच्चों को कोचिंग या ट्यूशन लगाकर अपने कर्तव्य की इतिश्री मान लेते हैं।

परन्तु केवल अच्छे स्कूल में प्रवेश दिलाने से या अच्छा ट्यूटर कर देने से उनका बच्चा सफल नहीं होगा, बल्कि उन्हें भी अपने बच्चे के साथ

लगना पड़ेगा।

माँ-बाप को क्या करना चाहिए ?

यदि आप अपने बच्चे को आगे बढ़ते देखना चाहते हैं तो आपको भी बच्चे के स्तर पर उतरकर उसके साथ खेलना पड़ेगा। उसके साथ समय बिताइए और उसकी इच्छाओं, मनोवृत्तियों को समझने की चेष्टा करें। सबसे बड़ी बात कि आप अपने बच्चे की अभिवृत्तियों के अनुसार, उसकी क्षमता के अनुसार, एक ऐसे विद्यालय का चयन करें, जहाँ पर उसका सर्वांगीण विकास हो सके।

घर का वातावरण सदैव सौहार्दपूर्ण रखने की चेष्टा करें। यदि किसी भी प्रकार का आपस में मनमुटाव हो तो उसे अपने बच्चों के सामने प्रकट होने से रोकें; इस स्थिति के लिए खुद को संयमित रखने को कोशिश करें।

खुद भी कुछ न कुछ पढ़ने की आदत डालें, ताकि आपका बच्चा आपको पढ़ते देख खुद ही पढ़ने लगे। संयमित भाषा का प्रयोग करें और यदि हो सके तो आपस में अंग्रेजी बोलें। यदि आप दोनों लोग पढ़े-लिखे हैं तो आप लोगों को कोई English Speaking Course कर लेना चाहिए, ताकि आप fluently English बोलने लगें; इसका आपके बच्चे पर गहरा असर पड़ेगा और वह स्वतः English बोलने लगेगा।

जब बच्चे की परीक्षा हो तो घर में शांतिपूर्ण माहौल बनाए रखें और हो सके तो परीक्षा के समय TV/Radio का इस्तेमाल कम करें या बिल्कुल न करें। इससे आपके बच्चे की पढ़ाई में कोई व्यवधान नहीं पड़ता है। अमूमन यह देखा गया है कि बच्चा यदि एक कमरे में पढ़ रहा है तो माँ-बाप दूसरे कमरे में बैठकर TV देखते हैं; परंतु यदि आपके TV का Volume ज्यादा है तो यह बच्चे के Concentration को तोड़ देता है और उसका पढ़ाई में मन न लगकर TV में लगने लगता है। वह मन ही मन अपरोक्ष रूप से TV देखने लगता है, जबकि सामने किताब खोलकर बैठा है। अतः हो सके तो जब तक आपका बच्चा पढ़े, तब तक आप भी TV न देखें और हो सके तो खुद भी कुछ मैगजीन या उपन्यास या पेपर पढ़ें इसका आपके बच्चा पर

दोहरा असर पड़ेगा। एक तो घर में शांति होने से उसका ध्यान भंग नहीं होगा, अधिगम ज्यादा होगा; दूसरे आपको पढ़ते देख वह Motivate होगा, कि जब मम्मी/पापा इतना देर पढ़ सकते हैं तो मैं क्यों नहीं? इससे उसके अंदर स्वतः Motivation पैदा होगा, जो उसके लिए बहुत ही लाभदायक होगा। यदि बच्चा स्वतः Motivate हो गया तो फिर आपको उस पर ज्यादा ध्यान देने की जरूरत नहीं; वह खुद ब खुद आगे बढ़ता जाएगा।

अपने बच्चे की भावनाओं का ख्याल रखें और उसके स्वाभिमान को चोट न पहुचाएँ। अक्सर माँ-बाप जाने-अनजाने में कुछ ऐसी बातें अपने बच्चों को बोल जाते हैं, जिससे उसकी भावनाएँ आहत होती हैं और इस तरह वह चिड़चिड़ा हो जाता है और आपकी नजर में बदतमीज बन जाता है... पर इन सबके लिए कहीं न कही आपका व्यवहार जिम्मेदार होता है।

जहाँ तक संभव हो, आपस में न झगड़ें, क्योंकि इसका आपके बच्चे पर मानसिक रूप से विपरीत असर पड़ता है। यदि बच्चा स्कूल जाने वाला है, तो निश्चित रूप से आपके बीच जो झगड़े होते हैं, उससे उसका व्यक्तित्व दब जाएगा और वह अपनी भावनाएँ आपसे व्यक्त करने में हिचकिचाएगा, जिससे वह कुंठित बन सकता है। जब वह देखेगा कि माँ-बाप आपस में ही लड़ रहे हैं और एक दूसरे का अपमान कर रहे हैं, तो उसके अन्दर किसी एक के प्रति प्रेम और सौहार्द की कमी होने लगेगी और वह उनसे अपनी बातें खुलकर नहीं कहेगा। तब कुछ ऐसी बातें छुपाने की कोशिश करने लगता है जो उसके व्यक्तित्व को प्रभावित करती हैं। अक्सर यह देखा गया है कि जिन घरों में माँ-बाप या परिवार के सदस्य आपस में झगड़ते रहते हैं, तो उनके बच्चे, प्रतिभा होने के बावजूद पढ़ाई में पिछड़ने लगते हैं; इसके साथ-साथ ऐसे बच्चे स्कूल में भी उद्दंड बनने लगते हैं और अपने साथियों या अध्यापकों से अवांछनीय व्यवहार करने लगते हैं।

घर में क्लेश व संघर्ष या कलह की स्थिति, छात्रों को मानसिक रूप से न केवल प्रताड़ित करती है, बल्कि उनको जहाँ अपनी ऊर्जा लगानी चाहिए, पढ़ने-लिखने या खेलने में; वहाँ नहीं लगाते। वे अपनी ऊर्जा उन बातों में लगाते हैं, जो इस क्लेश की जड़ में है; अर्थात् वे अपनी

सकारात्मक ऊर्जा व्यर्थ की बातों को सोचने में लगाते हैं, जिससे उनकी याददाश्त पर असर पड़ता है और उनकी पढ़ाई-लिखाई भी अप्रत्यक्ष रूप से प्रभावित होती है।

झगड़े या मारपीट की स्थिति में छात्र के अन्दर भय और घृणा का संचार होने लगता है, जिससे उसका मानसिक विकास अवरुद्ध होने लगता है और अपने सम आयु बालकों के comparison धीरे-धीरे पिछड़ने लगता है, जिसका पता बहुत बाद में चलता है। तब तक माँ-बाप इस स्थिति में नहीं रहते कि वे कुछ कर पायें और छात्र एकदम से स्वतंत्र व उन्मुक्त बन जाता है; वह किसी की बात नहीं सुनता, वह सिर्फ अपनी पसंद का कार्य करता है... अपने किए गए कार्यों को वह किसी से बताता भी नहीं है, क्योंकि उसने अपने घर में सदैव झगड़े व क्लेश को देखा है, तो वह इन सबसे दूर जाकर एक शांतिपूर्ण जीवन जीने का प्रयास करता है, जिसमें सिर्फ वह हो और उसे चाहने वाले... और कोई दूसरा उसे बिल्कुल पसंद नहीं, जो उसकी life में interfere करें।

इसके विपरीत यदि घर में लोग आपस में शांतिपूर्वक रहें; उनके बीच प्रगाढ़ प्रेम संबंध हो और वे आपस में मिल-जुलकर एक दूसरे की भावनाओं का ख्याल करते हुए रहें, तो बच्चे के अंदर प्रेम, सहानुभूति की भावना का स्वतः विकास होगा, जो उसे एक ऐसी ऊर्जा से भर देगा, जिसके दम पर वह बड़े से बड़े लक्ष्य को आसानी से हासिल कर लेगा। जिन घरों में बच्चे की भावनाओं का ख्याल होता है, उनका अधिगम स्तर बहुत ही ज्यादा होता है; वे बड़ी आसानी से किसी चीज को याद कर लेते हैं व याद की हुई चीज भी स्थाई होती है, जो आसानी से नहीं भूलती है; या यूँ कहें कि वह जीवन-पर्यन्त याद रहती है। ऐसे मानसिक रूप से सशक्त बच्चे किसी भी कॉलेज को स्वीकार करने के लिए सदैव तैयार रहते हैं। अतः घर में शांति एवं सौहार्द का माहौल बनाएँ, आपका आधा काम खुद ही हो जाएगा; आपका बच्चा खुद ब खुद प्रेरित होगा पढ़ने को। यदि एक बार वह स्वतः प्रेरित हो गया, तो फिर आपको कुछ करने की जरूरत नहीं, सिवाय उसको सुविधा मुहैया कराने के। फिर आपको यह उलाहना नहीं देना पड़ेगा कि आपका बच्चा इतनी ज्यादा सुविधा लेने के बावजूद नहीं पढ़ रहा है; उल्टे आपको ही उसे टोकना पड़ेगा कि वह थोड़ा आराम कर ले,

थोड़ा खेलकूद ले या घूम ले।

बच्चों के जीवन में खेल का महत्त्व -

खेल, संज्ञानात्मक, भावानात्मक और सामाजिक विकास को बढ़ावा देते हैं। खेल, बच्चों को अपने व्यवहार पर नियन्त्रण की क्षमता देने वाले मानसिक उपकरण हैं। खेल में जो कल्पित स्थितियाँ खड़ी की जाती हैं, वे बच्चे के व्यवहार को एक खास तरह से नियन्त्रित करने वाली और दिशा देने वाली प्रथम बाधाएँ हैं। खेल, व्यवहार को संगठित करता है; खेल में बच्चा हमेशा अपनी आयु से अधिक और अपने दैनिक व्यवहार के स्तर से ऊपर उठकर बर्ताव करता है। खेल के भीतर विकास की सारी प्रवृत्तियाँ सारभूत रूप से मौजूद रहती हैं। खेल, विकास, शिक्षा और विकास का मुख्य स्त्रोत हैं। बच्चों के जीवन में खेल के महत्त्व को देखते हुए आजकल सभी स्कूलों में पढ़ाई के साथ-साथ खेल-कूद प्रतियोगिताओं पर भी ध्यान दिया जाने लगा है, जिससे बच्चों का सर्वांगीण विकास हो।

जिस प्रकार कवि अपने आपको कविता लिखने से, तथा गायक, गाने से नहीं रोक सकता, उसी प्रकार बालक अपने आपको खेलने से नहीं रोक सकता। खेल को बच्चे की रचनात्मक, जन्मजात, स्वतंत्र, आत्मप्रेरित, स्फूर्तिदायक, स्वलक्षित तथा आनन्ददायक प्रवृत्ति कहा जाता है। खेल क्रियाओं द्वारा बालक को आत्माभिव्यक्ति का अवसर मिलता है; इसीलिए उनका स्वभाव मुख्यतः सामाजिक होता है।

खेल क्रियाओं द्वारा बच्चे में सामाजिक दृष्टिकोण का विकास होता है। अन्य बच्चों के साथ खेलने से बच्चे, अपरिचित लोगों से सामाजिक सम्बन्ध करना तथा उन सम्बन्धों से सम्बन्धित समस्याओं का समाधान करना सीखते हैं। समूह द्वारा अपनाए जाने या उसमें लोकप्रिय होने पर बच्चे में सुरक्षा की भावना आती है, जो समाजीकरण के लिए बहुत आवश्यक है।

सामूहिक खेलों से आदान-प्रदान की भावना का विकास होता है। कई खेल क्रियाओं में बच्चे अपने खिलौनों को दूसरे के साथ मिल-बाँटकर खेलते हैं, तथा अपने साथियों को भी ध्यान में रखते हुए अपनी इच्छाओं

को टालना या उन पर नियंत्रण पाना सीख लेते हैं। जो बच्चे दूसरे बच्चों के खिलौने छीनकर स्वयं खेलते हैं, उन्हें शीघ्र ही यह पता चल जाता है कि उनके इस प्रकार के व्यवहार से दूसरे बच्चे उनके साथ खेलना पसंद नहीं करते... इससे अपने स्वार्थ को त्यागकर सबके साथ मिल-जुलकर रहने की भावना का विकास होता है। इसके अतिरिक्त बच्चे जब समूह में खेलते हैं, तो वे एक-दूसरे के साथ मिल-जुलकर खेलते हैं; इससे उनमें एकता व सहयोग की भावना पनपती है। यही मिल-जुलकर खेलने की भावना आगे चलकर मिल-जुलकर रहने की भावना में बदल जाती है।

यही नहीं; झूठ-मूठ के काल्पनिक खेलों, जैसे अध्यापक अथवा माँ-बाप की भूमिका निभाना आदि के माध्यम से बड़ों के प्रति जो कुछ भी उनमें विद्वेष या नकारात्मकता की भावना होती है, काफी कम हो जाती है। खेल, बच्चे अध्यापक के नेतृत्व में खेलते हैं; इससे उनमें नेतृत्व व अनुसरण की भावना पैदा हो जाती है। बच्चे एक-दूसरे की भावनाओं का आदर करना सीख जाते हैं, जिसके कारण वे नेता कहलाए जाते हैं। बच्चों में उन गुणों को अपनाने की इच्छा जागृत हो जाती है। खेल में सब बच्चे नेता के कहने के अनुसार चलते हैं। इसमें समूह के नियमों को मानना आवश्यक हो जाता है... इससे बच्चे अनुशासन में रहना सीखते हैं; यही अनुशासन उनकी आगे की जिन्दगी में उन्हें अनुशासन प्रिय बनने की प्रेरणा देता है।

समूह में खेलने के कारण बच्चों में 'हम' की भावना पैदा होती है। खेल में बच्चा यह कभी नहीं कहता है कि 'मैं जीतूँगा।' वह हमेशा यही कहता है कि 'हम जीतेंगे।' यह भावना, बच्चे के सामाजीकरण में बहुत सहायक सिद्ध होती है... इसमें बच्चे दूसरों के लिए काम करना सीख जाते हैं।

यह देखा गया है कि जिन बच्चों को खेल के अवसर नहीं मिलते या बहुत कम मिलते हैं, उन्हें दूसरे बच्चों के साथ समायोजन स्थापित करने में बहुत कठिनाई होती है। ऐसे बच्चे अक्सर स्वकेन्द्रित हो जाते हैं, तथा संवेदनशील व दूसरों पर संदेह करने वाले भी होते हैं। इस प्रकार की प्रवृत्तियाँ सामाजीकरण में तो बाधा डालती ही हैं, बच्चे के संवेगात्मक विकास पर भी प्रतिकूल प्रभाव डालती हैं; इसीलिए बच्चे के सामाजिक,

शारीरिक व संवेगात्मक विकास के लिए उसका विभिन्न खेलों में भाग लेना बहुत आवश्यक है।

बच्चों को खेलने का भरपूर अवसर दें

अपने बच्चों को खेलने का भरपूर अवसर दें। उनके खेलने का भरपूर माहौल बनाएँ.. इससे आपके बच्चे का सर्वांगीण विकास होगा। खेलने से बच्चे के अंदर एक नैसर्गिक ऊर्जा का संचार होगा, जिसका उपयोग आप उसके संज्ञानात्मक विकास में कर सकते हैं, तो वह खुद को संतुष्ट समझता है और अपनी पढ़ाई को बड़े ही मनोयोग से करेगा; इसके बदले यदि हम बच्चे को खेलने से रोकें या उसे खेलने का भरपूर समय न दें और हमेशा उसे पढ़ाई करने पर जोर दें तो बच्चा चिड़चिड़ा हो जाएगा और पढ़ाई से भी जी चुराने लगेगा। इसके साथ-साथ उसके अंदर हीनभावना घर करने लगेगी, जो उसके मानसिक एवं शारीरिक स्वास्थ्य को प्रभावित करेगा।

अतः खेल के महत्त्व को देखते हुए आजकल सभी स्कूलों में खेलकूद की वार्षिक प्रतियोगिताएँ आयोजित की जाती हैं और NCF-2005 के अनुसार खेल का एक पीरियड अनिवार्य रूप से निर्धारित किया गया है।

आज, खेल को एक नए नजरिए से देखने की जरूरत है। यदि बच्चों के खेल के प्रति जुनून को बचपन से ही पहचान लिए जाए या उनके Talent को शुरू से ही पहचान लिया जाए तो भविष्य में बच्चे को उस खेल में शीर्ष पर देखा जा सकता है और वह न केवल आपका, बल्कि पूरे देश का नाम रौशन कर सकता है; बस जरूरत है आपकी पारखी नजर और आत्मविश्वास की; क्योंकि मेरा मानना है कि हर बच्चे में कुछ न कुछ अंतर्निहित होता है, जिसे अक्सर हम लोग पहचान नहीं पाते और ज्यादातर हम लोग अपने बच्चे के, खेलों में Participation के लिए विरोधात्मक रवैया अपनाए रखते हैं। कभी-कभी यह विरोध मुखर हो उठता है; उस समय, जब आपको लगता है कि आपका बच्चा पढ़ाई में कमजोर है... उस समय हम लोग अपने बच्चों की खेलों की सारी गतिविधियों को प्रतिबंधित करने लगते हैं। पर मेरा मानना है कि बच्चों को क्लास 8 तक स्वच्छंद रूप

से दिन के 3-4 घंटे तक खेलने देना चाहिए और उनके ऊपर पढ़ाई का ज्यादा बोझ नहीं डालना चाहिए, ताकि उनका सर्वांगीण विकास हो।

बच्चों के स्वाभिमान का ख्याल रखें -

बच्चे, कोमल एवं भावुक होते हैं। वे हमारी हर गतिविधि का बड़ी बारीकी से ध्यान देते हैं। बच्चे अपने माँ-बाप से अपेक्षा रखते हैं कि वे उनकी हर इच्छा को न केवल पूरा करेंगे बल्कि वह जो चाहेंगे वह उन्हें जरूर मिलेगा। पर कभी-कभी ऐसा समय आता है कि उनकी जिद को पूरा करना माँ-बाप के बस का नहीं रहता। फिर भी यदि बच्चा जिद कर रहा है, तो उसे ऐसे समझाया जाए ताकि उसे लगे कि उसकी भावना की कद्र हो रही है, पर किसी कारणवश उसके माँ-बाप उसकी इच्छा नहीं पूरी कर पा रहे हैं। एक अच्छे माँ-बाप के लिए यह जरूरी भी है कि अपने बच्चे की प्रत्येक जिद को न पूरा करें; ऐसा नहीं कि आप सक्षम नहीं हैं, बल्कि इसलिए कि उसकी कुछ जिद अधूरी रहने से उनके अंदर परिस्थितियों से समझौता करने और सहनशक्ति की भावना का विकास होगा, जो आगे चलकर उसके लिए सफलता का मार्ग भी प्रशस्त कर सकता है। बच्चों को यह अहसास कराने की जरूरत है कि कुछ पाने लिए कुछ त्याग करना जरूरी है, साथ-साथ उसे अपना परिश्रम करने की प्रेरणा देना चाहिए, ताकि वह पढ़ाई को भी उसी तरह enjoy करे, जैसे वह खेल को enjoy करता है। बच्चे को जब लगेगा कि उसकी भावनाओं का ख्याल हो रहा है; उसको घर-परिवार में Recognition मिल रहा है, तो वह स्वतः उस कार्य को करने की कोशिश करेगा, जिससे उसकी इज्जत बढ़े। वह अपनी पढ़ाई के प्रति लगन और समर्पण की भावना का विकास करने लगेगा; और यदि आपके बच्चे के अंदर अपनी पढ़ाई-लिखाई के प्रति जुनून पैदा हो गया, तो उसे आगे बढ़ने से कोई रोक नहीं सकता... वह निःसंदेह आपके सपने को साकार करेगा।

आपका बच्चा आपके लिए और आपके पूरे परिवार के लिए ईश्वर का दिया हुआ अनमोल उपहार है। वह औरों के लिए एक बच्चा हो सकता है, पर आपके लिए वह जिन्दगी है। यह बात हर माँ-बाप महसूस करते हैं; पर बच्चा जब बड़ा होने लगता है और जब वह स्कूल जाने लगता है, तो कुछ

माँ-बाप को लगता है कि उनका बच्चा उनके सपने को साकार करेगा; जो वो लोग नहीं कर पाये वह उसे पूरा करेगा। और इस तरह के लोग अपने बच्चों को अपने अक्स में ढालने की कोशिश करते हैं... इसके साथ-साथ वे उसके लिए अपनी क्षमता के अनुरूप सारी सुख-सुविधाएँ उपलब्ध कराते हैं, साथ ही उसके लिए एक अच्छे विद्यालय का चयन कर उसमें प्रवेश करवाते हैं; इस मकसद से कि उनका बच्चा पढ़कर आगे बढ़ेगा। पर बच्चा जैसे-जैसे बड़ा होने लगता है, वैसे-वैसे उसमें मानसिक एवं शारीरिक परिवर्तन होने लगता है। वह बहुत सारे काम अपने मन से करता है; चाहे उसके काम को कोई पसंद करे या न करे। बच्चे का जब मन करता है तो पढ़ता है, अन्यथा वह खेलने में ही ज्यादा समय व्यतीत करता है। पर बच्चे का अनवरत खेलना या पढ़ाई से जी चुराना माँ-बाप को पसंद नहीं आता। और जब वे उसे डाँटते हैं तो बच्चा उसे किस रूप में ले रहा है यह उसके माँ-बाप को भी नहीं पता होता। ज्यादातर बच्चे डाँट खाकर पढ़ने लगते हैं, पर यह प्रवृत्ति उनमें ज्यादा समय तक नहीं रहती, और 14-15 वर्ष की उम्र आते-आते उनका बौद्धिक स्तर इतना बढ़ जाता है कि वे अपने बारे में सोचने लगते हैं। वे अब अपनी पसंद नापसंद को ज्यादा तरजीह देते लगते हैं। इस उम्र में आकर ज्यादा डाँट-फटकार बच्चों को गलत दिशा में जाने को प्रेरित कर देती है और कभी-कभी वे विद्रोह कर बैठते हैं। इस विद्रोह के पीछे जो सबसे बड़ा कारण है, वह बच्चों को पढ़ाई के लिए बार-बार कहना और इसके साथ अपने बच्चे की दूसरों से तुलना करना।

अपने बच्चों की तुलना दूसरों से न करें। अक्सर यह देखा गया है कि जब Parent-Teacher Meeting होती है, जिसमें सभी अभिभावकों को बुलाया जाता है कि उनके बच्चे की क्या Progress है, तो उसमें अभिभावक सबसे पहले यह प्रश्न पूछते हैं कक्षा अध्यापक से, कि मेरे बच्चे की क्लास में कौन सी पोजीशन आयी है। और वह यह जानने की कोशिश करते हैं कि कितने बच्चे उनके बच्चे से ज्यादा नंबर लाये। यदि उनका बच्चा क्लास में फर्स्ट नहीं आया तो सबसे पहले वह अपने बच्चे को बोलते हैं कि देखो इस बार तुम पीछे रह गए; तुमसे पाँच बच्चे ज्यादा नंबर क्यों लाए? तुम क्यों नहीं ला पाये? अगली बार तुम्हें क्लास में टॉप करना है... इत्यादि।

इसके साथ-साथ वे अध्यापक से भी बात करते हैं कि उनका बच्चा क्यों नहीं अच्छा नंबर लाया? मैंने तो इसके लिए कोचिंग लगा दिया था, घर में सारी सुविधाएँ उपलब्ध करा दी, फिर भी यह अच्छा नंबर नहीं लाया।

माँ-बाप यह भूल जाते हैं कि उनका बच्चा जितना नंबर लाया है, या जिस किसी भी Position को प्राप्त किया है, उसको पाने के लिए उसने अपनी पूरी ताकत झोंक दी है, जिसके लिए उनकी प्रशंसा करना चाहिए। उन्हें अपने बच्चों का उत्साह बढ़ाना चाहिए, उसकी तुलना दूसरे से नहीं करना चाहिए; वह अतुलनीय है। वह क्या कर सकता है यह आपको भी नहीं मालूम। यदि आपका बच्चा आज कमजोर है, तो इसका मतलब यह नहीं कि वह पढ़ नहीं सकता; वह आगे चलकर क्या कर जाएगा, यह आपको भी नहीं पता। बस अपने बच्चे के उत्साह को बनाए रखें, उसको सदैव आगे बढ़ने के लिए प्रेरित करिए; हो सकता है कि कब उसका दिमाग घूम जाए और उसमें आगे बढ़ने का जुनून पैदा हो जाए। यदि एक बार बच्चे के अंदर पढ़ाई का जुनून पैदा हो गया तो वह कभी पीछे मुड़कर नहीं देखेगा... फिर आपको उसे कुछ कहने की जरूरत नहीं।

बस जरूरी यह है कि आप अपने बच्चे को समझने की भरपूर कोशिश करें और उसे सदैव आगे बढ़ने की प्रेरणा दें और उसकी जीत को Celebrate करें; तो उसकी हार पर उसे हतोत्साहित न करें, बल्कि उसको यह बताने की कोशिश करें कि जीवन में सदैव एक सा समय नहीं रहता; हमें हार को भी Celebrate करने का साहस चाहिए। और जो हार को Celebrate करना सीख गया, वह कभी पीछे मुड़कर नहीं देखता है।

अपने बच्चों पर अनावश्यक किसी (Particular Stream) विशेष स्ट्रीम के लिए दबाव न बनाएँ -

Class X तक सभी छात्रों का विषय एक समान रहता है, पर XI से विषय बदल जाते हैं। ज्यादातर माँ-बाप का रुझान साइंस स्ट्रीम के प्रति होता है। वे आर्ट और कॉमर्स स्ट्रीम को नजरअंदाज कर देते हैं। कभी-कभी

यह भी देखने को मिलता है कि छात्रों की मर्जी के बगैर उनका दाखिला साइंस स्ट्रीम में करा देते हैं और नतीजा असफलता के रूप में मिलता है। कभी-कभी छात्र अपनी असफलता को नहीं पचा पाते और वे depression में चले जाते हैं, या extreme situation में वे आत्महत्या तक कर लेते हैं।

अतः अभिभावकों को चाहिए कि वे अपने बच्चों पर अनावश्यक अपनी पसंद का स्ट्रीम चुनने का दबाव न बनाएँ। उन्हें अपने बच्चे को स्वतंत्र छोड़ देना चाहिए, ताकि वो स्वेच्छा से उन विषयों का चयन करें, जिसे वह अच्छे से पढ़ सकता है और जिसके द्वारा वह सफल हो सकता है। इसमें अभिभावकों को अपने बच्चों का मार्गदर्शक बनकर उन्हें उनकी पसंद का विषय चुनने को प्रेरित करना चाहिए। याद रखिए, हर विषय का अपना महत्त्व है। कोई भी स्ट्रीम किसी से कम नहीं। यदि साइंस स्ट्रीम को अच्छा मानें तो क्या आर्ट या कॉमर्स नहीं अच्छा है? अतः किसी स्ट्रीम से फर्क नहीं पड़ता, बल्कि यह जरूरी है कि आपका बच्चा जिस भी स्ट्रीम से पढ़ाई करे, वह मनोयोग से करे और उसमें अपना बेस्ट देने की कोशिश करे। याद रखिए, स्कूली स्तर की पढ़ाई पूरे जीवन की दिशा निर्धारित करती है; वह भी इन्हीं दो सालों में, जब छात्र/छात्राएँ 11-12 में होते हैं। यही स्कूली शिक्षा के दो वर्ष, किसी को डॉक्टर बनाते हैं, किसी को इंजिनियर, किसी को Chartered Accountant, किसी को अध्यापक, IAS, PCS। पर अधिकांश माँ-बाप, खासतौर मध्यम वर्ग के लोग साइंस स्ट्रीम पर ही फोकस करते हैं। वे यह भूल जाते हैं कि समाज में डॉक्टर इंजिनियर के अलावा और भी बहुत सारी नौकरियाँ हैं, जो उनके मान सम्मान को बढ़ायेंगी।

किसी विशेष स्ट्रीम का चुनाव कैसे करें

(How to select a particular stream after class X)

यह एक ऐसा प्रश्न है जिसको लेकर अधिकांश अभिभावक व छात्र परेशान व दुविधा में रहते हैं कि वे साइंस स्ट्रीम या कॉमर्स स्ट्रीम या आर्ट

स्ट्रीम में से किसका चुनाव करें। पर साइंस स्ट्रीम की व्यापकता देखते हुए ज्यादातर अभिभावक साइंस स्ट्रीम सेलेक्ट करने के लिए अपने बच्चों को प्रेरित करते हैं, पर आगे चलकर ये बच्चे साइंस स्ट्रीम को ठीक से पढ़ नहीं पाते और असफल होने लगते हैं, जिसकी वजह से वे depression में चले जाते हैं। किसी स्ट्रीम को सेलेक्ट करते समय निम्नलिखित बातों (तरीकों) का ख्याल रखें तो आपके बच्चे का मनोबल सदैव बढ़ा रहेगा और सफलता उसके कदम चूमेगीः-

1. सर्वप्रथम अपने बच्चे की अभिरुचि, उसकी ताकत और व्यक्तित्व को सर्वाधिक महत्त्व दें

(Give attention to aptitude, strength and personality.)

आप अपने तरीके से न सोचें। आप यह जानने की कोशिश करें कि आप का बच्चा क्या करना चाहता है; उसका व्यक्तित्व किस तरह का है, वह चीजों को साइंटिफिक नजरिए से देखता है या Artistic अप्रोच लिए हुए है।

इन सब चीजों का पता लगाने के लिए एक छोटा सा टेस्ट दिलवाकर आप अपने बच्चे की अभिरुचि और व्यक्तित्व को परख सकते हैं। इस तरह का टेस्ट आप घर बैठे कम्प्यूटर के माध्यम से दिलवा सकते हैं, जिसके कुछ प्रश्न निम्नलिखित हैं।

1. जब आप कहीं जाते हैं तो

क) प्लान करते हैं कि आप को क्या करना है या

ख) बस चले जाते हैं

2. आप सोचते हैं

क) आपका दिल आपके दिमाग को नियंत्रित करता है या

ख) आपका दिमाग आपके दिल को नियंत्रित करता है, अर्थात् आप दिमाग से चलते हैं

3. यदि आप एक अध्यापक होते, तो आप पढ़ाना पसंद करते

क) आप उस तरह के कोर्सेज को पढ़ाते, जिसमें फैक्ट हो
ख) आप बस theoretical कोर्सेज को पढ़ाते

4. एक समूह में आप

क) लोगों से अच्छी तरह घुलमिल जाते हैं या
ख) एकदम शांत और रिजर्व रहते हैं

5. आप ऐसे लोगों के साथ रहना पसंद करते हैं जो

क) कल्पनाशील (लोगों को) हों (Imaginative people) या
(ख) यथार्थवादी (लोगों को) हों (Realistic people)

6. आप अपने आपको

क) स्वाभाविक या सहज व्यक्तित्व का मानते हैं या
ख) एक संतुलित या संगठित व्यक्तित्व का मानते हैं

7. क्या आप

क) आसानी से किसी चीज़ को जानना चाहते हैं या
ख) कठिनाई से जानने में विश्वास रखते हैं।

8. आपकी नजर में क्या महत्त्वपूर्ण है

क) संवेग या मनोभाव
ख) तर्क

9. किसी कार्यक्रम या समय सारणी को Follow करते समय

क) आनन्द से रहते हैं
ख) नीरसता (कष्टप्रद) का अनुभव करते हैं

10. आपके मित्र आपको

क) एक प्राइवेट व्यक्ति मानते हैं या
ख) एक खुले विचारों वाला व्यक्ति मानते हैं।

11. आप अपने आपको

क) एक जमीन से जुड़ा हुआ व्यक्ति मानते हैं

ख) अलौकिक व्यक्ति (Gifted person)

12. आप अपने आपको सर्वाधिक कहलाना पसंद करते हैं

क) कि आप एक रियल फिलिंग वाले व्यक्ति हैं

ख) कि आप एक तार्किक व्यक्ति हैं

13. आप ऐसे मित्रों को पसंद करते हैं जो

क) सदैव नए विचारों के साथ आएँ

ख) जमीन से जुड़े रहें

14. एक बड़े समूह में

क) आप अपना परिचय देते हैं दूसरों को

ख) लोग आपका परिचय करवाते हैं दूसरों से

15. प्रत्येक दिन

क) समय के साथ जो हो रहा है, उसमें बह जाते हैं

ख) समय के साथ कार्यों को संपन्न करने के लिए एक लिस्ट बनाते हैं।

16. आप किस तरह की फिल्में पसंद करेंगे

क) जो आपको सोचने के लिए मजबूर करें या

ख) आपको भावुक कर दें

17. आप तरजीह देंगे

क) लास्ट मिनट प्लान को

ख) एडवांस में ही चीजों को प्लान कर लेंगे

18. आप ज्यादा आकर्षित होते हैं

क) प्रतिभाशाली दिमाग की तरफ या

ख) सामान्य दिमाग की तरफ

19. आप सर्वाधिक प्रशंसा का अनुभव करेंगे, जब लोग आपको

क) सक्षम (Competent) कहते हैं

ख) Compassionates कहते हैं

20. अत्यधिक लोगों से घिरे होने पर

क) अपने आपको ऊर्जावान मानेंगे

ख) खुद को थका हुआ महसूस करेंगे

21. ऐसे कार्य, जिसे ज्यादातर लोग करते हैं, उसे

क) आप स्वीकार्य तरीके से करेंगे, जैसे और लोग करते हैं

ख) आप उसे करने का नया तरीका ईजाद करेंगे, अर्थात् अपने तरीके से करने की कोशिश करेंगे।

22. औरों को आपके बारे में

क) ज्यादा समय लगता है समझने में

ख) कम समय लगता है समझने में

23. जब आप कोई बड़ा कार्य (Project) करते हैं तो

क) एक प्लान बनाकर अपनी प्राथमिकता तय करते हैं

ख) उचित तरीके से अपने काम को करने में डूब जाते हैं

24. आप किस तरह के अध्यापक को पसंद करते हैं

क) जो आप को बहुत प्यार करते हैं

ख) जो आपकी कमियों को सदैव दूर कर आपको अच्छा बनाने का प्रयास करते हैं।

25. आप क्या पढ़ना पसंद करते हैं

क) प्रत्यय एवं सिद्धांत (concepts and principles)

ख) तथ्य एवं आँकड़े (fact and figures)

26. आप पसंद करते हैं

क) कोई पार्टी समय से पूर्व प्रबंध करने में

ख) पार्टी के समय ही आप निर्धारित करते हैं कि क्या करना है

27. किसी पार्टी के समय

क) कुछ समय के लिए ऊब जाते है

ख) पार्टी खत्म होने तक मस्ती करते हैं

28. किसी निर्णय पर पहुँचने से पहले आपके लिए महत्त्वपूर्ण होता है

क) तथ्यों को समझ लें

ख) लोगों की भावनाओं एवं विचारों को तरजीह दें।

29. जब किसी नये व्यक्ति से मिलते हैं, तो वह बताता है कि आप पसंद करते हैं....

क) सही दिशा में कार्य करने को।

ख) यह वह आपसे मिलकर पहले आपको समझे, फिर आपकी पसंद बताए।

30. अपने दिनचर्या के कार्य में आप

क) संकट आने पर बिना डिगे कार्य करते हैं।

ख) कोई प्लान बनाकर कार्य करते हैं और यदि कोई संकट आता है तो उसे आसानी से Handle कर लेते हैं।

31. अपनी पाठ्य पुस्तक के अलावा किसी और पुस्तक को पढ़ते समय

क) उसे आप पसंद करते हैं, और यदि उसमें कुछ अलग बातें हैं तो उसे आप पसंद करते हैं।

ख) लेखक क्या कहना चाह रहा है, उसे समझ जाते हैं और पसंद करते हैं।

32. जब आप किसी छुट्टी पर जाते हैं, तो आप

क) तुरंत on the spot plan बनाते हैं

ख) पूरी छुट्टी को plan कर निर्धारित करते हैं कि कब क्या करना है; यानि advance में ही छुट्टी का plan बना लेते हैं

इस परीक्षा में प्रश्नों के उत्तर के सेलेक्शन के आधार पर एक विश्लेषण किया जाता है और उसी विश्लेषण के आधार यह सुझाव दिया जाता है है कि छात्र के लिए कौन सी स्ट्रीम का चुनाव करना ज्यादा लाभदायक होगा, अर्थात् छात्र की अभिक्षमता के परीक्षण के आधार पर स्ट्रीम का सेलेक्शन छात्र के कैरियर के लिए ज्यादा लाभदायक है।

2. किसी स्ट्रीम को जानना और उसके बारे में सम्पूर्ण जानकारी रखना-

यदि किसी विशेष स्ट्रीम के बारे में सम्पूर्ण जानकारी है, और उसके बारे में आप जानते हैं कि उसे पढ़कर आप का बच्चा कैरियर के किस मुकाम तक पहुँच सकता है, तो उस स्ट्रीम का आप अपने बच्चे के लिए चुनाव कर सकते हैं। उदाहरण के तौर यदि आप अपने बच्चे को डॉक्टर बनाना चाहते हैं और आपका बच्चा भी आपके सपनों को साकार करने के लिए तैयार है; साथ-साथ वह एक औसत विद्यार्थी है तो भी आप उसे बायोग्रुप सेलेक्ट करने के लिए कह सकते हैं, और यदि छात्र पूरे मनोयोग से अपने मनवांछित विषय को पढ़ेगा तो वह निःसंदेह अपनी मंजिल को प्राप्त कर सकेगा।

यदि आप का बच्चा कुशाग्र बुद्धि का है और आप उसे IAS/PCS बनाना चाहते हैं, तो उसे आर्ट स्ट्रीम सेलेक्ट करने के लिए प्रेरित कर सकते हैं। यदि उसने आर्ट स्ट्रीम को पूरी क्षमता के साथ पढ़ लिया तो वह निःसंदेह ग्रेजुएशन करते-करते IAS/PCS परीक्षा को बड़ी आसानी से Qualify कर लेगा, क्योंकि उसने शुरू से ही वह रास्ता चुना है, जो उसे उसकी मंजिल तक पहुँचाएगा। ज्यादातर लोग आर्ट स्ट्रीम को कमतर आँकते हैं; पर जब वह ग्रेजुएशन या पोस्ट ग्रेजुएशन सांइस स्ट्रीम से पूरा करने के बावजूद किसी जॉब को नहीं पाते तो वे IAS/PCS तरफ रुख

करते हैं और इसमें सफलता प्राप्त करने के लिए History, Geography, political science, economics आदि विषयों का गहन अध्ययन करते हैं ताकि उन्हें मनवांछित सफलता मिले... और ये वही विषय हैं जो उन्होंने स्ट्रीम सेलेक्शन के समय सोचा तक नहीं था; उस समय तो उन्हें केवल साइंस स्ट्रीम ही सबसे काबिल लगा था।

3. अपने बच्चे की पसंद और उसकी अभिरुचि का ध्यान रखें : अपने बच्चे की पसंद और उसकी रुचि को जानने का प्रयास करें, और उसी के अनुसार किसी विशेष स्ट्रीम का सेलेक्शन करें। यदि आपने अपनी रुचि और पसंद का ख्याल रखकर उसके लिए किसी स्ट्रीम का सेलेक्शन किया, तो उसमें आपके बच्चे को सबसे पहले लगेगा कि उन विषयों को उसके ऊपर थोपा गया है जिसे वह पसंद नहीं करता... और जैसे-जैसे difficulty level बढ़ता जाएगा, बस वह जैसे-तैसे पढ़ाई करेगा, सिर्फ पढ़ने के लिए या पास होने के लिए। अतः अपने बच्चे के Area of interest को जानिए और उसी अनुसार उसके लिए कोर्सेज का चयन कीजिए। यदि आपने उसकी पसंद के कोर्स का चयन किया तो वह दुगुने उत्साह के साथ अपने कार्य को करेगा और निश्चित ही उसमें वह सर्वोत्तम आने के लिए सदैव प्रयासरत रहेगा। यदि आपके और आपके बच्चे के बीच में स्ट्रीम सेलेक्शन को लेकर मतभेद उभर जाएँ और यदि आप उसे साइंस स्ट्रीम पढ़ने को कहें और वह कॉमर्स स्ट्रीम पढ़ना चाह रहा है तो उसे साइंस स्ट्रीम पढ़ने के लिए ज्यादा जोर न दें। याद रखें आपका बच्चा आप से ज्यादा Sensitive है; किसी स्ट्रीम को पढ़ने के लिए उसने जरूर कुछ न कुछ सोच रखा होगा; ऐसे में उसे वही करने को प्रोत्साहित करें जो वह करना चाह रहा हो... उसके ऊपर अनावश्यक दबाव न बनाएँ।

4. किसी विशेष स्ट्रीम को सेलेक्ट करते समय उससे संबंधित कैरियर : उस स्ट्रीम का स्कोप क्या है, को जरूर चेक कर लें। प्रत्येक स्ट्रीम का कुछ न कुछ स्कोप होता है, उससे संबंधित कैरियर होते हैं,

जिनका ध्यान रखकर अपने बच्चे की रुचि और क्षमता के अनुसार किसी स्ट्रीम का चुनाव करें।

5. स्वयं का आकलन :

अभी तक मैंने जिन तरीकों के बारे में बताया, उसमें दूसरे का Involvement है; पर यह तरीका मेरी समझ से सर्वाधिक उपयुक्त एवं प्रासांगिक है। इसमें आपको किसी के पास नहीं जाना है; स्वयं ही अपने बच्चे का सूक्ष्म Observation कर उसके अनुसार ऐसे कैरियर या स्ट्रीम का चुनाव कर सकते, हैं जो उसे सफलता के मुकाम तक पहुँचा सके। इसमें आपको निम्नलिखित बातों का ध्यान रखना है:-

क) क्लास 5 तक अपने बच्चे को स्वच्छन्द तरीके से पढ़ने एवं खेलने दें; केवल उसके व्यवहार को नियंत्रित एवं सही दिशा देने का प्रयास करें। उसको खेलने का भरपूर अवसर दें, ताकि उसका स्वाभाविक विकास हो सके।

ख) क्लास 6 से 8 तक उसकी Monitoring करें, और प्रत्येक दिन कम से कम एक से दो घंटे उसके साथ व्यतीत करें; मतलब उससे उसके विषयों के बारे में पूछें कि क्या पढ़ाया गया है, उसे अपने स्कूल के कौन-कौन से टीचर पसंद है, उसे कौन सा विषय पढ़ने में मजा आता है; किन विषयों में उसे कठिनाई महसूस होती है। यदि कोई विषय कठिन लगता है, तो क्यों कठिन लगता है; क्या उसे वह समझ में आ रहा है या नहीं। यदि समझ में नहीं आ रहा है तो वह ट्यूशन कर ले, और अपने विषयों को मेहनत से पढ़ ले।

इसी उम्र में बच्चों की याद करने की आदत को प्रेरित करें।

यदि आप अपने बच्चे की पसंद और नापसंद समझ गये हैं और उसकी किन विषयों पर अच्छी पकड़ है, और किन विषयों से वह दूर भागने का प्रयास करता है, अगर जान गए हैं तो उसकी पसंद के विषय को पढ़ाते समय उसकी नापसंद के विषय को भी पढ़ाएँ, जिससे उसका Interest उन विषयों में भी जाग जाए जिन्हें वह पसंद नहीं करता है।

ग) क्लास IX से X तक अपने बच्चे के प्रत्येक विषय के प्राप्त हुए अंक का

रिकार्ड अपने पास जरूर रखें और आपके द्वारा सारी सुविधा मुहैया करा देने एवं आपके बच्चे द्वारा अपने maximum क्षमता का प्रदर्शन करने पर जो अंक प्राप्त हुए हैं, उसकी Analysis करके उसे उपयुक्त स्ट्रीम सेलेक्ट करने का सुझाव दें।

क्लास X तक पाँच विषय होते हैं, जिनमें दो विषय भाषा के और शेष तीन विषय में पहला विज्ञान, दूसरा गणित एवं तीसरा विषय सामाजिक विज्ञान का होता है। आपको केवल इन्हीं तीन विषयों की Analysis करनी है। यदि आपको बच्चे की प्राप्तांक

Case - I

क्लास	साइंस	गणित	सामाजिक विज्ञान
Class VIII	55	35	65
IX	50	37	70
X	60	50	75

यह छात्र चूँकि सामाजिक विज्ञान में अच्छा कर रहा है, पर उसका गणित का रिकार्ड उतना अच्छा नहीं है, तो यदि छात्र आर्ट या कॉमर्स स्ट्रीम को लेकर आगे बढ़े तो वह अच्छा Perform कर सकता है। यदि यह छात्र साइंस स्ट्रीम ले और उसमें भी वह बॉयोग्रुप लेकर आगे बढ़ सकता है; पर चूँकि गणित के अंक उतने अच्छे नहीं हैं, जिसकी वजह से वह Physics, Chemistry में उतना अच्छा नहीं perform कर सकता, जितना वह आर्ट या कॉमर्स में करने की क्षमता रखता है, अतः ऐसे छात्रों को सफलता प्राप्त करने के लिए साइंस का मोह छोड़ना पड़ेगा, और उन्हें आर्ट/कॉमर्स लेकर आगे बढ़ना चाहिए, अतः आप अपने बच्चे को उसकी रुचि एवं क्षमता के अनुसार या तो कार्मस या आर्ट स्ट्रीम सेलेक्ट करने की सलाह दे सकते हैं।

यदि आप अभी भी confuse हैं कि अपने बच्चे का आर्ट स्ट्रीम में प्रवेश करवाएँ या कॉमर्स स्ट्रीम में, तो उसके लिए निम्नलिखित बातों को

ध्यान में रखेंः-

1. क्या आप का बच्चा कलात्मक है, अर्थात् वह किसी न किसी कला को पसंद करता है, और उस कला के प्रति उसमें जुनून हैं; अर्थात् उसे चित्रकारी पसंद है, या संगीत, या किसी खेल में सर्वाधिक रुचि रखता है, या वह भावानात्मक कहानियाँ पसंद करता है।

2. क्या उसे इतिहास पढ़ने में मजा आता है?

3. क्या वह भूगोल को पढ़ते समय आपसे या अपने अध्यापक से देश-प्रदेश के बारे में प्रश्न पूछता रहता है या ऐसे प्रश्नों का उत्तर खोजने का प्रयास करता है जो भूगोल से संबंधित हैं?

4. क्या उसे टीवी में ऐसी Historical मूवी पसंद है, जो वह बड़े चाव से देखता है?

5. आप उसे पाकेट खर्च के लिए जो पैसे देते हैं, उसे वह बचा नहीं पाता और अपने दोस्तों के बीच में खर्च कर देता है?

यदि इन सब प्रश्नों का उत्तर हाँ में है, तो उसे आर्ट स्ट्रीम सेलेक्ट करने की सलाह दें; आपका बच्चा कभी भी पीछे मुड़कर नहीं देखेगा, बल्कि सफलता उसके पीछे दौड़ेगी, बशर्ते, आपको उसका उत्साह बढ़ाना पड़ेगा, क्योंकि बच्चों के बीच में यह भावना है कि आर्ट स्ट्रीम सबसे कमजोर बच्चों को मिलती है, जबकि ऐसा नहीं है। यदि किसी को Administration में जाना है, या IAS/PCS बनना है तो उसे इतिहास और भूगोल जरूर पढ़नी पड़ती है और बिना इसके सफलता हासिल करना मुमकिन नहीं है, जबकि आपके बच्चे का Interest, इन विषयों में है, और जब अपने पसंद का विषय रहेगा तो उसे पढ़ना और पढ़कर सफलता प्राप्त करना बहुत ही आसान हो जाएगा, बस जरूरत इस बात की है कि आप अपने बच्चे के अंदर आगे बढ़ने और सफलता प्राप्त करने का जुनून पैदा कर दें, बाक़ी काम वह खुद कर लेगा; बस उस पर विश्वास करें और अपने धैर्य को बनाये रखें। यदि आपके बच्चे में निम्नलिखित गुण हैं।

1. उसका History, Geography में मन नहीं लगता।

2. वह Calculative माइंड का है।

3. आप जो कुछ भी सामान मँगाते हैं, उसमें से कुछ पैसे बचाकर अपने पास रख लेता है।

4. वह सदैव इस चक्कर में रहता है कि उसे कब कहा जाए कि मार्केट जाए; अर्थात् वह सदैव समान खरीदने की जुगत में रहता है।

5. उसमें मोलभाव करने की क्षमता है।

इस तरह के छात्रों को कॉमर्स स्ट्रीम सेलेक्ट करने की सलाह देनी चाहिए; इस तरह के छात्र यदि कॉमर्स विषय लेकर पढ़ाई करें तो वह निःसंदेह अपने क्षेत्र में आगे बढ़ते रहेंगे।

Case - II

क्लास	साइंस	गणित	सामाजिक विज्ञान
VIII	65	33	65
IX	45	43	60
X	50	40	69

जैसा इस छात्र के प्राप्तांक से विदित हो रहा है कि इसका नंबर सामाजिक विज्ञान और विज्ञान में करीब-करीब तीनों कक्षाओं में एक जैसा है, तो यदि यह आर्ट स्ट्रीम लेकर आगे बढ़े तो सफलता की संभावना ज्यादा है।

Case - III

क्लास	साइंस	गणित	सामाजिक विज्ञान
VIII	75	60	75
IX	65	65	75
X	85	75	80

इस तरह के छात्र को साइंस स्ट्रीम सेलेक्ट करनी चाहिए। यदि उसका बैंकिंग में जाने का मन है तो उसे कॉमर्स सेलेक्ट करना चाहिए; वह बहुत आगे निकल सकता है कॉमर्स स्ट्रीम लेकर। यदि वह बैंकिंग में नहीं जाना चाहता है तो उसे साइंस के इंजिनियरिंग ग्रुप को ज्वाइन करना चाहिए, यदि उसका इंजिनियर बनने का सपना है; पर यदि यह छात्र बायोग्रुप लेकर पढे तो वह काफी आगे निकल सकता है। छात्र के अंदर अपार संभावनाएँ हैं और उसका साइंस पर कमांड यह साबित कर रहा है कि उसके अंदर scientific temperament है; वह एक अच्छा डॉक्टर बन सकता है... केवल उसकी energy को एक सही दिशा देने की जरूरत है। यदि यह छात्र/छात्रा अपनी पूरी सामर्थ्य से पढ़ाई करे तो वह निश्चित ही अपने पहले प्रयास, मेडिकल की परीक्षा को बड़ी आसानी से निकाल सकता है, बशर्ते वह अपने पढ़ाई के स्तर को Maintain करे और syllabus में जो बदलाव आता है, उसको वह बड़ी सहजता से आत्मसात् कर आगे बढ़ने का प्रयत्न करता रहे।

Case - IV

क्लास	साइंस	गणित	सामाजिक विज्ञान
VIII	80	85	65
IX	95	90	90
X	99	100	95

यदि आपका बच्चा इस श्रेणी में आता है तो निःसंदेह वह एक Brilliant छात्र है और वह न केवल आपके लिए बल्कि देश के लिए भी एक धरोहर के समान है। यदि आप उसकी ऊर्जा को एक निश्चित दिशा देने में कामयाब हो गए तो वह जिस क्षेत्र में जाएगा उसी में कामयाबी के झंडे गाड़ देगा। यह छात्र अपनी मनपसंद का कोई भी स्ट्रीम चुन सकता है; बस एक चीज ध्यान देने की बात है कि, वह साइंस स्ट्रीम में मेडिकल और इंजिनियरिंग स्ट्रीम में से कोई एक सेलेक्ट करे। कहने का मतलब वह मैथ और Bio group एक साथ न ले; या तो वह मैथ्स ग्रुप सेलेक्ट करे या

केवल बॉयो ग्रुप। इससे क्या होगा कि उसके ऊपर अनावश्यक दबाव नहीं पड़ेगा, जिससे वह अपनी नैसर्गिक प्रतिभा का इस्तेमाल अपने Dream Job को पाने के लिए करेगा। पर यदि उसने दोनों विषय मैथ्स और बॉयो को ले लिया तो उसे आगे चलकर किसी एक फील्ड का चयन करना पड़ेगा। या तो मेडिकल का या इंजिनियरिंग का। यदि उसने शुरूआत में ही किसी एक फील्ड का चयन कर लिया तो उसे आगे चलकर किसी दुविधा में नहीं पड़ना पड़ेगा और उसका सारा ध्यान अपनी पढ़ाई पर केन्द्रित होगा। इसके साथ-साथ उसका ध्येय यह होगा कि वह First attempt में ही IIT/Medical की परीक्षा को न केवल पास करे बल्कि उसको अपनी मनपसंद ब्रांच मिले, वह भी मनपसंद कॉलेज में।

इस तरह यदि छात्र यह चाह रहा है कि वह मैथ्स, बॉयो दोनों लेकर पढ़ सकता है और उसमें अपना बेस्ट दे सकता है तो उसे समझायें और उसकी ऊर्जा को सही दिशा देते हुए किसी एक स्ट्रीम मेडिकल/इंजिनियरिंग को सेलेक्ट करने का सुझाव दें, ताकि सफलता उसके कदम चूमे। इस तरह आप अपने बच्चे का मार्गदर्शन और पथ-प्रदर्शन कर सकते हैं।

सफलता प्राप्त करने की प्रथम सीढ़ी क्लास 10 के बाद एक ऐसे स्ट्रीम का सेलेक्शन है, जो जिन्दगी का Foundation होता है और जीवन की दिशा को निश्चित करता है।

क्लास 11 और 12 आपके/आपके बच्चे के द्वारा सेलेक्ट किए गए स्ट्रीम में अपनी सामर्थ्य एवं क्षमता को प्रदर्शित करने का अवसर प्रदान करता है। जिसने इस अवसर को अच्छी तरह से भुना लिया, उसके लिए जिन्दगी के मायने बदल जाते हैं एवं उसमें सकारात्मक सोच का जन्म होता है। वह प्रत्येक टास्क को एक चुनौती के रूप में लेता है और उसमें सफलता प्राप्त करने के लिए अपनी 100 प्रतिशत क्षमता का उपयोग करता है। पर जिसने इस अवसर को Casually लिया है और यह सोचता है कि मैं तो काफी तेज हूँ, परीक्षा के अन्तिम समय में भी पढ़कर अच्छे अंक ला सकता हूँ, या स्ट्रीम के दबाववश अपनी क्षमता का इस्तेमाल कम करता है, तो उसके लिए सफलता एक अजूबा बन जाती है, जिसे प्राप्त करने के लिए

वह बाहर भटकता है पर उसे नहीं मिलती, क्योंकि वह अपने पर कम, औरों पर अधिक विश्वास करता है और ऐसे लोग नकारात्मक सोच से ग्रसित होकर कभी-कभी राह से भटक जाते हैं।

विद्यालय/शैक्षणिक संस्थान - विद्यालय/शैक्षाणिक संस्थान है, जहाँ पर प्रत्येक बालक न केवल साक्षर होता है, बल्कि उसका मानसिक, चारित्रिक, सामुदायिक, राष्ट्रीय तथा अन्तर्राष्ट्रीय विकास होता है, तथा वह स्वस्थ रहने का प्रशिक्षण प्राप्त करता है। बालक के सामाजिक विकास में विद्यालय का सर्वाधिक महत्त्वपूर्ण स्थान होता है। विद्यालय में बालक को अन्य बालकों एवं अध्यापकों से मिलने-जुलने के व परस्पर सहयोग करने के तथा विभिन्न प्रकार की सामूहिक क्रियाओं में भाग लेने के अवसर मिलते हैं, जो उसके सामाजीकरण की दिशा को निर्धारित करते हैं... इससे उन्हें परस्पर, सामाजिक-अन्तःक्रिया करने के विपुल अवसर प्राप्त होते हैं।

विद्यालय, छात्र जीवन की कर्मभूमि है, जो किसी भी छात्र के भावी जीवन की दशा और दिशा को निर्धारित करती है; इसीलिए प्रत्येक माँ-बाप की इच्छा होती है कि वे अपने बच्चे का अपने शहर के अच्छे से अच्छे विद्यालय में दाखिला दिलाएँ और वे भरसक अपने मकसद में कामयाब भी होते हैं। कुछ ऐसे गुण हैं जो छात्र अपने घर पर रहकर नहीं सीख सकता, जब तक कि वह विद्यालय में न जाए। किसी छात्र की सफलता/असफलता में सर्वाधिक योगदान परिवार के बाद विद्यालय अथवा शैक्षणिक संस्थान का होता है। यदि विद्यालय में पढ़ाई का स्तर उच्च है और वहाँ पर छात्रों को योग्य शिक्षक पढ़ाते हैं, तो उस विद्यालय का Reputation उस शहर में या उस इलाके में अच्छा होगा और वह विद्यालय छात्रों एवं अभिभावकों की पहली पसंद का विद्यालय बन जाएगा।

स्कूली जीवन में छात्रों की समस्याएँ

प्रत्येक छात्र में अपार संभावनाएँ होती हैं। हर छात्र एक दूसरे से भिन्न होता है। स्कूली जीवन में प्रत्येक छात्र विभिन्नता लिए हुए एक दूसरे के साथ

पठन-पाठन की क्रिया को करते हुए ढेर सारी चीजों को ग्रहण करते हैं और इसी प्रक्रिया को करते हुए वे निम्नलिखित समस्याओं से दो चार होते रहते हैं:

छात्रों की समस्याओं को दो भागों में बाँट सकते है

1. Personal Problem वैयक्तिक समस्याएँ

2. Social Problem सामाजिक समस्याएँ

छात्रों की वैयक्तिक समस्याएँ

छात्रों के अपने विचार, विद्यालय का काम, स्वास्थ्य, बुद्धि एवं शारीरिक बनावट, उसके माता-पिता का छात्र के प्रति व्यवहार, घर का माहौल, घर में रह रहे लोगों की प्रकृति, छात्र के माँ-बाप की आर्थिक स्थिति, माँ-बाप का सामाजिक स्तर।

1. छात्र के विचार - एक सर्वे में मैंने पाया कि क्लास 8 तक के बच्चों के विचारों में पास-फेल का कोई ज्यादा महत्त्व नहीं होता। वे बहते पानी की तरह निश्चिंत और उन्मुक्त रहते हैं। यदि कोई बच्चा कम अंक पाता है तो उसका कम अंक पाना उसको उतना परेशान नहीं करता, जितना एक बच्चा 11 और 12 में पाता है तब होता है। मनोवैज्ञानिकों ने भी किशोरावस्था को तूफान और परेशानी की अवस्था बताया। क्लास 11 और 12 के बच्चों में परिपक्वता आ जाती है और वे हर चीज को अपने नजरिए से देखते और सोचते हैं और यही उनका सोचने का नज़रिया उनके लिए समस्या बन जाता है। वे अपने विचारों की, अपने काम की, सराहना और प्रोत्साहन पसंद करते हैं, चाहे वह विचार किसी को पसंद आये या न आए। यहीं से परेशानी का आरम्भ होता है। माँ-बाप अक्सर यह शिकायत करते हैं कि उनका बच्चा उनकी बात नहीं मानता, वह अक्सर अपने मन की करता है। माँ-बाप अपने बच्चों की समझने की बहुत ही कम कोशिश करते हैं, उल्टे वह सभ्यता और संस्कृति के नाम पर अपने बच्चों के विचारों को दबाने का

अक्सर प्रयास करते रहते हैं। जो माँ-बाप अपने बच्चों के सुविचारों को सम्मान और इज्जत देते हैं, वे उनकी नजर में हीरो बन जाते हैं और उनके बच्चे हमेशा आगे बढ़ते हैं। बच्चों की बातों को ध्यान से सुनना चाहिए उनको इज्जत देनी चाहिए; उनसे प्रेमपूर्वक बातचीत करके वो क्या चाहते हैं, उन्होंने अपनी जिन्दगी के बारे में क्या सोचा है, पूछना चाहिये।

कुल मिलाकर उनको समझने का प्रयास करना चाहिए।

2. Careful choice/selection of stream in class XI

क्लास X तक सभी को समान रूप से एक जैसे विषय पढ़ाए जाते हैं। X के बाद XI क्लास से सबकी जिन्दगी की गति ज्यादातर निश्चित हो जाती है कि कौन किस क्षेत्र में जा सकता है। हालाँकि 12 के बाद बहुत से Interdisciplinary courses हैं, पर अधिकांश course rigid होते हैं, अर्थात् डॉक्टर वही बन सकता है, जिसने 11,12 में PCB लिया है; इंजिनियर वही बन सकता है, जिसने 11,12 में PCM लिया है। 11,12 के कोर्स के आधार पर University/College में दाखिला संभव है; अर्थात् जिसने 11,12 में Economics या कॉमर्स स्ट्रीम सेलेक्ट किया है वही बी.काम कर सकता है, पर वही B.Sc नहीं कर सकता। इसी तरह11,12 को एक तरह से प्रोफेशनल पढ़ाई की पहली सीढ़ी बोलें तो कोई गलत नहीं होगा। यही पढ़ाई भावी जीवन की बुनियाद रखती है।

हमारे अधिकतर युवा जब अपने लिए कोर्स को सेलेक्ट करने की स्थिति में आते हैं तो वे अपनी पसंद के कोर्स के प्रति संशय से भर जाते हैं। वे ज्यादातर भेड़चाल में फँसकर अपने कैरियर से खिलवाड़ कर बैठते हैं। ज्यादातर यह देखा गया है कि अभिभावक, अपने बच्चों को साइंस स्ट्रीम दिलाने के प्रति काफी सजग और संजीदा रहते हैं, चाहे उनका बच्चा उसे न भी पढ़ना चाहे, पर वे अपनी इच्छा अपने बच्चों पर थोपते हैं। बच्चे भी अपनी इच्छा मारकर अपने से बड़ों के कहने पर चलते हैं, चाहे उसमें वे भले ही असफल हों।

कोर्स सेलेक्शन में बच्चे भी अपने यार/दोस्तों से बातें करके अपने लिए एक particular stream select करते हैं, जिससे उनके दोस्त भी उनके साथ रहें।

कुल मिलाकर यह देखा जाए कि stream selection में छात्र अपने माता-पिता और दोस्तों के कहने पर अपने निर्णय को बदलते हैं और उन्हीं के कहे अनुसार अपने लिए स्ट्रीम का सेलेक्शन करते हैं।

यदि सही स्ट्रीम, सही विषय का सेलेक्शन, छात्र अपनी क्षमता और अपने पसंद के अनुसार करता है तो उसका उत्साह बढ़ जाता है और वह पूरे मनोयोग से पढ़ता है; परन्तु यदि सही स्ट्रीम, सही विषय का सेलेक्शन करते समय वह दूसरों के विचारों से प्रभावित हो जाता है तो वह आगे आने वाले समय में समस्याओं से घिर जाता है। वह ज्यादा मेहनत करने के बावजूद अपने मनवांछित फल को नहीं प्राप्त कर पाता है, जिसकी वजह से वो depression का शिकार हो जाता है और कम अंक आने की वजह से हीनभावना से ग्रस्त हो जाता है।

3. कोचिंग संस्थान - आज के समय में कोचिंग संस्थानों की बाढ़ सी आ गयी है। हर शहर में बड़ी-बड़ी होर्डिंग नजर आती हैं, जिसमें कोचिंग वाले, किसी छात्र को मिठाई खिलाते नजर आते हैं, क्योंकि वह छात्र उनकी कोचिंग में पढ़कर आई.आई.टी. या मेडिकल का entrance exam qualify कर लिया; उसके अलावा उनका दावा रहता है कि वही उस शहर के सबसे अनुभवी फैकल्टी हैं और केवल वही सबसे अच्छा पढ़ाते हैं; बाकी लोग लगता है कि टाइम पास करते हैं।

आज के competition के युग में अभिभावक और छात्र दोनों जोखिम नहीं लेना चाहते और अपने बच्चे का दाखिला शहर के नामी कोचिंग में करा देते हैं, जहाँ पर वह 20-25 हजार तक की मोटी रकम चुकाते हैं, और जब वह पैसा कोचिंग में जमा कर देते हैं तो लगता है कि उन्होंने अपने बच्चे का दाखिला IIT/AIIMS के लिए करा दिया है, जहाँ से बच्चा सीधे इन परीक्षाओं को qualify कर लेगा; वह भी पहले ही

attempt में।

छात्र भी पहले जोश में रहते हैं, पर धीरे-धीरे समय बीतता है और उन्हें अपने स्कूल और कोचिंग के बीच तारतम्य बिठाने में दिक्कत महसूस होने लगती है। इसके साथ-साथ उनको सेल्फ स्टडी का समय भी नहीं मिलता। आधा दिन तो वह स्कूल में बिताते हैं; स्कूल से छूटने के बाद वह कोचिंग जाते हैं। वहाँ कम से कम ढाई से तीन घंटा बिताते हैं, इससे वह थककर चूर हो जाते हैं और जब घर आते हैं तो उनके पास इतनी शक्ति नहीं रहती कि घर में सेल्फ स्टडी करें। यदि वह समय भी निकालते हैं तो उसमें स्कूल का दिया हुआ काम या कोचिंग का अधूरा काम पूरा करते हैं।

केवल शहर के नामी कोचिंग में नाम लिखा लेने से कोई छात्र यह गारण्टी नहीं दे सकता कि वह competitive exam को qualify कर लेगा। किसी भी परीक्षा को qualify करने के लिए अपने विषय पर पूर्ण कमांड होनी चाहिए। केवल practice set solve कर लेने से कोई परीक्षा नहीं पास कर सकता, जब तक की छात्र को अपने संबंधित विषय पर कमांड न हो जाए। अपने विषय पर कमांड तभी होगा, जब वह सेल्फ स्टडी करे। कोई अध्यापक कितना भी अच्छा क्यों न पढ़ा दे, जब तक छात्र उस टॉपिक को, उस विषय को अपने से नहीं पढ़ेगा, तब तक वह उस टॉपिक के कॉन्सेप्ट को नहीं समझ सकता है। आज के समय में छात्रों में सेल्फ स्टडी की प्रवृत्ति घटती जा रही है और वे अपनी सफलता-असफलता को किसी नामी कोचिंग या स्कूल से जोड़कर देखते हैं। समस्या तब उत्पन्न होती है, जब छात्रों को लगता है कि पढ़ाई केवल कोचिंग में होती है और स्कूल में नहीं। चूँकि ज्यादातर छात्र किसी न किसी कोचिंग से संबद्ध रहते हैं, तो उन्हें स्कूल का दिया हुआ कार्य बोझिल और बेकार सा लगने लगता हैं; वे केवल कोचिंग में पढ़ते और उसी का प्रेक्टिस पेपर हल करते हैं; इसी के चक्कर में कुछ अच्छे बच्चे, जिनका अंक अच्छा आना चाहिए, वे पिछड़ जाते हैं।

कोचिंग संस्थान, जाने-अनजाने में छात्रों में ऐसी भावना Indude करते हैं कि स्कूल की पढ़ाई उनके career को उतनी उड़ान नहीं देगी, जितनी कोचिंग की पढ़ाई; जिसकी वजह से वे स्कूल की पढ़ाई में मन नहीं लगाते और अपना बहुमूल्य समय व्यर्थ की बातों में व्यतीत करते हैं।

4. संचार के साधन (मीडिया) - इस समय के आधुनिक युग में प्रचार-प्रसार के साधनों की प्रचुरता है, जहाँ पर व्यक्ति को अपने आस-पड़ोस की कम, Virtual world की ज्यादा चिंता है। अपने आस-पड़ोस की घटनाओं पर, Facebook, twitter पर, उनके comments पढ़कर लगता है कि उनसे बड़ा समाज चिंतक कोई नहीं; पर जब सामने कोई Accident हो जाता है, या किसी आदमी को सरेराह लोग मारते हैं, एवं बड़े शहरों में सरेराह किसी लड़की से कोई छेड़खानी करता है, तो ऐसे लोग ऐसा behave करते हैं, मानों उन्होंने कुछ देखा ही नहीं और उस जगह को छोड़ने में अपनी भलाई चाहते हैं।

संचार के आधुनिक साधनों में अब प्रिंट मीडिया के प्रति छात्रों का उतना रुझान नहीं रहता, जितना, Electronic मीडिया के प्रति... और उसमें भी सबसे ज्यादा कम्प्यूटर और मोबाइल का। आज के समय में अधिकांश युवाओं के हाथ में मोबाइल, वह भी इंटरनेट से युक्त रहता है। युवा छात्र मोबाइल के इतने दीवाने हो गए हैं कि वे एक पल भी उससे दूर नहीं रहना चाहते। सदैव उनके हाथ में मोबाइल रहता है और अपने अधिकांश फुर्सत के समय को वे मोबाइल पर वीडियो देखने, चैट करने, facebook पर comment लिखने, फोटो शेयर करने, twitter पर अपने comment लिखने में व्यतीत करते हैं। अक्सर माँ-बाप अपने बच्चों को मोबाइल यह सोचकर देते हैं कि इससे उनकी लोकेशन मिलती रहेगी; पर बच्चे मोबाइल का इस्तेमाल उस समय भी करते हैं जब क्लास चलता है। ज्यादातर कोचिंग क्लास में जो छात्र पीछे बैठते हैं वे अपनी पढ़ाई के समय पर मोबाइल पर फिल्म या वीडियो देखते हैं; वह भी ऐसे वीडियो जो व्यस्कों के लिए होते है, जिसे वह कहीं से डाउनलोड कर आपस में शेयर करते हैं और इस तरह की फिल्मों को देखकर मन ही मन उत्तेजित होते हैं और कभी-कभी तो अपराध भी कर बैठते हैं। अक्सर न्यूज पेपर में आ जाता है कि मोबाइल से गाना सुनते समय एक लड़का/लड़की का Accident हो गया। कभी-कभी वे गाना सुनने में इतना मशगूल रहते हैं कि उन्हें रेलवे क्रॉसिंग पार करते समय ट्रेन का हॉर्न भी नहीं सुनाई देता और अपनी जान गवाँ बैठते हैं।

कोचिंग जाते समय, टयूशन जाते समय, छात्र अपने कानों में इयरफोन लगाकर गाना सुनते हुए अक्सर नजर आते हैं और यह अब आम बात हो गयी है। स्कूलों में मोबाइल पर प्रतिबंध होता है, पर अक्सर चोरी से बच्चे स्कूल में भी लाते हैं और टीचर की नजर बचाकर कोई वीडियो देखते हैं या अपने दोस्तों को दिखाते हैं। कुछ छात्र तो मोबाइल को अपने Prestige से जोड़कर देखते हैं और उनके बीच होड़ लगी रहती है कि किसके पास सबसे बड़ा और महँगा हैडसेट है।

मोबाइल और कम्प्यूटर के बढ़ते प्रचलन से छात्रों की reading skill पर खासा प्रभाव पड़ता है। चूँकि वे अपना अधिकांश खाली समय इन सब चीजों पर व्यतीत करते हैं, जिसकी वजह से वे न्यूज पेपर, मैगजीन या Novel नहीं पढ़ते, जिसका उनके व्यक्तित्व पर खासा असर पड़ता है और वे पढ़ाई के प्रति लापरवाह से हो जाते हैं, जिसका प्रभाव उनके आगे के कैरियर पर पड़ता है।

5. Gender Related Problem - 11, 12 में आते-आते छात्रों में विकास की चरम सीमा होती है। इस अवस्था में विकास बहुत ही तेज होता है। विकास की इस तीव्र गति की वजह से बहुत से छात्रों का अपने पर संयम नहीं रह जाता और वे कभी-कभी अपने रास्ते से भटक जाते हैं। विकास का यह सिद्धांत spontaneous और natural होता है, जिसमें छात्रों के अंदर एक नवीन ऊर्जा का संचार होता है और उनको लगता है कि वे कुछ भी कर सकते हैं। उनका प्रत्येक क्षेत्र में जाकर नाम कमाने का मन करता है। यदि उनकी ऊर्जा को सही दशा और दिशा मिलती है तो वे बहुत सफल होते हैं। इस उम्र में छात्रों में गुटबाजी चरम पर होती है और वे अपनी पसंद के गुट में शामिल होते हैं। वे अपने ग्रुप के प्रति इतना ज्यादा समर्पित होते हैं कि उनके ग्रुप के किसी मेम्बर को कोई कुछ कह देता है तो सभी उसे मिलकर जब तक पीट नहीं देते हैं उन्हें चैन नहीं मिलता। छात्रों के अंदर groupism या friendship इतना जबरदस्त होता है कि किसी के अपमान का बदला लेने के लिए वे किसी की हत्या करने से भी नहीं चूकते।

इस अवस्था में किशोर, सघन संवेगात्मक जीवन व्यतीत करता है,

जिसमें अत्यधिक प्रसन्नता और अवसाद के बीच लगातार परिवर्तन में धनात्मक और ऋणात्मक व्यवहार की लय फिर से दिखाई दे सकती है।

छात्रों की इस अवस्था में काम भावना 'केन्द्रीय तथ्य' के रूप में पायी जाती है। छात्रों के अन्दर शारीरिक विकास की पूर्णता होने की वजह से काम भावना की अधिकता पायी जाती है, जिसकी वजह से वे अपने से विषमलिंगी लोगों से मिलने की तीव्र इच्छा करते हैं। काम भावना का प्रकाशन तीन रूपों में होता है-

5.1. आत्म प्रेम (Autoeroticism) - आत्म प्रेम होने की वजह से वह अपने अंगों को सुधारता सँवारता है और यह निश्चय करता है कि वह निश्चय ही एक अत्यंत सुन्दर व्यक्ति है, जो दूसरों को आकर्षित कर लेगा।

5.2. मित्र-प्रेम (Passion for friendship) - मित्रता के लिए प्रेम इतना तीव्र होता है कि वह बिना मित्रों के नहीं रह सकता। यह भावना अपने समलिंगीय समूह बनाने में प्रकट होती है।

5.3. विषमलिंगीय प्रेम (Hetero sexual love) - यौनिक वृद्धि होने की वजह से कामुकता की ओर किशोर-किशोरी का ध्यान रहता है और विषमलिंगीय लोगों से मिलने की तीव्र इच्छा होती है।

अधिकांश युवाओं का व्यवहार 'काम भावना' से प्रेरित होता है और वे अपने opposite sex के व्यक्ति के बारे में सोचते रहते हैं और उसे पाने के लिए सतत् प्रयत्नशील रहते हैं। इस स्थिति में यदि कोई उनके प्रेम के बीच आ जाता है, तो वह उनका सबसे बड़ा दुश्मन बन बैठता है।

अधिकांश स्कूलों के भीतर या बाहर छात्रों के बीच जो मारपीट होती है, उसकी जड़ में कहीं न कहीं कोई लड़की/लड़का होता है। किशोरावस्था में प्रेम भावना इतनी प्रबल होती है कि अपनी प्रेमिका को पाने के लिए वे किसी भी हद तक जा सकते हैं... और जब उन्हें असफलता मिलती है, तो

आत्महत्या करने से भी नहीं हिचकते हैं।

स्थिति रोचक तब होती है, जब कोई लड़की, दो तीन लड़कों से बातचीत करती है और उनसे बुक्स या नोट्स शेयर करती है, तो मन ही मन तीनों लड़के यह सोचते हैं कि वह लड़की उनसे प्रेम करती है, जबकि वह केवल उनको दोस्त मानकर चलती है और वे तीनों उसके सामने अपनी श्रेष्ठता साबित करने के चक्कर में फेल तक हो जाते हैं। जब वे फेल हो जाते हैं, तब उन्हें समझ में बात आती है कि वह तो उनका इस्तेमाल कर रही थी। पर हर बार ऐसा नहीं होता। कभी-कभी लड़के भी लड़कियों को बहलाकार, प्रेम का सब्जबाग दिखाकर उनका शारीरिक शोषण करते हैं। कभी-कभी तो कुछ इतने शातिर होते हैं कि प्रेमजाल में फँसाकर उनकी अश्लील फिल्म बना लेते हैं और उसी के आधार पर लड़की को ब्लैकमेल करते हैं।

इस अवस्था में काम भावना प्रबल होने के कारण विपरीत लिंगी आकर्षण अपने चरमोत्कर्ष पर रहता है; और यदि दो लोगों को एक दूसरे के नजदीक आने का मौका मिल जाता है तो उनके अंदर का प्रेम हिलोरें मारने लगता है और कुछ समय बाद दोनों लड़के-लड़की आपस में प्रेम भरी बातें करने लगते हैं। यह प्रेम की अनुभूति इतनी गहरी और उनके लिए कल्पना से भी सुंदर होती है कि वे बिना किसी की परवाह किए एक दूसरे पर न्यौछावर तक हो जाते हैं। चूँकि यह उनके पढ़ने का सबसे क्रीम समय होता है, इसलिए वे समाज की नजर में या स्कूल की नजर में गलत होते हैं और जिसकी वजह से उन पर बंदिशें लगनी शुरू होती हैं और यहीं से उनके लिए समस्या शुरू होती है। उनको प्रेम से बाहर करना और Routine पर लाना बहुत ही चुनौतीपूर्ण हो जाता है।

एक और समस्या जो आजकल युवाओं को अपनी गिरफ्त में ले रही है, वह है नशाखोरी। कुछ युवा बहकावे में आकर विभिन्न प्रकार के नशे का सेवन करने लगते हैं, जो न केवल उनके स्वास्थ्य पर असर डालता है, बल्कि उनके पठन-पाठन की क्रिया पर भी बुरा प्रभाव डालता है...और यदि वे किसी ऐसे नशे के गुलाम हो गये जो habit forming drug की कैटेगरी में आता है तो स्थिति और भी गंभीर हो जाती है। कभी-कभी अपनी नशे की लत की वजह से वे बुरी संगति में फँसकर अपराध के रास्ते पर चल

पढ़ते हैं।

छात्रों की सामाजिक समस्याएँ

भारतीय समाज, जाति व्यवस्था में इतनी मजबूती से जकड़ा हुआ है कि उसका असर छात्रों पर पड़ना स्वाभाविक है। जाति, भारतीय समाज की सच्चाई है और यही व्यवस्था हमारे स्कूल कॉलेजों में भी नजर आती है। कुछ विशिष्ट जातियों में बच्चों के अंदर जन्म से ही भरा जाता है कि तुम फलाँ जाति के हो और सर्वश्रेष्ठ हो, तुम्हे आगे चलकर बहुत बड़ा आदमी बनना है और अपने माता-पिता एवं समाज का नाम रौशन करना है। वहीं पर कुछ जातियों के लोग अपने बच्चों को यह तक नहीं बताते कि तुम किस जाति के हो; और जब यह बच्चे बड़े होते हैं और जाति का फार्म भरते हैं तो वह यह बताने में संकोच करते हैं कि वे फलाँ जाति के हैं और यही जाति का संकोच उनको demoralize करता है और कहीं न कही उनके व्यक्तित्व पर गहन प्रभाव डालता है। वहीं स्कूलों में तथाकथित उच्च जाति के लड़के-लड़कियों का मनोबल बढ़ा हुआ रहता है, क्योंकि उनको लगता है कि हम ऊँची जाति के हैं। इस ऊँच-नीच को बाँटने में समाज जितना जिम्मेदार होता है, उससे कहीं ज्यादा जिम्मेदार स्कूल होते हैं। कुछ स्कूल तो एक Particular जाति/सम्प्रदाय के लिए ही खुले होते हैं, जो दूसरों का प्रवेश वर्जित करते हैं। पर कुछ विद्यालय, जैसे केन्द्रीय विद्यालय/नवोदय विद्यालय, अपने बच्चों का सर्वांगीण विकास करते हैं और प्रत्येक छात्र को उसकी क्षमता के अनुसार आगे बढ़ने के लिए प्रेरित करते हैं।

समाज में छात्र/छात्राओं की स्थिति उनके पठन-पाठन Activity पर गहरा प्रभाव डालती है। छात्रों में अक्सर यह देखने को मिलता है कि तथाकथित उच्च जाति के छात्रों का Pass% ज्यादा होता है in comparison to तथाकथित निम्नजाति के छात्रों से। यह जातिगत विभिन्नता इसलिए नहीं होती कि छात्रों में potential नहीं होता, बल्कि इसलिए होती है कि कहीं न कहीं उनके अन्दर यह विद्यमान रहता है कि वे फलाँ जाति के हैं। जाने-अनजाने में छात्र-छात्राएँ, शिक्षक भी किसी particular जाति के पैरोकार होते हैं और जब competition की बात आती है तो कुछ छात्रों को लगता है कि जिसको reservation मिला है,

वह बिना कुछ करे डॉक्टर इंजिनियर बन जाएगा और उनको डॉक्टर इंजिनियर बनने के लिए बहुत मेहनत करनी पड़ेगी।

11,12 में आते-आते छात्र इतने परिपक्व हो जाते हैं कि उनकी दोस्ती की पहली शर्त जाति हो जाती है और उनके अंदर जातिगत भावना इतनी प्रबल हो जाती है कि अपने ही किसी साथी को नीचा दिखाने के लिए जाति सूचक शब्दों का प्रयोग करने लगते हैं, जिसकी वजह से तथाकथित निम्न जाति के छात्र का मनोबल गिर जाता है, और जिसका असर उसके न केवल व्यक्तित्व पर पड़ता है, बल्कि उसकी पढ़ाई भी इससे प्रभावित होती है।

छात्रों के माँ-बाप की आर्थिक स्थिति का असर उनकी पढ़ाई पर बहुत ज्यादा पड़ता है। जिनकी आर्थिक स्थिति अच्छी नहीं होती है, उनके बच्चे ज्यादा से ज्यादा क्लास 8 तक पढ़ पाते हैं और जैसे ही उन्हें यह अहसास होता है कि जीवन में सर्वाधिक महत्त्व पैसे का है, वे अपनी पढ़ाई छोड़कर मेहनत-मजदूरी करने को विवश हो जाते हैं। तब उनके लिए पढ़ाई से ज्यादा महत्त्व कमाई का होता है। आज के समय में जब सरकारें, गैर सरकारी संगठन, इतने ज्यादा प्रयत्नशील हैं कि गरीब घरों के बच्चे पढ़ें और आगे बढ़ें, फिर भी गरीबी के आगे अधिकांश माँ-बाप लाचार हो जाते हैं और वे न चाहते हुए भी अपने बच्चे से किसी न किसी प्रकार का काम धंधा करवाते हैं, ताकि उनकी क्षुधा शांत हो और दो जून की रोटी नसीब हो। इनके लिए पढ़ाई एक दिवास्वप्न है, जो उनकी गरीबी के आगे दम तोड़ देती है।

वहीं आर्थिक रूप से सक्षम परिवार, अपने बच्चों को वो सारी सुविधा देने का प्रयास करते हैं जो उनके बस में है।

भारतीय समाज की एक कड़वी सच्चाई यह है कि अभी भी लोग लड़कियों की शिक्षा के प्रति उतने जागरूक नहीं हैं। वे लड़कियों को बस इतना पढ़ा देते हैं कि उनकी शादी हो जाए; पर अपनी बेटी को लेकर वे कोई ऐसा सपना नहीं बुनते, जैसे वह अपने बेटे से अपेक्षा करते हैं कि वह पढ़कर डॉक्टर या इंजिनियर बने।

आर्थिक रूप से सम्पन्न परिवारों में यदि भाई-बहनों की संख्या तीन

चार है तो वह परिवार भी अपने लड़कों पर ज्यादा खर्च करते हैं, उनको अच्छे स्कूल में पढ़ाते हैं, अच्छी कोचिंग में दाखिला करवाते हैं। अपनी बेटियों को पढ़ाते तो जरूर हैं, पर उनके ऊपर उतना खर्च नहीं करते, जितना वह अपने लड़के पर खर्च करते हैं। और यदि लड़के लड़कियों में professional course के लिए पैसे खर्च करने पड़ें तो वे लड़कों को prefer करेंगे, न कि लड़कियों को और वे कोशिश करेंगे कि उनकी बेटी किसी तरह graduation कर ले, जिसमें उनका कम खर्चा आता हो, क्योंकि उसे दूसरे के घर जाना होता है।

जिनके पास पैसों की कोई कमी नहीं, वे अपने बच्चों को अपने status के अनुसार हर प्रकार की सुविधा प्रदान करते हैं; उनकी हर इच्छा पूरी करते हैं। अपनी प्रत्येक इच्छा पूरी होती देख, छात्रों में घमण्डी प्रवृत्ति पनपने लगती है, जो आगे चलकर उनके लिए एक समस्या बन जाती है। कभी-कभी अत्यधिक पैसा मिलने की वजह से छात्र अपने मार्ग से भटक जाते हैं और वे नशाखोरी और कभी-कभी तो अपराध तक कर बैठते हैं। अपराध करते समय उनके मन मस्तिष्क में यही रहता है कि उनका कोई कुछ नहीं बिगाड़ सकता और वे पैसे और अपने माँ-बाप के रुतबे की वजह से बच जाएँगे।

सर्वेक्षण

अनेक समस्याएँ या चुनौतियाँ होने के बावजूद किशोर सदैव आगे बढ़ने को तत्पर रहते हैं। उनके अंदर इतनी ऊर्जा होती है कि वे बड़े से बड़ा काम भी बड़ी आसानी से कर देते हैं; वे किसी भी काम को ठान लें तो उसे पूरा करके ही दम लेते हैं। उनकी इसी energy का उपयोग स्कूल, अध्यापक या अभिभावक मिलकर करते हैं, जो उन बच्चों को ऊर्जा को एक सकारात्मक दिशा में मोड़ने का सदैव प्रयास करते रहते हैं।

मैंने एक सर्वेक्षण एक विद्यालय में किया कि बच्चे अपने बारे में समाज के बारे में, अपने भविष्य के बारे में क्या सोचते हैं। सर्वे में Class VI to XII तक के बच्चों को शामिल किया। सर्वे में निम्नलिखित पाँच प्रश्न

थे, जिनका बच्चों से उत्तर जानने का प्रयास किया-

1. तुम कौन हो?

2.आप अपने जीवन में क्या बनना चाहते हो? किन्हीं पाँच profession का नाम बताइए।

3. If you don't achieve your target, after repeated attempt then what you will do?

4. Define success and failure in your own words.

इन चारों प्रश्नों का उत्तर जब मुझे मिला तो मैंने यह निष्कर्ष निकाला

1. Class VI to VIII तक के बच्चों को सफलता-असफलता के बारे में ज्यादा कुछ नहीं पता। उनके लिए पास-फेल का भी ज्यादा महत्त्व नहीं और वे लोग इस बारे में ज्यादा सोचते तक नहीं। सर्वे में ज्यादातर बच्चों ने सिर्फ अपना नाम लिखकर दिया। अधिकांश बच्चे प्रश्न का उत्तर ही नहीं समझ पा रहे थे तो उन्होंने उत्तर न देना ही बेहतर समझा।

कुल मिलाकर मैंने यह निष्कर्ष निकाला कि इस उम्र के बच्चों में अभी उतनी समझ नहीं विकसित हुई है जो इस तरह के प्रश्नों का उत्तर दे दें। उन्हें अपनी दुनिया, घर और स्कूल के बीच सिमटी हुई लगती है। यदि किसी बच्चे से पूछा जाए कि तुम क्या बनना चाहते हो, तो वह इसका उत्तर उतनी सहजता से नहीं दे पाता जितना कि किशोर दे देते हैं।

2. Class IX to X में भी ज्यादातर बच्चे प्रश्नों का उत्तर देने से बचने की कोशिश करते रहे। कुछ बच्चों ने आपस में बात करके प्रश्न का उत्तर देने का प्रयास किया। इन बच्चों के उत्तर से उनकी मनःस्थिति का पता चला। अधिकांश बच्चों ने सिर्फ अपने बारे में लिखकर छोड़ दिया। कुछ ही बच्चे थे, जिन्होंने पाँच professions का नाम लिखा; पर वे भी success और failure को अपने शब्दों में नहीं लिखे; उन्होंने केवल किसी तरह प्रश्नों का उत्तर दिया।

14 से 15 वर्ष तक के बच्चों में 'ideas' तो हैं, पर उनके 'ideas' या

'concept' अपने न होकर औरों से प्रेरित होते हैं। ये बच्चे अपने बनाये हुए concept या ideas को बहुत ही जल्दी दूसरों के influence की वजह से बदल देते हैं। इनके लिए क्लास में अच्छे से अच्छा नंबर लाना सफलता और कम अंक लाना असफलता है। इनका पूरा behaviour परीक्षा में अंक लाने के आधार पर नियंत्रित होता है। इस उम्र के बच्चे Innocent होते हैं और इस वजह से वे अपने बारे में कम सोचते हैं कि वे आगे चलकर क्या करेंगे। यदि कोई सोचता भी है तो वह अपने माँ-बाप या रिश्तेदार को देखकर, या फिल्मों से प्रेरणा लेकर अपने दिमाग में बैठा लेता है कि उसे आगे चलकर यह बनना है। इसी क्रम में मेरे द्वारा किए गए सर्वे के अनुसार कुछ बच्चों का अपना विचार उद्धरित जा रहा है जो इस प्रकार है।

Class IX

Name - Alishan

1. Who am I?

Ans. Alishan, 13 years old, studying in 9th standard. I am having simple living high thinking.

2. What do you want to be in your life?

Ans. I want to become a student at Howard, then an Indian doctor, then after doing Ph.D., a Professer. then human.

3. If you are unable to achieve your target, then what step you are going to take?

Ans. I will achieve my target; if I won't, I will just more one.

4. Write the meaning of success and failure.

Ans. Success is not a target, it is a journey to what is important. Failure is not end of the world, it is just part of your beautiful life.

Class IX

Santosh Mishra

1 Ans. I am human being that live on a earth.

2 Ans. I want to become

i. DM

ii. Businessman

iii. Engineer

iv. Bank Manager

v. Advocate

3 Ans. If I unable to achieve my target, then I can become a Bank Manager.

4. Ans. No answer.

अधिकांश बच्चों ने केवल अपना नाम, या वे क्या बनना चाहते हैं, लिखकर दिया; उन्होंने सफलता या असफलता के बारे में कुछ नहीं लिखा।

मेरा बच्चों से यह प्रश्न पूछने का मतलब था कि वे अपने बारे में क्या सोचते हैं। क्या वे अपनी Identity खुद बनाते हैं या अपने आपको माता-पिता या देश और, समाज से जोड़कर देखते हैं? दूसरे प्रश्न से मेरा यह अभिप्राय था कि वे आगे क्या करना चाहते हैं अपने जीवन में। वे आगे चलकर क्या बनने का प्रयास करते हैं।

तीसरे प्रश्न से मेरा अभिप्राय यह था कि यदि वे अपने dream job में सफल नहीं होते, तो उससे उपजी निराशा को वे कैसे दूर करेगें? क्या वे उससे टूटकर कुछ गलत निर्णय लेंगे या अपने dream job के लिए फिर से प्रयास करेंगे। इसी कड़ी में मैंने यह जानने का प्रयास किया कि उनको

कितनी प्रकार की नौकरियों /profession के बारे पता है और वे अपने लिए किस प्रकार का profession select करते हैं।

चौथे और अंतिम प्रश्न द्वारा उनके अपने नजरिए से success and failure का क्या मतलब है, क्योंकि success and failure हमेशा व्यक्ति, व्यक्ति vary करता है। जो दूसरों की नजर में failure है, वह हो सकता है कि किसी की नजर में success हो। बच्चा जैसे ही 10 क्लास पास कर 11 में दाखिले के लिए आता है, उसके अंदर आमूलचूल परिवर्तन होता है। उसका किसी चीज को देखने का नजरिया पहले से बिल्कुल बदल जाता है। वह अब अपनी बातों को मनवाना पसंद करता है और अपने लिए; न केवल पढ़ाई के लिए, बल्कि भावी जीवन के लिए लक्ष्य निर्धारित करता है। वह अब स्वतंत्र होकर सोचने लगता है, जिसकी वजह से कभी-कभी उसके माँ-बाप, बड़ों को या अध्यापक तक को लगता है कि बच्चा उनकी बात नहीं मानता और अपने मन की करता है। छात्र के अंदर समाज में व्याप्त कुरीतियाँ घर करने लगती हैं। जो छात्र पहले समान रूप से सभी से व्यवहार करता था, वह अब धीरे-धीरे ऊँच-नीच, जाति-पाँति के आधार पर अपने दोस्तों का चुनाव करने लगता है; यही नहीं, वह अपने अध्यापक के बारे में इसी प्रकार की बातें सोचकर कि उनके पढ़ाने में भी जाति-पाँति का फ़र्क है।

इस उम्र के बच्चों में जो सबसे बड़ी बात देखने को मिलती है, वह इनका उत्साह। वह किसी भी काम को बड़ी आसानी से कर देते हैं और उनमें सर्वश्रेष्ठता की भावना अत्यंत प्रबल होती है कि वे किसी भी काम को करते समय यह सोचते हैं कि वे ही सर्वश्रेष्ठ कार्य करने वाले हैं, अर्थात् वे हर क्षेत्र में प्रथम आना चाहते हैं, चाहे वह पढ़ाई हो या खेल का मैदान या कोई सांस्कृतिक कार्यक्रम जिसमें वे भाग ले रहे हैं। उनकी यही सोच उनको सदैव आगे बढ़ने को प्रेरित करती है।

आज के आधुनिक युग में, जहाँ इंटरनेट का जमाना है, छात्र बहुत ही ज्यादा समझदार और अपने प्रति, अपने कैरियर के प्रति बहुत ही ज्यादा संवेदनशील हो गये हैं। वे क्लास 10 से ही इस जुगत में लग जाते हैं कि वे बड़े होकर क्या बनेंगे और उसी के अनुसार 11 क्लास में विभिन्न स्ट्रीम का

सेलेक्शन करते हैं। हालाँकि इस स्ट्रीम के सेलेक्शन में न केवल उनके दोस्तों बल्कि उनके माँ-बाप की गहरी छाप होती है; फिर भी आज के छात्र अपनी क्षमता और रुचि के अनुसार स्ट्रीम का सेलेक्शन करते हैं।

मैंने इन्हीं छात्रों से जब वही प्रश्न किए जो मैंने 6-10 तक के छात्रों से किए थे, तो मुझे कई चौंकाने वाले तथ्यों का पता चला। मतलब आज के युवा कुछ अलग करने की चाहत रखते हैं और उनकी नजर में सफलता/असफलता के मायने बिल्कुल अलग हैं। सभी छात्रों के उत्तरों को यहाँ शामिल करना मुश्किल है, पर कुछ छात्रों के उत्तर इस प्रकार हैं :-

Class XI

Shivani Verma

1. I am shivangi. I want to become a Mechanical engineer, because its my dream and I hope, it becomes successful.

2. In my life I want to

a) make a huge house for my family members

b) make a small school for poor students

3. If I don't achieve my target in 1st time, then i feel nervous, because an achievement also give achievements. I do next time, if I feel I deserve it.

4. Success in life is very good and happy feeling and just opposite feeling of failure.

Class XII

Aditi Tripathi

1. I am student

2. I want to be the part of IIT in the IIT, I want to join robotics section, through this I want to invent new things which helps to give money. I also want to join network marketing company like AMWAY, so that in the 4 years semester I go to highest level into it.

3. I do the B.Sc. or any other course like B.A., Anyhow I just prepare my self to become IAS, then I start doing AMWAY.

4. सफलता तथा असफलता वह चीज है जो आपको रुला दे। सफलता वह, जो रोने में भी हँसाए; असफलता केवल एक सुनहरी सफलता की राह है।

Class XI

Azla Alvi

1. Firstly I am Azla Alvi and now I am a student of class 11. I have many responsibilities towards parents, teacher and towards everyone, because every one have many expectations from me. I proved when I fulfill all their expectations.

2. I want to do many things in my life, which is uncountable, because whenever I saw new work or new task, I make my interest in it. But if some one ask one thing i.e. I want to be a good and kind person and only want to contribute to poors. I don't want good job, good dress, good personality, good look etc. but I only want good features in me by which everyone attracts towards me.

3. If I don't achieve my target after repeated attempt, it means I have another quality to any other work. It is not possible whatever we want it can be happen. It depends upon our features and qualities. we must have to saw in

another field. who knows the other field is become a same for us and if I have no other choice then I develop my quality in which I am weak.

4. In my view, success and failure both are equal because failure are not actually failure, they were fail or success because of their luck and second becouse they are accept that challenge in which they are accept that challenge in which they are able or not able so in my view it is also a part of financial problems. so we have to first check ourselves then blame others, because sometime our ego make us failure and our kindness makes us successful.

Class XII

Abhinav Kumar

1. That's what I am still finding in the deep valley of my heart.

2. I want to be a full satisfied person in my life.

3. Then will follow the path of Vivekananda : and want to be i) IITians ii) NDA iii) Singer

4. If you are satisfied with you, it means you are successful and if you thinks you lacks in satisfaction with you, it's your failure.

Class XII

Ayushi

1. I am Ayushi Singh. I am the person with full of adventure. I want to live life with no boundaries. I want to live my life full of desire and dreams. I am a moody person. I do what I want to do.

2. I wanted to be an army officer.

3. If I can't achieve my target, then my life would not end, so I will try for another are i.e. as an engineer. the five profession which I would may prefer in near future.

   i) Army officer through SSB

   ii) Army engineer

   iii) Civil engineer

   iv) Photographer

   v) Traveller

4. For me success is the starting of another goal and failure is to redire my faults and keep walking through the failure because the next success is waiting for me.

Class XII

Pallavi Singh

1. My name is Pallavi singh. I am a student of class XII, I don't know who am I, because if I knew who I am, then I will become quiet and peace. Every child has there parents, every child has its name and every child is male or female, so I don't know what to say.

2. I want to become a professor and fulfill the dreams of

my parents.

3. If I can't achieve my target, I will make for another target, because there are lots of scope in science stream. the profession which I would prefer.

i. Professor

ii. Teacher

iii. Banking

iv. social service

v. Engineer

4. In my words, success is only that which fulfil the dream of me and my parents, and a successful life and failure is just reverselfit.

Class : XII

Sumit Tripathi

1. I am Sumit Tripathi, I think I can good but it does not matter what any body think about me. I want to be good but if good means to change the nature what you are, then I don't want to be.

2. Firstly I want to be a man who can make the family happy. At present time my father and my mother do what ever they can do for me. and I don't want that they ever regret about this. I don't want to make them think that all the sacrifices which they make for me that all are useless.

I just want to make my family, my mother my father happy That's what I what to become.

3. I want to become an IIT and Engineer, but I knew it is too tough, so If I can't able to achieve this so I want to go for NDA and If I also fail on this so then i want to join a drama college which must be reputated i.e. I want to become actor. If again I will not get any success then go for teaching line.

4. In my point of view, success means fame and glamour and failure is nothing

सर्वेक्षण से प्राप्त नतीजों से निकाला गया निष्कर्ष

(Conclusion drawn from the survey of the student)

1. परिपक्वता : 11, 12 में आते ही छात्रों में परिपक्वता आने लगती है। वे पहले की तरह न सोचकर अब अपने बारे में, अपने माता-पिता के बारे में ज्यादा सोचते हैं और उनकी कोशिश यह रहती है कि अपने माता-पिता के सपनों को साकार करें ताकि उन्हें खुश रख सकें। वे अपने छोटे भाई-बहनों के बारे में सोचते हैं और कोशिश करते हैं कि उन्हें खुश रख सकें।

2. High Potential: सर्वेक्षण से एक चीज साफ हो गयी है कि सभी बच्चों में असीम ऊर्जा होती है और वे किसी भी काम से भागने की कोशिश तब तक नहीं करते हैं, जब तक कि उनका उस काम से मोहभंग न हो जाए। छात्रों के अंदर ऊर्जा इतनी ज्यादा होती है कि दिनभर स्कूल में पढ़ने के बाद कोचिंग जाते हैं और उसके बाद रात में अपने पढ़ने के लिए समय निकालते हैं, साथ-साथ दोस्तों के साथ खेलने में भी वक्त बिता लेते हैं, फिर भी वे नहीं थकते और अपने भविष्य के बारे में प्लानिंग करते रहते हैं।

3. घोर आशावादिता : इन छात्रों के अन्दर Positivism कूट-कूटकर भरा होता है। वे आरंभिक असफलता को चैलेंज के रूप में लेते हैं और खुद

को सफल बनाने के लिए भरसक जी-जान लगा देते हैं। छात्रों का ज्यादातर वक्त पढ़ाई में बीतता है... और यदि किसी को अपनी पढ़ाई में मजा आने लगता है तो उसके सामने सारी चीजें गौण हो जाती हैं; वह किताबों को ही अपना सबकुछ समझ लेता है। उसके अन्दर यह भावना जम जाती है कि एक भी मिनट व्यर्थ के कामों में लगाना मूर्खता है। वह अपना एक Goal set कर लेता है और उसी लक्ष्य को पाने के लिए अपना सबकुछ दाँव पर लगा देता है।

परन्तु यदि किसी कारणवश वह अपने लक्ष्य से भटक जाता है, तो वह अपने आपको किसी दूसरे लक्ष्य की तरफ केन्द्रित करने की कोशिश करता है। यही आशावादिता उसकी सबसे बड़ी ताकत है कि वह हार मानकर भी आगे बढ़ने को तत्पर रहता है।

4. सफलता-असफलता के मायने :- जैसा सर्वेक्षण से प्राप्त हुआ है कि प्रत्येक छात्र के लिए सफलता-असफलता का मतलब अलग-अलग है... हम उसे केवल एक ही पैमाने पर रखकर नहीं तौल सकते। कुछ छात्र अपने जीवन में खुशी को सफलता मानते हैं, तो यदि कुछ अपने dream job को प्राप्त कर लेते हैं तो खुद को सफल मानते हैं। वास्तव में सफलता-असफलता का मतलब सबके लिए अलग-अलग होता है, पर प्रत्येक देश में, समाज में उसे देखने-समझने का एक ही पैमाना है, वह हैः-

क) छात्र जीवन में अच्छे से अच्छा अंक लाना या बोर्ड क्लास में टॉप करना।

ख) छात्र जीवन में रहते हुए बहुत अच्छी नौकरी पाना, जिसमें दौलत और शोहरत दोनों मिले

प्रत्येक माँ-बाप की यही इच्छा रहती है कि उनका बच्चा पढ़-लिखकर बड़ा अधिकारी बने, तभी उनका जीवन सफल होगा और वे इसके लिए अपनी तरफ से कोई कसर नहीं छोड़ना चाहते। छात्र भी चाहे वह 11,12 का हो या स्नातक कर चुका हो, वह भी सर्वप्रथम अपने माँ-बाप के सपने को पूरा करने की कोशिश करता है, उसके बाद ही वह अपने बारे में सोचता

है।

5. अपने कैरियर के प्रति चिंता : आज के समय के छात्र अपने कैरियर को लेकर काफी संजीदा रहते हैं। वे अपना मनपसन्द कोर्स करने के लिए काफी उत्साहित और उत्सुक रहते हैं। उन्हें अच्छी तरह से मालूम है कि इस समय Competition बहुत ही ज्यादा बढ़ गया है और समय कम है; अतः वे किसी Competition को किस तरह पहले ही attempt में qualify कर लें, ताकि समय और पैसे की बर्बादी न हो। इसके लिए वे अपना जी जान लगा देते हैं। कोचिंग सेन्टर की बाढ़ सी आना और ऐसे Professional का उदय हो रहा है जो यह दावा करते हैं कि उनके यहाँ से पढ़ने वाला निश्चित ही सफलता प्राप्त करेगा।

आज से दस साल पहले कोचिंग संस्थान इक्का-दुक्का रहते थे। माँ-बाप भी अपने बच्चों को सेल्फ स्टडी के लिए ज्यादा motivate करते थे। पर अब समय के बदलाव के साथ ट्यूशन का महत्त्व बढ़ गया है और कोचिंग सेन्टर अब एक Institute के रूप में स्थापित हो गए हैं, जो यह बताता है कि अभिभावक ही नहीं, छात्र भी यह मानकर चलते हैं कि केवल स्कूली शिक्षा से अब काम नहीं चलने वाला; यदि IIT/Medical निकालना है तो कोचिंग करना बहुत ही जरूरी है।

कोचिंग सेन्टर तो हर प्रकार की प्रतियोगी परीक्षाओं के लिए खुल गए हैं और प्रत्येक के दावे अलग-अलग। एक कोचिंग संस्थान तो Class VI से ही बच्चों को इंजिनियरिंग के लिए तैयार करने का दावा करता है। इसी बात से अंदाजा लगाया जा सकता है कि आज के समय में Competition का क्या स्तर होगा।

सफलता प्राप्त करने के उपाय

ढेर सारी अच्छाइयाँ होने के बावजूद छात्रों में, खासकर 11,12 के छात्रों में अपनी पढ़ाई करते समय कभी-कभी depression में आ जाते हैं, क्योंकि वे अपनी पढ़ाई के साथ सामंजस्य नहीं बिठा पाते। कभी घरेलू कारणों की वजह से या फिर अपनी इच्छा के विरुद्ध उन्होंने कोई स्ट्रीम सेलेक्ट कर ली है, या परीक्षा में कम अंक आ रहे हैं इत्यादि। कभी-कभी वे छात्र जिनका स्कूली जीवन में अच्छा अंक आता रहा है, वे जब कोई Competition नहीं qualify कर पाते हैं तो depressed हो जाते हैं और सोचने लगते हैं कि उन्होंने इतनी ज्यादा मेहनत की, फिर भी वे सफल नहीं हो सके, उनका जीना बेकार है; और यही भावना उन्हें आत्महत्या करने तक को प्रेरित कर देती है। सपने देखना आसान है, पर सपने को हकीकत में बदलने के लिए इंसान को प्रत्येक क्षण अपने किए गए किसी प्रयास को इस तरह से देखना कि वह प्रयास उसे उनके सपने की मंजिल तक पहुँचायेगा। छात्रों को अपने जीवन में सफल होने के लिए निम्नलिखित उपायों पर ध्यान देना चाहिएः-

जीवन में सफल होने के लिए

1. खुद को विद्यार्थी समझना : छात्रों को यह अहसास होना चाहिए कि वे एक विद्यार्थी हैं, उनको अपना ध्यान केवल अपनी पढ़ाई कर केन्द्रित करना चाहिए। विद्या ही एक माध्यम है जो उनको बहुत आगे तक ले जा सकती है और इसी से उनके जीवन में रोशनी आयेगी। जब किसी छात्र (चाहे वह स्कूली जीवन में हो या कॉलेज स्तर का) को इस बात का अहसास रहता है कि वह एक विद्यार्थी है, तो उसे उसकी मंजिल पाने से कोई रोक नहीं सकता है, क्योंकि उसकी पूरी ऊर्जा अपनी पुस्तकों को पढ़ने और अपने ज्ञान को बढ़ाने में खपने लगती है। उसे पढ़ते समय मजा आता है और उसकी सबसे अच्छी दोस्त उसकी किताबें बन जाती हैं। पढ़ाई का यही चरमोत्कर्ष उसके जीवन को सफलता से भर देता है और उसे अहसास होता है कि कोई भी मंजिल कठिन नहीं है।

उसके इतर वे छात्र जो खुद को विद्यार्थी तो कहते हैं पर विद्यार्थी के गुण को त्याग कर अपनी ऊर्जा व्यर्थ के कार्यों में लगाते हैं, उन्हें निराशा हाथ लगती है। ऐसे छात्र केवल परीक्षा के समय दिन-रात पढ़ते हैं और उम्मीद करते हैं कि वह परीक्षा को टॉप कर जायेंगे या किसी Competition को पास कर लेंगे, जबकि ऐसा नहीं होता है, जिसकी वजह से उन्हें निराशा हाथ लगती है।

किसी भी व्यक्ति के जीवन का सबसे सुनहरा समय स्कूली जीवन में बीतता है और इसी समय उसके भावी जीवन की नींव पड़ती है, खासकर जब वह 10 पास कर लेता है तो उसके सामने संभावनाओं के द्वार खुल जाते हैं और वह अपनी इच्छानुसार या अपने अभिभावक या दोस्तों से राय मशविरा करके कोई स्ट्रीम सेलेक्ट करता है। यही स्ट्रीम का सेलेक्शन उसे उसकी मंजिल तक पहुँचाने का कार्य करता है। यदि उसने कोई स्ट्रीम औरों के कहने पर सेलेक्ट कर लिया और न चाहते हुए भी उसे उन विषय को पढ़ना पढ़ रहा है तो उसके लिए स्थिति थोड़ी नाजुक हो जाती है। पर यदि छात्र में इच्छाशक्ति है या कुछ कर गुजरने की काबिलियत है तो वह उस विषय को या स्ट्रीम को एक चैलेन्ज के रूप में लेगा और आगे निकल जायेगा और यह सब तभी संभव है जब वह खुद को विद्यार्थी के रूप में

स्थापित करे, और अपनी सोच को सिर्फ और सिर्फ विद्याध्ययन में लगाये और वह यह भूल जाये कि उसने किसी के दबाव में विषय का सेलेक्शन किया है।

सफल होने के लिए सबसे बड़ा मंत्र यही है कि खुद को पहले पहचानना चाहिए या Self realization होना सबसे ज्यादा जरूरी है। मसलन एक खिलाड़ी जब तक खुद को खिलाड़ी के रूप में पूर्णतः अंगीकार नहीं कर लेता तब उसको सफलता नहीं मिलेगी।

2. खुद को संयमित रखना : किशोरावस्था के समय शारीरिक और मानसिक बदलाव होने के कारण छात्रों में असीम बदलाव आते हैं। उनके विचारों में विभिन्नता रहती है और उनके अंदर विद्रोह की भावना प्रबल होती है। वे किसी दूसरे की बात को आसानी से नहीं सुनते अर्थात् उनका चित्र स्थिर नहीं होता, पर आगे बढ़ने के लिए और अपनी पढ़ाई के लिए यह जरूरी है कि वह अपने आपको संयमित रखे। कुछ छात्र शारीरिक बदलाव की वजह से काम भावना से इतने ज्यादा ग्रस्त हो जाते हैं कि उनका मन पढ़ाई में नहीं लगता, वे सदैव अपने साथी के बारे में सोचते रहते हैं। इस उम्र में भावनाओं का ज्वार इतना ज्यादा होता है कि वे भावनाओं में बहकर अपने कैरियर तक को चौपट कर लेते हैं।

छात्रों, खासकर जिनकी उम्र 15 वर्ष से ऊपर हो गयी है, उन्हें अपना अधिकांश समय पढ़ाई-लिखाई या खेलकूद में व्यतीत करना चाहिए, न कि ग्रुप बनाकर दूसरों को डराने धमकाने में। अपने मन में सदैव अच्छे विचारों को जगह देनी चाहिए। सबसे बड़ा भाव जो अक्सर युवाओं को सफल होने से रोकता है, वह उनके अंदर का 'ईर्ष्या' का भाव, दूसरों को नीचे दिखाने का भाव खुद को श्रेष्ठ साबित करने का भाव, अपने आपको हीरो दिखने का भाव आदि। इस तरह के मनोभावों को संयमित करने की जरूरत है, ताकि खुद के अंदर एक ऐसी ऊर्जा जागृत हो जो उन्हें आगे बढ़ाये। ये सब मनोभाव हमारी शक्ति को क्षीण करते हैं और हमारी सोच को भटकाने का कार्य करते हैं। जब हम किसी से ईर्ष्या करते हैं तो हमारे अंदर विद्वेष की भावना जन्म लेने लगती है और हम दूसरों से ज्यादा अपना नुकसान कर

बैठते हैं, अर्थात हम अपना समय और ऊर्जा, दूसरों के अनिष्ट के बारे में सोचने में लगाते हैं, जो वापस लौटकर हमारा ही अनिष्ट करने लगती है। अतः खुद को संयमित रखना चाहिए। कौन क्या है? कौन क्या कर रहा है? किसके पास क्या है? यह महत्त्वपूर्ण नहीं है; हम क्या हैं? क्या कर रहे हैं यह जरूरी है। दूसरों से Comparison करने में सदैव निराशा ही हाथ लगेगी, क्योंकि हम दूसरों की केवल अच्छाइयाँ देखते हैं, पर अपनी अच्छाई को पहचानने की कोशिश नहीं करते। हमें अपने अंदर की अच्छाइयों को ढूँढ़कर उन्हें विकसित होने का मौका देना चाहिए और यह तभी संभव है जब हम संयमित होकर अपने बारे में सोचें।

3. Be selfish during study - थोड़ा स्वार्थी बनें अपने छात्र जीवन में : छात्र के जीवन में कभी-कभी ऐसी नौबत आती है कि छात्र को लगता है कि उसकी वजह से उसके माँ-बाप पर काफी Burdan आ गया है और उनका बहुत ज्यादा खर्चा हो रहा है, जिससे वह अपनी पढ़ाई से Compromise करने लगता है, अर्थात् वह कम से कम में अपना खर्चा चलाने की कोशिश करता है। यदि उसे लगता है कि किसी कोचिंग में जाने से वह आगे बढ़ सकता है, तो वह इस बात को सोचकर ठहर जाता है कि उसके माँ-बाप पर बहुत बोझ पड़ेगा। यदि उसे किसी किताब की जरूरत है, तो वह उसे मैनेज करने की कोशिश करता है न कि खरीदने की; पर यह सब उसके कैरियर को प्रभावित करता है। छात्र को यह नहीं सोचना चाहिए कि उसके माँ-बाप की क्या आर्थिक स्थिति है; उसे केवल यह सोचना चाहिए कि वह जिस क्षेत्र में जाने के बारे में सोच रहा है, उसमें वह सफल हो। यदि छात्र अभी से पैसों के बारे में सोचेगा तो वह अपने मार्ग से भटक सकता है और यदि मार्ग से भटक गया तो अपने घर परिवार की उन्नति नहीं कर पायेगा। इसीलिए छात्रों को जब तक मनवांछित सफलता न मिल जाए, तब तक सिर्फ अपनी पढ़ाई और अपनी मंजिल के बारे में सोचना चाहिए।

4. पूरी जिम्मेदारी अपने कन्धों पर लें : छात्र अक्सर अपने दोषों को दूसरों के ऊपर डालकर खुद को निर्दोष साबित करने की कोशिश करते

रहते हैं। यह स्थिति केवल छात्रों की नहीं, हम सबकी है। अक्सर सुनने को मिल जाता है कि 'मेरा बेटा बहुत तेज था, पर इस स्कूल में आकर कमजोर हो गया।

यहाँ पढ़ाई ठीक से नहीं होती है। Physics वाले सर को पढ़ाना नहीं आता... आदि ढेर सारे इसी तरह के मिलते-जुलते प्रश्न/कमेन्ट हम अपने दैनिक जीवन में सुनते रहते हैं। इसके अलावा यदि Schooling खत्म हो गयी है तो छात्र कहते हैं कि यदि फलाँ जगह कोचिंग कर लिया होता तो डॉक्टर बन जाता, या पहले ही Attempt में IIT Qualify कर लेता, यदि फलाँ सर पढ़ाते तो मैं 100 में 100 अंक लाता, यदि फलाँ स्कूल में पढ़ा होता तो मैं आज एक बड़ा आदमी होता... इत्यादि ढेरों इस तरह की शिकायतें छात्र या लोग करते रहते हैं। हम यह नहीं सोचते कि हमीं अपनी वर्तमान अवस्था के लिए जिम्मेदार हैं।

अपनी वर्तमान अवस्था के लिए हमीं जिम्मेदार हैं और हम जो कुछ बनना चाहते हैं, उसकी शक्ति भी हमीं में है। हमें वही मिलता है, जिसके हम पात्र हैं। यदि हमारी वर्तमान अवस्था हमारे ही पूर्व कर्मों का फल है, तो यह भी निश्चित है कि हम भविष्य में जो कुछ होंगे, वह हमारे वर्तमान कर्मों द्वारा ही निर्धारित किया जा सकता है।

यदि हम इस बात की जिम्मेदारी ले लें कि जिस स्थिति में आज हम हैं, उसके जिम्मेदार भी हमीं हैं; अर्थात जब सारे उत्तरदायित्व का बोझ हम पर डाल दिया जाता है, तब हम अपने सर्वोच्च भाव में आरोहण करते हैं। जब हमारे सारे दोष ओर किसी के माथे नहीं मढ़े जाते, जब शैतान या भगवान किसी को भी हम अपने दोषों के लिए उत्तरदायी नहीं ठहराते... तभी हम सर्वोच्च भाव में पहुँचते हैं। अपने भाग्य के लिए मैं उत्तरदायी हूँ, मैं स्वयं अपने शुभाशुभ दोनों का कर्त्ता हूँ।

जब हम अपनी वर्तमान अवस्था के लिए खुद को जिम्मेदार मानेंगे तो हममें यह भाव जागृत हो जायेगा कि हम इस अवस्था को बदल सकते हैं और उसी के अनुसार हमारी सारी क्रियाएँ होने लगती हैं। सफलता प्राप्त करने के लिए यह बहुत जरूरी है कि खुद को सफलता के लिए जिम्मेदार बनायें और उसके लिए पूरी मेहनत व लगन से अपने आपको पढ़ाई में या

कोई अन्य चाह है तो उसमें समर्पित कर दें व फिर देखें; सफलता आपके कदम चूमेगी और आप आगे-आगे और सफलता आपके पीछे दौड़ती नज़र आयेगी।

5. लक्ष्य निर्धारण (Goal Setting) जीवन में सफलता प्राप्त करने के लिए लक्ष्य का निर्धारण करना नितांत आवश्यक है; यही निर्धारित लक्ष्य हमको रास्ता दिखाता है कि हमें किस पथ पर चलना है।

प्रारंभ में हम सब का लक्ष्य अपने-अपने क्लास में अच्छा अंक पाना और अच्छे अंक पाकर दूसरे क्लास में प्रोन्नत होना रहता है। इस लक्ष्य को हम नहीं निर्धारित करते, बल्कि हमारे माँ-बाप और स्कूल में अध्यापक हमको अच्छी पढ़ाई करने के लिए प्रेरित करते रहते हैं। क्लास 10 तक लगभग सभी का यही उद्‌देश्य होता है कि प्रत्येक विषय में ज्यादा से ज्यादा अंक लाकर पास होना।

क्लास 10 पास करने के बाद संभावनाओं के द्वार खुल जाते हैं। उसके बाद संभवतः पहली बार छात्रों को थोड़ी बहुत स्वायत्तता मिलती है कि वे अपनी पसंद का कोर्स चुनें और आगे बढ़ें। पर अधिकांश माँ-बाप, यहाँ तक कि बच्चों में भी साइंस स्ट्रीम का इतना ज्यादा क्रेज होता है कि वे इसे अपने स्टेटस से जोड़कर देखने लगते हैं। कभी-कभी तो यह भी देखने को मिलता है कि बच्चे की इच्छा साइंस स्ट्रीम में जाने की नहीं है, पर माँ-बाप जबरदस्ती उसका दाखिला साइंस स्ट्रीम में कराते हैं।

छात्र जैसे ही 11 क्लास में आते हैं तो उनको समझ में आने लगता है कि उन्हें आगे क्या करना है और किस फील्ड में जाना है। 12 पास करते-करते उनके अन्दर Maturity आ जाती है और वे अपना goal set करने लगते हैं। छात्रों को अपना लक्ष्य निर्धारित करते समय निम्नलिखित बिन्दुओं को ध्यान में रखना चाहिएः

लक्ष्य निर्धारित करने की आवश्यक बातें

1. अपनी ताकत और कमी को पहचानना : छात्रों को चाहिए कि वे एक बार अपने पिछले क्लास के performance को चेक करें, फिर उसे 11,12 के performance से compare करें और यह जानने की कोशिश करे कि उसने जिस किसी भी स्ट्रीम का सेलेक्शन किया है, क्या वह स्ट्रीम के विषयों को अच्छी तरह समझ रहा है या केवल किसी के दबाववश अपनी पढ़ाई को जारी रख रहा है। एक बार अपनी ताकत को पहचानने और तदनुसार लक्ष्य को निर्धारित करने में असफलता की संभावना कम या खत्म हो जाती है।

अपनी कमी को पहचान कर उसे दूर करना चाहिए और फिर भी यदि दूर नहीं हो पा रही है तो उसके effect को minimize करने की सदैव कोशिश करनी चाहिए।

2. अपनी पसंद नापसंद को सर्वोपरि रखें: सदैव उन्हीं विषयों का सेलेक्शन करना चाहिए, जिसको पढ़ने में आपको आनन्द आता हो। कभी भी ऐसे विषय को न सेलेक्ट करें, जिसको आप बेरुखी से पढ़ें। किसी के दबाव में आकर या किसी के दिखावे में आकर विषयों के चयन से बचना चाहिए। हर विषय का अपना अलग महत्त्व है; यह जरूरी नहीं कि जो आपको पसंद आये वह औरों को पसंद हो, या औरों की पसंद आपकी बन जाए। किसी भी कैरियर में ऊँचाई पर पहुँचने के लिए अपनी पसंद और Interest ही सबसे ज्यादा मददगार साबित होता है। किसी भी विषय पर गहरी पकड़ ही आपको आगे बढ़ा सकती है।

3. भेड़ चाल से बचें : 10 पास करने के बाद अधिकांश छात्र एवं माँ-बाप यह चाहते हैं कि उनका बेटा साइंस स्ट्रीम पढ़े और वह डॉक्टर या इंजिनियर बने; पर यह उनका लक्ष्य न होकर एक सपना होता है, जो

हकीकत से जब टकराता है तो परिणाम कुछ और होता है। मसलन कभी-कभी डॉक्टर इंजिनियर बनने के चक्कर में छात्र अपने जीवन के कई-कई वर्ष कोचिंग करने में व्यतीत कर देते हैं, फिर भी सफलता हाथ नहीं लगती और वे निराश हो जाते हैं।

हमें यह सोचना चाहिए यदि सभी छात्र डॉक्टर या इंजिनियर बन जाएँगे तो जज, वकील, अध्यापक, प्रोफेसर IAS, PCS कौन बनेगा। क्या ये सब नौकरी बेकार है? क्या इसमें उतने पढ़े-लिखे लोग नहीं आते, जितने डॉक्टर इंजिनियर; पर हकीकत तो कुछ और ही है। ये सब पेशा ऐसा है, जिसमें उच्चतम टैलेन्ट की जरूरत होती है, पर छात्र अपनी पढ़ाई के वक्त इस तरह की नौकरी के बारे में सोचते तक नहीं... खासकर तब जब वे स्कूली जीवन में होते हैं।

4. लक्ष्य का निर्धारण प्रारम्भ में ही कर लें : छात्रों को चाहिए, कि जितना जल्दी हो सके, अपने लिए एक Goal Set कर लें। Goal set करने का सबसे अच्छा समय Class X है। प्रत्येक छात्र को X में रहते हुए अपने भावी भविष्य के बारे में कुछ न कुछ निर्णय जरूर करके रखना चाहिए और उसी के अनुसार अपनी पढ़ाई को निखार देना चाहिए। हालाँकि 10 क्लास तक के छात्रों में उतनी परिपक्वता नहीं होती, जितनी एक 12 क्लास पास छात्र में; फिर भी उसे अपने माता-पिता संगी साथी से या फिर अपने वातावरण से कोई न कोई सहयोग लेकर अपने लिए कम से कम पाँच Profession के बारे में जानकारी कर लेनी चाहिए। मसलन एक छात्र को डॉक्टर बनने का बहुत शौक है और वह पढ़ने में भी तेज है, तो उसे Class XI में Maths, Bio दोनों विषय न लेकर केवल बॉयो के साथ साइंस स्ट्रीम सेलेक्ट करना चाहिए; इससे उसकी न केवल proficiency बढ़ेगी बल्कि मेडिकल में जाने के लिए Competition पास करने में उसे आसानी होगी। इसके इतर उसने यदि दोनों विषय सेलेक्ट किया और किसी भी एक विषय में कमजोर पड़ गया तो उसका competition पास करने का समय बढ़ जायेगा; आखिर में उसे मैथ्स से कोई फायदा नहीं मिलेगा, क्योंकि Medical Entrance में केवल Physics Chemistry और

Biology ही पूछा जाता है।

5. अपने प्रारंभिक लक्ष्य के साथ एक सहलक्ष्य जरूर रखें: जीवन में जरूरी नहीं कि जो हम निश्चय करें उसे प्राप्त भी कर लें। कभी-कभी हम अपने लक्ष्य को हाड़-तोड़ मेहनत करने के बावजूद किसी-न-किसी कारणवश नहीं प्राप्त कर पाते। उस समय हमें घोर निराशा होती है और मन में तरह-तरह के नकारात्मक ख्याल आते हैं। इसलिए अपना लक्ष्य निर्धारित करते समय इस बात का भी ध्यान रखना चाहिए कि यदि हम एक लक्ष्य बना लें और उसे प्राप्त कर लें; मसलन यदि हम IAS नहीं बन पायें तो कम से कम PCS बन जाएँ, नहीं तो Education Sector में चले जायें। इस तरह हमारी निराशा हताशा जरूर कम होगी और हमें जीवन जीने की प्रेरणा मिलेगी।

6. अपना निर्धारित लक्ष्य पाने के लिए छोटे-छोटे लक्ष्य बनाते रहें: मान लिया आपने अपने लिए Class XI में लक्ष्य निर्धारित किया कि इंजिनियर बनेंगे। इस लक्ष्य को प्राप्त करने के लिए यह सोचें कि मैं ClassXI में टॉप कर जाऊँगा। तदनुसार प्रयास करें। यदि आप अपने लक्ष्य में कामयाब हुए तो आपको प्रेरणा मिलेगी और आप सोचेंगे 12 में सबसे ज्यादा अंक लायें। इसी लक्ष्य को पूरा करने के लिए आप दिन-रात मेहनत करेंगे और जब आप 12 में 95 प्रतिशत से ज्यादा अंक लायेंगे तब तक आपको लगेगा आपकी मंजिल दूर नहीं। और दुगने उत्साह से जब Competition में appear होंगे तो आपका सपना साकार हो जाएगा और आपको आपकी मंजिल मिल जाएगी।

7. समय का नियोजन (Time management) : 24 घंटे सबको मिलता है। एक क्लास में सब छात्रों का Syllabus एक ही होता है, पर जब रिजल्ट निकलता है तो कोई टॉप करता है कोई फेल होता है। ज्यादातर फेल होने वाले छात्र यह कहते हैं कि उन्हें समय नहीं मिला कोर्स कम्पलीट करने का, या स्कूल में कोर्स टाइम से कम्पलीट नहीं हुआ इत्यादि।

Time Management छात्र के जीवन का एक ऐसा पहलू है, जिसे अधिकतर छात्र नजरअन्दाज करते हैं। वे समय के साथ नहीं चलते। कभी सोचते हैं कि स्कूल में जो पढ़ाई हो रही है उसे बाद में पढ़ लेंगे, अभी कोचिंग के नोट्स पढ़ें। और ज्यादातर छात्र जिन्होंने IIT/Medical की कोचिंग को ज्वाइन कर लिया है, वे क्लास 11 एवं 12 में कोचिंग के objective paper को solve करते हैं। जब उन्हें अपने विषय का गहन अध्ययन करना चाहिए, वे अपने विषय की गहराई से अध्ययन न करके केवल ऊपर स्तर पर प्रेक्टिस पेपर हल कर खुद को पारंगत होने की कोशिश करते हैं और नतीजा यह होता है कि 12 में कम अंक से पास होते हैं और competition में भी सफलता नहीं मिलती। तब कहीं जाकर उनको ज्ञान होता है कि उन्होंने अपने सब्जेक्ट को कायदे से नहीं पढ़ा; यदि कायदे से पढ़ लिया होता तो बोर्ड में अच्छे नम्बर आते। छात्रों की असफलता का सबसे बड़ा कारण समय का सही उपयोग न करना। छात्रों को अपने लिये एक टाइम-टेबल बनाना चाहिये और उसमें सेल्फ स्टडी को पर्याप्त समय देना चाहिये। बिना टाइम टेबल में सेल्फ स्टडी के कोई भी परीक्षा पास करना संभव नहीं है। कोई अध्यापक कितना भी अच्छा क्यों न पढ़ा दे, कोचिंग में कितनी भी अच्छी पढ़ाई क्यों न हो, जब तक छात्र उस पढ़ाये हुए टॉपिक को खुद से घर पर आकर उसी दिन नहीं पढ़ेगा, तब तक वह टॉपिक भले ही उसे समझ में आ गया हो, थोड़े दिनों बाद वह भूल जाएगा।

आज के छात्र सोचते हैं कि अच्छे कोचिंग में नाम लिखा लेना सफलता की गारंटी है; पर वही छात्र सफल होते हैं जो सेल्फ स्टडी करते हैं और समय के साथ चलते हैं। अपना टाइम टेबल बनाते समय इस बात का ध्यान रखना चाहिए कि प्रत्येक विषय को पढ़ने के लिए पर्याप्त समय मिले।

एक दिन में कम से कम चार घंटे जरूर पढ़ना चाहिए, तभी जाकर सफलता हाथ लगेगी। time management करते समय अपनी परीक्षा को ध्यान में रखना चाहिए और अपने विषय के उसी पार्ट को पढ़ना चाहिए, जो परीक्षा में आ रहा है, न कि उस पार्ट को, जो नहीं आ रहा है।

8. खेलकूद, मनोरंजन का रखें ध्यानः खेलकूद में जरूर भाग लें। खेलने से न केवल शारीरिक विकास होता है, बल्कि इससे मानसिक दृढ़ता भी आती है और यह हमारे लिए एक प्रेरणा का काम करती है। खेलने से, मनोरंजन करने से हमें आंतरिक प्रसन्नता मिलती है और यह हमारे अंदर नवीन ऊर्जा का संचार करती है। छात्रों को चाहिए कि अपने टाइम टेबल में कुछ घंटे अपने मनोरंजन के लिए रखें, जिसमें वे अपनी पसंद का खेल खेलें, गाना सुनें, फिल्में देखें। मनोरंजन के ये साधन, हमारी लगातार पढ़ाई करने से हुई नीरसता में प्रेरणा का संचार करते हैं... हम फिर से अपने काम पर दुगने उत्साह से लग जाते हैं।

9. पढ़ने की आदत डालें : छात्रों को शुरू से ही न्यूज पेपर, पत्र पत्रिकाएँ, अच्छी मनोरंजक पुस्तकें, प्रेरक-प्रसंग जरूर पढ़ते रहने चाहिए। प्रत्येक छात्र को Employment News और एक मैगजीन, जो उसके विषय या लक्ष्य से संबन्धित है, का नियमित रूप से अध्ययन करना चाहिए, इससे उसको न केवल बाह्य जगत के बारे में जानकारी मिलेगी, बल्कि उसका General Knowledge भी बढ़ेगा।

10. लक्ष्य प्राप्ति के लिए कर्म कैसे करें : एक बार लक्ष्य निर्धारित करने के बाद हमको इस प्रकार से तैयारी करनी चाहिए कि लक्ष्य प्राप्त हो जाए और उसके लिए हमको जो पढ़ाई करनी चाहिये, वह लक्ष्योन्मुखी होनी चाहिए। हमें पढ़ते समय अपने मन को शांत रखना चाहिए। एक बार लक्ष्य निर्धारित करने के बाद, हमारा समस्त किया हुआ कार्य इस तरह होना चाहिए कि वह हमें अपनी मंजिल के करीब ले जाए। हमें अपने विषय पर पूर्ण कमांड होना चाहिए और पढ़ते समय इस बात का ध्यान रखना चाहिए कि जो चैप्टर हम पढ़ रहे हैं उससे कैसा भी प्रश्न क्यों न पूछा जाए हम बड़े आसानी से उसका उत्तर दे दें और उसमें शत-प्रतिशत अंक आ जाए। हमें अपने आपको पढ़ाई के प्रति समर्पित कर देना चाहिए और यह समर्पण ऐसा होना चाहिए कि हम अपने कर्तव्य से थोड़ा सा भी विमुख हों तो पश्चाताप का अनुभव हो... अर्थात् हमको यह प्रतीत हो कि हमसे कुछ छूट रहा है।

11. Be positive : इसका मतलब घनघोर निराशा के बीच आशा की किरण को जगाना। असफलता से उपजी हताशा या निराशा या किसी अन्य कारण से पैदा हुई हताशा हम पर इतनी हावी न हो जाए कि हमें अपने चंगुल में जकड़ ले। ऐसे समय में भी आशा की उम्मीद जगाए रखना चाहिए। बार-बार की असफलता के बावजूद हमें उन कारणों की पड़ताल कर उसे दूर करने का प्रयास करना चाहिए, जो हमारी असफलता के लिए जिम्मेदार हैं... और यदि हम पड़ताल नहीं कर पा रहे तो अपना मार्ग बदल लेना चाहिए; हो सकता है नए मार्ग पर चलकर हम उससे बड़ी सफलता प्राप्त कर लें।

12. आत्मविश्वास बनाए रखें : आत्मबल या आत्मविश्वास ही वह ताकत है, जो मनुष्य को सदैव आगे बढ़ने की प्रेरणा देती है। अपने आत्मविश्वास को बनाए रखें। छात्र जीवन में मिली असफलता ऐसी नहीं होती कि आपके आत्मविश्वास को तोड़ दे; उसे वह डिगा जरूर सकती है, पर यदि आपने दृढ़ निश्चय कर लिया है तो कोई भी मंजिल आपके लिए मुश्किल नहीं है। खुद पर भरोसा रखें और यथासंभव प्रयास करते रहें।

हमारा पहला कर्तव्य यह है कि हम स्वयं से घृणा न करें; क्योंकि आगे बढ़ने के लिए यह आवश्यक है कि पहले हम स्वयं पर विश्वास रखें और फिर ईश्वर में। जिसे स्वयं में विश्वास नहीं, उसे ईश्वर में कभी विश्वास नहीं हो सकता।

"आप दुर्बल सोचोगे, तो दुर्बल हो जाओगे; बलवान सोचोगे तो बलवान हो जाओगे। यदि आप अपने को अपवित्र सोचेंगे, तो अपवित्र हो जायेंगे; अपने को शुद्ध समझेंगे तो शुद्ध हो जायेंगे। इससे हमें यह शिक्षा मिलती है कि हम स्वयं को दुर्बल न समझें, प्रत्युत् अपने को बलवान, सर्वशक्तिमान और सर्वज्ञ मानें। यह भाव हममें है जरूर। हमारे भीतर सम्पूर्ण ज्ञान, सारी शक्तियाँ, पूर्ण पवित्रता और स्वाधीनता के भाव विद्यमान हैं, फिर हम इन्हें अपने जीवन में व्यक्त क्यों नहीं कर सकते हैं?

इसलिए कि उन पर हमारा विश्वास नहीं है; यदि हम उन पर विश्वास कर सकें, तो उनका विकास होगा - अवश्य होगा।''

- स्वामी विवेकानन्द

हम अपनी सफलता के लिए दूसरों पर अपनी निर्भरता जताते हैं; चाहे वह व्यक्ति हो या संस्था, पर खुद को कमतर आँकते हैं, पर यह भूल जाते हैं कि कोई भी व्यक्ति या संस्था हमारे अंदर विद्यमान शक्ति को एक सही दिशा देती है और यदि हमने अपनी शक्ति या सामर्थ्य को पहचान लिया तो पीछे मुड़कर देखने की जरूरत नहीं होती।

13. Law of Attraction आकर्षण का नियम : हमें जो-जो चीज़ अपनी तरफ़ आकर्षित करती है, उस चीज का हमारे पास आना या न आना इस बात पर निर्भर करता है कि हम उस चीज के बारे में कितने संजीदा हैं। यदि हम पूरे मनोयोग से, सच्चे हृदय से, पूरी शिद्दत से उसको अपने पास लाना चाहते हैं तो पूरी कायनात उस चीज को हमारे पास पहुँचाने के लिए लग जाती है।

यह नियम हमारी सफलता पर भी लागू होता है। यदि हमने कोई लक्ष्य निर्धारित किया है और उस लक्ष्य को पाने के लिए हम सही दिशा में पूरी शिद्दत से प्रयासरत हैं, तो हमारा लक्ष्य निश्चय ही हमसे दूर नहीं; बस जरूरत इस बात की है कि कर्म करते वक्त हम निःस्वार्थ भाव से खुद को उन प्रयासों में समर्पित कर दें, जो हमें हमारी मंजिल तक पहुँचाएगी।

मान लीजिए यदि आपने 10th में पढ़ते ही निश्चय कर लिए कि डॉक्टर बनेंगे, तो आपको अपनी पढ़ाई इस तरह करनी है कि आपके Syllabus का प्रत्येक चैप्टर पढ़ने से आप अपनी मंजिल के करीब जायेंगे और प्रत्येक परीक्षा आपके लिए न केवल स्कूली/बोर्ड परीक्षा है, बल्कि वह एक पड़ाव है रास्ते का, जो आपको डॉक्टर बनने में मददगार साबित होगी। जब आप में ऐसी भावना आयेगी तो आपकी प्रत्येक Activity इस बात से निर्धारित होने लगेगी कि हमको अपने प्रत्येक विषय में इतना पारंगत होना है

कि उससे किसी भी प्रकार का प्रश्न आये तो उत्तर बिना सोचे ही दिया जा सके। हमको अपनी पढ़ाई निःस्वार्थ भाव से पूरे मनोयोग से करनी चाहिए और यह भाव ऐसा होना चाहिए कि यदि हमारे घर के पास से बारात गुजर जाए तो भी किसी के पूछने पर हमें यह लगे कि यहाँ तो कुछ भी नहीं हुआ; हमें किसी की आवाज नहीं सुनाई पड़ी।

हमें अपने मन को शांत और संयत रखकर अपने कार्य को निःस्वार्थ भाव से करना चाहिए, और निःस्वार्थ भाव से किया हुआ कार्य आपको आपकी मंजिल तक पहुँचाएगा।

याद रखिए, यदि आप कोई लक्ष्य अपने लिए निर्धारित करते हैं तो, वह लक्ष्य ही आपको प्रेरित करता है कि उसे चुनें, क्योंकि आप में वह शक्ति है, वह क्षमता है, जो लक्ष्य आपसे चाहता है; अर्थात् 'लक्ष्य' ही आप में यह भाव जगाता है कि आप उसे चुनें... और यदि आपने सच्चे मन और पूरे सामर्थ्य से प्रयास किया तो निश्चित ही सफलता मिलेगी, अर्थात् 'लक्ष्य' आपको अपनी तरफ आकर्षित करता है और आप उसके मोहपाश में बँधकर उसे पाने के लिए अपना सर्वस्व दाँव पर लगाते हैं और उसे पाने का प्रयास करते हैं। उन लोगों को सफलता हासिल होती है, जो धैर्यपूर्वक निःस्वार्थ भाव से अपने कर्म को करते हैं; पर वे लोग असफल हो जाते हैं जो अपने मन को संयत नहीं कर पाते और अपनी ऊर्जा व्यर्थ की चीजों में नष्ट कर देते हैं, पर सही दिशा में प्रयास नहीं करते।

कभी-कभी मैं सोचता हूँ कि हम सबकी नियति निर्धारित होती है और हम वही सोचते है, वही सपने देखते हैं, जो हम भावी जीवन में बनने वाले होते हैं; पर हम में से कुछ ही लोग अपने सपने को साकार कर पाते हैं और जो लोग सपनों की तरफ आकृष्ट होते हैं, उनके अंदर इतनी क्षमता होती है कि वे कौन सा रास्ता चुनकर अपनी मंजिल तक पहुँचें। अर्थात् 'लक्ष्य' हम नहीं निर्धारित करते, लक्ष्य हमें निर्धारित करता है कि हम उसे चुनें और उसे प्राप्त करने का प्रयास करें। और यदि हमारा प्रयास सही दिशा में है तो निःसंदेह हम अपने लक्ष्य को प्राप्त कर लेंगे।

14. Strive towards excellence प्रत्येक छात्र को, प्रत्येक व्यक्ति को, सदैव आगे बढ़ने के लिए प्रयास करते रहना चाहिए। छात्रों को चाहिए कि वे हर क्षेत्र में आगे बढ़ें और इस प्रयास में उन्हें अपना रिकार्ड सदैव सुधारते रहना चाहिए; अर्थात् उनका Progress बढ़ते हुए क्रम में होना चाहिए। प्रत्येक छात्र का यह संविधान प्रदत्त कर्तव्य है कि वह अपने कार्य को सदैव इस तरह करे कि लगे कि उसमें अपनी क्षमता को सुधारने की लालसा है, अर्थात् वह हमेशा अपने पूर्व प्रयास से उम्दा प्रयास करने की क्षमता रखे। छात्रों के अंदर इस भावना का विकास करना बहुत जरूरी है कि वे न केवल अपनी पढ़ाई में बल्कि खेल में भी excellence की तरफ बढ़ने की कोशिश करें।

यदि मैं केवल पढ़ाई तक अपने आपको केन्द्रित करूँ तो excellence का मतलब यह है कि किसी छात्र ने यदि अपने पहले परीक्षा में 100 में 50 अंक पाया है तो उसे दूसरों का अंक देखने की जरूरत नहीं; उसे किसी और से अपने आपको Compare नहीं करना चाहिए, बल्कि उसको अपने आपको अगले परीक्षा के लिए इस तरह से तैयार करना चाहिए कि वह 50 से ज्यादा अंक पाये, अर्थात् यदि पहले परीक्षा में किसी छात्र ने 50/100, पाया है तो दूसरे परीक्षा में 60/100, और तीसरे परीक्षा में 65/100 तो यह निःसंदेह कहा जाएगा कि छात्र उत्तरोत्तर प्रगति कर रहा है और उसके अंदर Excellence की भावना या आगे बढ़ने की भावना विद्यमान है और यही प्रत्येक छात्र के हित में होगा कि वह सदैव अपने प्रयासों को निखारता जाए। और यदि किसी छात्र के अंदर इस भावना का विकास हो गया तो वह कभी पीछे मुड़कर नहीं देखेगा।

"so far all students should must strive towards excellence in all spheres of his life"

अभिभावकों या अध्यापकों को भी चाहिए कि वे अपने बच्चे या छात्र की तुलना दूसरों से न करें, बल्कि उसकी तुलना उसी के पिछले प्रयास से करते रहें। बच्चे को कभी भी उसके प्रदर्शन के आधार पर हतोत्साहित न करें। उसे सदैव इस बात का आभास दिलाएँ कि उसके माँ-बाप या अध्यापक हमेशा उसमें सुधार लाने के प्रति कृतसंकल्प हैं। छात्रों को हमेशा Motivate, करें ताकि उनका confidence level बढ़ता रहे।

15. Avoid Imitation/ अनुकरण से बचें : हम बचपन से ही कई बातें अनुकरण के माध्यम से सीखते हैं और यह सीखने की प्रक्रिया, जीवन पर्यंत चलती रहती है। आजकल के अधिकांश युवाओं पर फिल्मों का इतना गहरा प्रभाव रहता है कि वे अपने मनपसंद अभिनेता को हीरो या आदर्श मान लेते हैं और उसके जैसे बाल रखते हैं, उसके जैसे कपड़े पहनते हैं और उसी की तरह चलने-फिरने की कोशिश करते हैं; अर्थात् वे अपने आपको उस अभिनेता का Duplicate सिद्ध करने की कोशिश करते हैं। ऐसे युवा खुद की नजर में अभिनेता की तरह होते हैं, पर औरों की नजर में वे एक जोकर की तरह बनकर रह जाते हैं। वे शायद यह भूल जाते हैं कि वे कौन हैं और खुद की identity बनाने की बजाय वे खुद को दूसरों की identity से बुलाना ज्यादा पसंद करते हैं, जो सही नहीं है।

कुछ छात्र, सफलता प्राप्त करने के लिए उन छात्रों के पदचिह्नों पर चलने की कोशिश करते हैं जो सफलता प्राप्त कर चुके होते हैं और वह उनके लिए एक अनुकरणीय उदाहरण होते हैं। वे ऐसे सफल छात्रों से मिलते हैं और उनसे उनकी सफलता का राज पूछते हैं; उनसे उन किताबों के बारे में पूछते हैं, जिसे वह पढ़कर सफल हुआ है, उस कोचिंग के बारे में, उस स्कूल के बारे में, जिससे उसने विद्याध्ययन किया है... और कभी-कभी उससे नोट्स लेकर उसकी फोटोकॉपी करा लेते हैं; पर वे एक चीज़ भूल जाते हैं कि केवल किताबों को खरीद लेने या नोट्स लेने या कोचिंग में दाखिला करा लेने से सफलता नहीं मिल जाती; सफलता तो तब मिलेगी, जब आप खुद से अपना रास्ता चुनेंगे और लक्ष्य पाने के लिए हाड़-तोड़ मेहनत करेंगे। कोई भी सफल छात्र या व्यक्ति, हमेशा अपने Interview में यही कहता है कि 'कठिन परिश्रम और लगन' ही सफलता की कुंजी है। दूसरे की नकल करना सभ्यता नहीं है। अंधानुकरण कभी उन्नति के पथ पर आगे नहीं बढ़ा सकता; यह तो निश्चित रूप से मनुष्य के अधःपतन का लक्षण है। हमें अवश्य दूसरों से अनेक बातें सीखनी होंगी; औरों के पास जो कुछ भी अच्छा पाओ, सीख लो, पर उसे अपने भाव के साँचे में ढालकर लेना होगा। दूसरे की शिक्षा ग्रहण करते समय उसके ऐसे अनुगामी न बनो कि अपनी स्वतंत्रता ही गँवा बैठो।

कोई दूसरे को सिखा नहीं सकता; आपको स्वयं ही सत्य का अनुभव करना है और उसे अपनी प्रकृति के अनुसार विकसित करना है। सभी को अपने व्यक्तिव का विकास; अपने पैरों पर खड़े होने का और अपने विचार स्वयं सोचने का और अपनी आत्मा को प्राप्त करने का प्रयास करना चाहिए।

छात्रों को चाहिए कि वे अनुकरण करें, पर उस चीज को अपने साँचे में ढालकर; ताकि स्वयं ही अनुकरणीय हो जाए।

16. साहसी, वीर एवं दृढ़निश्चयी बनें: जीवन में परिस्थितियाँ कैसी भी क्यों न बनें, आप अपने निश्चय पर अडिग रहें, परिस्थितियों का सामना साहस के साथ एक वीर की भाँति करें। इस प्रकार की क्षमता का विकास करें कि परिस्थितियाँ आपकी गुलाम बनें, न कि आप परिस्थितियों के गुलाम बनें। ऐसे ही लोग सफलता के मापदंड स्थापित करते हैं और दूसरों के लिए प्रेरणास्त्रोत बनते हैं। तुलसीदास का एक दोहा है।

तुलसी आये जगत में, जगत हँसे तुम रोय।
ऐसी करनी कर चलो, आप हँसे जग रोय।

यदि इस प्रकार की चेष्टा आप अपने मन में रखेंगे तो आपको सदैव अपने पथ पर अग्रसर रहने की प्रेरणा मिलेगी। संस्कृत का यह श्लोक -

निन्दन्तु, नीतिनिपुणा यदि वा स्तुवन्तु
लक्ष्मीः समाविशतु गच्छतु वा यथेष्टम।
अद्यैव वा मरणामस्तु युगान्तरे वा,
न्यायात्पथः प्रविचलन्ति पदं न धीराः।।
अर्थात् - नीतिकुशल लोग तुम्हारी निन्दा करें या स्तुति;
लक्ष्मी तुम पर कृपालु हों या जहाँ खुशी, चली जाएँ;
तुम्हारी मृत्यु आज हो या अगले युग में,
परन्तु न्यायपथ से कभी विचलित न होना।

हमको अपने कर्तव्य से विमुख नहीं होने का संदेश देता है, चाहे परिस्थितियाँ हमारे अनुकूल हों या प्रतिकूल, हमको सदैव एक वीर की भाँति

अपने कर्म को निःस्वार्थ भाव से करना चाहिए, तभी जाकर हमें मनवांछित सफलता मिलेगी। दूसरे हमारे बारे में क्या सोचते हैं; वे हमसे प्यार करते हैं या नफरत; हमारी बड़ाई करते हैं या बुराई, इससे हमारे ऊपर फर्क नहीं पड़ना चाहिए; हम क्या सोचते हैं या क्या कर रहे हैं वह महत्त्वपूर्ण है। हमारे लिए हमारा लक्ष्य ही पूज्य होना चाहिए और उसको प्राप्त करने के लिए किए गए कार्यों को उत्साह और जोश से बिना धैर्य खोये हुए, कि हमारी आर्थिक स्थिति क्या है, करते रहना चाहिए, तभी जाकर हमें मनवांछित सफलता मिलेगी।

यह सत्य है कि हमारी आर्थिक और सामाजिक स्थिति का हमारे ऊपर बहुत गहरा प्रभाव रहता है, पर 'मजबूत इच्छाशक्ति और दृढ़ निश्चय रखने वाले सदा आगे बढ़ते हैं और उनके कार्य औरों के लिए प्रेरणास्त्रोत होते हैं। ऐसे लोगों द्वारा किया गया काम, समाज और देश के लिए किया गया त्याग, उनको महान बनाता है और ऐसे लोगों को लोग महापुरुष कहते हैं।

सफलता की एक कहानी जो आपको उद्वेलित कर देगी।

एक विद्यार्थी की सफलता

आज सुबह से रमेश बेचैन था। उसे कुछ अच्छा नहीं लग रहा था। वह बार-बार घड़ी की सुइयाँ देख रहा था। उसकी बेचैनी देखकर रमेश की मम्मी बोलीं, बेटा परेशान मत हो, रिजल्ट तो दो बजे के बाद निकलेगा, तब तक तुम कुछ खा लो और जाओ बाहर अपने दोस्तों के साथ खेल लो, समय पास हो जाएगा।

रमेश, नाश्ता करके बाहर अपने दोस्तों के साथ खेलने चला गया। बाहर खेलते समय रमेश अपने दोस्त निखिल से कह रहा है 'यार कुछ अच्छा नहीं लग रहा; पता नहीं कितना अंक पाऊँगा... क्या मेरा इतना अंक आयेगा कि मुझे साइंस मिल जाए।

निखिल उत्तर देते हुए बोला, मुझे तो रात भर नींद नहीं आयी और सुबह में जल्दी सोकर उठ गया, बहुत excitement हो रहा है; खैर चलो जो होगा देखा जाएगा, शाम को तो पता चल जाएगा कि हम लोगों का ग्रेड क्या है। रमेश एक बजे से ही इंटरनेट खोलकर अपने कमरे में बैठ गया था। रमेश! रमेश! ये रिजल्ट क्यों नहीं जल्दी निकल रहा है; कब से बैठा हूँ; आज अच्छा ग्रेड आ जाए तो पापा से अपने लिए एक अच्छा सा

मोबाइल लूँगा और अपने दोस्तों के बीच रौब झाड़ूँगा... हे भगवान अच्छा ग्रेड आना। First semester में मेरा तो बी ग्रेड था, अबकी बार मैंने मेहनत भी खूब की थी, हो सकता है अब की बार 9.0 CGPA आ जाए

पता नहीं क्या होगा, यही सब सोचते हुए कब समय निकल गया, पता ही नहीं चला और 2:50 बज गये। रमेश ने जैसे ही घड़ी देखा, तुरन्त कम्प्यूटर पर बैठकर अपना रोल नम्बर टाइप किया और रिजल्ट डिस्प्ले हो गया। उसने जैसे ही रिजल्ट का पेज देखा, तुरन्त अपनी मम्मी को बुलाया और बोला, मम्मी मैंने 8.9 CGPA पाया है। वह खुशी से झूम उठा। उसकी मम्मी भी बहुत खुश हुईं और उन्होंने तुरन्त रमेश के पापा को फोन किया और रिजल्ट के बारे में बताया और कहा कि रमेश से बात कर लीजिए, रमेश ने फोन लेकर कहा "पापा" मुझे 8.9 CGPA मिला है; अब तो मेरे लिए एक अच्छा सा मोबाइल खरीद दीजिएगा।"

रमेश के पापा बोले, हाँ बेटा, मैं तुम्हारे लिए एक अच्छा सा मोबाइल लाऊँगा। तभी निखिल का फोन आ गया। उसने रमेश से पूछा कितना CGPA बना। रमेश ने बताया 8.9 CGPA । और फिर रमेश ने निखिल का CGPA पूछा उसे भी 8.5 मिला था। दोनों बहुत खुश हुए और बोले कि अब तो हम लोगों को साइंस स्ट्रीम मिल जाएगा।

रमेश अपने पापा के साथ स्कूल जाकर Class XI में साइंस स्ट्रीम में दाखिला ले लिया ओर उसने Optional Subject में मैथ्स और हिन्दी को सेलेक्ट कर लिया। रमेश की ख्वाहिश थी कि वो इंजिनियर बने, अतः मैथ्स और हिन्दी को सेलेक्ट कर लिया। रमेश के पापा भी रमेश से संतुष्ट थे और उन्हें पूरा यकीन था कि उनका बेटा जरूर अच्छा काम करेगा और आगे चलकर उनका नाम रौशन करेगा। रमेश ने अपने दोस्तों से बात कर ली थी और उसके अधिकांश दोस्त उसके साथ Same Subject के साथ एक ही क्लास में थे। रमेश को जब यह पता चला तो वह बहुत खुश हुआ और सोचा कि चलो सबका साथ मिल गया; पहले की तरह स्कूल में खूब मजा करेंगे।

कुछ दिनों बाद रमेश ने सभी विषयों की किताबें खरीद लीं और खूब अच्छे से कवर चढ़ाकर घर में रख दिया और क्लास शुरू होने का इंतजार

करने लगा।

रमेश - अरे निखिल! तुम कहाँ गये थे? फोन भी नहीं किया; मैं तो दाखिला कराने के बाद नानी के घर चला गया था, वहाँ पर बड़ा मजा आया। निखिल - मैं भी दाखिला कराने के बाद गाँव चला गया और पूरी छुट्टी वहीं पर बिताई।

तभी क्लास में पुनीत पर नजर पड़ी और दोनों करीब-करीब एक साथ बोल पड़े- अबे पुनीत! तुम कहाँ रहते हो और तुमने भी मैथ, हिन्दी लिया है क्या?

पुनीत - हाँ यार मैं तो बॉयो, हिन्दी लेना चाहता था, पर पापा ने जबरदस्ती मैथ दिला दिया और वह चाहते हैं कि मैं एक इंजिनियर बनूँ और पहले ही attempt में IIT निकाल लूँ; मैंने मैथ्स ली है और मुझे तो कुछ भी समझ में नहीं आ रहा कि क्या करूँ, अब तो पढ़ना ही पड़ेगा।

रमेश मन ही मन सोच रहा था ये तो पहले भी पढ़ने से जी चुराता था और फिर से यही करने लगा। तभी क्लास में एक नयी लड़की आयी। वो किसी दूसरे स्कूल से आयी थी और बहुत ही सुन्दर लग रही थी। क्लास के सारे बच्चों का ध्यान उसकी तरफ गया।

पुनीत, निखिल से पूछ बैठा-अबे ये नई लड़की कौन है? बड़ी अच्छी लग रही है; मैं तो इसे अपनी गर्लफ्रेन्ड बनाऊँगा। निखिल- मुझे क्या मालूम, आज तो पहला दिन है, जब सर आयेंगे और attendance लेंगे तभी पता चलेगा कि ये कौन है।

और तू क्या गर्लफ्रेन्ड बनायेगा, मैं इसे अपनी गर्लफ्रेन्ड बनाऊँगा। यही सब बातें हो रही थीं, तभी बेल बज गयी और सभी बच्चे प्रार्थना करने चले गए।

प्रार्थना होने के बाद सभी अपने, अपने क्लास में आये। रमेश भी अपने क्लास 11सी में आया और अपने पुराने दोस्तों के साथ बैठ गया। उसने देखा क्लास में कुछ नए चेहरे आये हैं पर वह उन्हें नहीं जानता था तो चुपचाप बैठा रहा और अपने कक्षा अध्यापक का इंतजार करने लगा।

कुछ समय बाद कक्षा अध्यापक आए और उन्होंने कहा-

Good Morning Students

Student's - Good Morning Sir,

Class teacher - बच्चों आप सबको Class X पास कर Class XI में मैं आने के लिए बधाई। मैं, अनुपम, आपका Class teacher हूँ और आपको Chemistry पढ़ाऊँगा; आपको को कोई भी समस्या हो तो मुझे जरूर बताइगा और अब आपको बहुत मेहनत करने की जरूरत है। Class XI की Chemistry का Syllabus ज्यादा है और यह क्लास IX और X से बिल्कुल different है, अतः आपको पहले ही चैप्टर से मन लगाकर पढ़ने की जरूरत है।

इन सब के बाद उन्होंने सब बच्चों का रोल नम्बर और उनका नाम बताया और उन्होंने कहा कि क्लास में 45 बच्चे हैं, और अंत में उन्होंने सभी बच्चों को अपना-अपना परिचय देने को कहा। सभी ने अपना-अपना परिचय दिया और इसी बीच पता चला कि जो नई लड़की आयी है उसका नाम प्रिया है।

स्कूल का पहला दिन बच्चों के परिचय का रहा और लगभग सभी अध्यापकों ने अपने-अपने विषय से संबन्धित different जानकारी दी और कहा कि अगले एक दो दिन में सभी लोग Books Purchase कर लें और पढ़ाई शुरू कर दें।

घर पर आकर रमेश सोच रहा था कि स्कूल तो पुराना ही है, पर आज तो स्कूल में बिल्कुल नये तरह की अनुभूति हुई और लगा कि स्कूल में पहली बार गया हूँ। सभी पढ़ाने वाले टीचर बदल गए और उनके आज के लेक्चर से लगा कि क्लास 11 कुछ different है क्लास 10 से और उसे अब विषयों का भार महसूस होने लगा।

शाम को वह पहले की तरह पार्क में चला गया। वहाँ पर पहले से निखिल पुनीत और भी कई बच्चे बैठे थे। वे आपस में बातें कर रहे थे। पुनीत! वो प्रिया कितनी सुन्दर है यार, मैं तो उस पर मर मिटा।

निखिल - तू साले केवल लड़की के पीछे पड़ा रहता है, कुछ और

नहीं सोचता।

रमेश - अरे, ये सब बातें छोड़ो और बताओ किस कोचिंग चला जाए; मुझे तो Physics, Chemistry और Maths तीनों की कोचिंग करनी है।

पुनीत - अभी तो पहला दिन है और तू पढ़ने की बात करने लगा; पहले पता करते हैं कौन-सी कोचिंग अच्छी है और यह भी पता करूँगा कि प्रिया किस कोचिंग में जा रही है, उसी में चला जायेगा। मेरी नजर से तो उसकी तस्वीर जा ही नहीं रही है; कल उससे बात करने की कोशिश करूँगा।

निखिल - (दबी जुबान से) यार वो तो मुझे भी अच्छी लग रही है; तू सही कह रहा है... चल पहले पता करते हैं, फिर कोचिंग अटेन्ड किया जाएगा। रमेश के सामने जब बार-बार प्रिया का जिक्र आने लगा, तो वह भी सोचने लगा ये सब सही कह रहे हैं, वह वास्तव में सुन्दर है और मन ही मन निश्चय किया कि ये दोनों तो ऐसे ही लड़कियों के पीछे भागते हैं, इन्हें लड़कियाँ नहीं पसंद करेंगी, मैं उसको अपनी गर्लफ्रेन्ड बनाऊँगा। तीनों कई कोचिंग का पता करते रहे। अंततः उन्हें उनके मन लायक कोचिंग मिल गयी, जिसमें प्रिया भी जाती थी। उधर स्कूल में भी पढ़ाई शुरू हो गयी और सभी अध्यापक अपने-अपने विषय पढ़ाने लगे।

रमेश ने जबसे कोचिंग अटेन्ड किया, वह स्कूल की पढ़ाई पर ध्यान न देकर केवल कोचिंग की ही पढ़ाई पर ध्यान देने लगा। रमेश पढ़ने में ठीक था, इसलिए उसे लग रहा था कि जो स्कूल में पढ़ाया जा रहा है वह बहुत कम है और उससे वह कोई Competition नहीं निकाल सकता। स्कूल के अध्यापक ठीक से विषय को नहीं पढ़ाते, बल्कि उसकी नजर में वह Syllabus को भगाते हैं। कुल मिलाकर स्कूल में बेकार पढ़ाई होती है जबकि कोचिंग में अच्छी... रमेश के दिमाग में यह बात घर कर गयी थी।

एक दिन स्कूल जाते समय रमेश, निखिल से कह रहा है- यार स्कूल के मैथ्स वाले सर को तो कुछ नहीं आता, वो तो केवल NCERT से पढ़ाते हैं, लगता है उन्होंने कोई दूसरी किताब नहीं देखी; एक दिन मैंने उनसे कोचिंग का एक प्रश्न पूछा तो उन्होंने कहा इसे बाद में बताऊँगा; मुझे लगता

है उन्हें कुछ नहीं आता है।

निखिल - नहीं यार, मुझे तो ऐसा नहीं लगता; वो तो अच्छा पढ़ाते हैं और मुझे तो सब समझ में आता है। तभी पुनीत बोल पड़ा - अबे तू क्या जाने मैथ्स, रमेश सही कह रहा है; मैथ्स वाला कुछ नहीं जानता। यही सब बातें करते वे सब स्कूल पहुँच गए।

रमेश का Class X में अच्छा अंक आया था और उसके दोस्त उसको पढ़ने में अच्छा समझते थे, जिसकी वजह से उसके ऊपर overconfidence हावी होने लगा और वह खुद को औरों से superior समझने लगा। रमेश, निखिल और पुनीत तीनों एक साथ कोचिंग और स्कूल जाते थे; उनका अधिकांश समय साथ में बीतता था। एक दिन पुनीत बोला- यार कल मैंने इंटरनेट पर एक ब्लूफिल्म देखी ओर देखकर मुझे रात भर नींद नहीं आयी और सोते समय मेरा अण्डरवियर भी गीला हो गया। उस वीडियो को देखकर में बहुत excite हो गया था। रमेश- ब्लूफिल्म क्या होता है और तूने कैसे देख लिया? तेरे पापा ने टोका नहीं?

पुनीत - उस समय मम्मी ओर पापा दोनों मार्केट गए थे और उसी समय कम्प्यूटर पर मैं सर्च करके पा गया। इस फिल्म को तुम लोगों को कल मैं मोबाइल में लाकर दिखलाऊँगा, तभी तुम्हें पता चलेगा कि ब्लूफिल्म क्या होती है, ऐसे नहीं।

निखिल - हम लोग कब देखेंगे? स्कूल से 2 बजे छुट्टी होती है और 4 बजे से कोचिंग रहती है, बताओ कब देखेंगे।

रमेश - आज घर पर जाकर कह देना कि कोचिंग वाले सर ने पहले बुलाया है और तीनों लोग 3.30 पार्क में मिल लिया जाएगा। इस पर तीनों राजी हो गए और उस दिन स्कूल से घर आने के बाद तीनों पार्क में 3.30 बजे इकट्ठा हुए। पुनीत मोबाइल लाया था और उसने उन दोनों को ब्लूफिल्म वाली वीडियो चला दी। दोनों ने फिल्म जैसे ही देखना शुरू किया, उनके दिल की धड़कन बढ़ गयी और आँखें मदहोश हो गयीं, अंग-अंग उत्तेजित हो गया और लगा कि वे दूसरी दुनिया में चले गए और उनमें हवस की इच्छा जागृत होने लगी। जब फिल्म समाप्त हो गई तो तीनों बदहवास हो

चुके थे और उनका पैंट गीला हो चुका था।

किसी तरह अपने आपको सँभालते हुए उन्हें होश आया कि कोचिंग भी जाना है और वे कोचिंग को चले गए। इस फिल्म को देखने के बाद रमेश को लगा कि उसे भी गर्लफ्रेंड की जरूरत है और वह अब कोशिश करने लगा कि वह किसी न किसी लड़की के बगल में बैठे।

फिल्म देखने के बाद रमेश को रात में भी उसके सपने आते थे और वह सपने में देखता कि एक लड़की उसके पास आ रही है और वह उसके साथ अंतरंग सम्बन्ध बना रहा है। इसी तरह कई दिन बीत गए। अब उसका मन पढ़ने में नहीं लग रहा था। अब तो उसके ऊपर गर्लफ्रेंड की धुन सवार हो गयी।

एक दिन कोचिंग जाते समय रमेश से प्रिया मिल गयी और दोनों साथ-साथ जाने लगे। प्रिया ने रमेश से पूछा - तुम्हारा X में कितना CGPA था?

रमेश, प्रिया का साथ पाकर बहुत खुश हुआ, और बोला - 8.9 CGPA

प्रिया - Wow, Very good marks

रमेश सुनके गदगद हो गया और प्रिया से पूछा तुम्हारा कितना CGPA बना। प्रिया - 8.9 CGPA

रमेश - अच्छा तो हम दोनों का अंक एक ही है। रमेश कुछ सोचते हुए बोला, अच्छा यह बताओ, तुम्हारे पापा क्या करते हैं? प्रिया - आर्मी में आफीसर हैं; मेरे पापा का ट्रांसफर जम्मू से इलाहाबाद हुआ है। यही सब बातें करते वे कोचिंग गए और कोचिंग में भी दोनों एक दूसरे के बगल में ही बैठे। जब प्रिया कोचिंग में रमेश के बगल में बैठकर पढ़ रही थी, उस समय रमेश को लग रहा था कि मानो उसकी मुराद पूरी हो गयी हो। वह बहुत ही खुश था। उसका मन उस दिन पढ़ाई में नहीं लगा।

इसी तरह कई दिनों तक सिलसिला चलता रहा और रमेश को धीरे-धीरे प्रिया से प्रेम होने लगा। वह अब पहले की तरह पढ़ने में मन नहीं लगाता था और तो और, वह घंटों समय लेता था कोचिंग में जाने के लिए

तैयार होने में और कोचिंग जाने से पहले वह अपने बालों को जेल लगाकर सँवारता था, बढ़िया शर्ट और जीन्स और अपने पापा से जिदकर Woodland का जूता खरीदवा लिया था। वह बिना Perfume लगाए कभी कोचिंग नहीं जाता था... कहने का मतलब कि वह अपनी personality आकर्षक बनाने में हमेशा लगा रहता था। उसकी हर Activity लड़कियों, खासकर प्रिया को इम्प्रेस करने के लिए होती थी। कुछ दिनों बाद जब निखिल और पुनीत, जो किसी काम से शहर से बाहर गए थे और वापस आ गए तो रमेश उनसे भी दूरी बनाने लगा और वह उन दोनों को कोई बहाना बनाकर बोल देता कि मैं कोचिंग बाद में आऊँगा, तुम लोग चलो और खुद प्रिया के साथ आने की कोशिश करता और उसका साथ मिल जाने पर उसी के साथ आता।

उधर प्रिया को भी रमेश की हरकतों से लगने लगा कि वह उससे प्रेम करने लगा है। चूँकि प्रिया ओर रमेश के घर की दूरी ज्यादा नहीं थी और उसकी कोई सहेली उसके मोहल्ले से उस कोचिंग में पढ़ने नहीं आती थी, अतः उसे रमेश के रूप में एक अच्छा साथी मिल गया और रमेश उसके लिए एक बॉडीगार्ड की तरह हो गया। उसे भी लगा कि रमेश उसकी हर बात मान लेगा और कभी कोई नोट्स छूट जाए तो वह रमेश से माँगकर पूरा कर लेगी... और तो और रमेश से बात करना उसे भी अच्छा लगने लगा। एक तरह से रमेश उसके लिए टाइमपास और सहचर हो गया।

निखिल और पुनीत, रमेश को धीरे-धीरे जान गए। वे समझ गए कि रमेश अब प्रिया से प्रेम करने लगा है। एक दिन निखिल और पुनीत ने फैसला किया कि वे रमेश के साथ ही चलेंगे। वे बिना रमेश को बताए उसके घर पहुँच गए। रमेश तो उनको देखकर अवाक रह गया। वह बोला, तुम लोग बिना फोन किए आ गए।

निखिल - तुम रोज कोई न कोई बहाना करते हो, तो हमने सोचा चलो तुम्हारे घर पर ही चलते हैं, वहाँ से तुम कहाँ भागोगे। पुनीत - अबे, तुमने मेरी गर्लफ्रेंड को पटा लिया और मुझसे बताते भी नहीं; अब तो हम लोगों के साथ भी नहीं चलते और उस प्रिया के साथ आते-जाते हो।

रमेश - (शर्माते हुए) नहीं यार, ऐसी बात नहीं है; वही मेरा इंतजार करती है

और जब अपने मोड़ पर पहुँचता हूँ तो वह भी साथ हो लेती है। बहुत कुरेदने पर रमेश ने अपने दोस्तों को बताया कि उसे प्रिया से प्रेम हो गया है और उसको प्रिया के साथ रहने में अच्छा लगता है। उस दिन से रमेश और प्रिया एक साथ जाते थे और निखिल और पुनीत उनके पीछे-पीछे थोड़ी दूरी पर चलते थे।

इस तरह एक महीना बीत गया और उन्हें पता लगा कि जुलाई के अन्तिम सप्ताह से टेस्ट शुरू होने वाला है और सभी विषय में 2-3 चैप्टर यूनिट टेस्ट में आ रहे है।

रमेश का स्कूल की पढ़ाई में मन नहीं लगता था, क्योंकि उसकी नजर में स्कूल के टीचर को कुछ नहीं आता था। वह तो स्कूल सिर्फ attendance के लिए जाता था और कोचिंग में जो पढ़ाया जाता था उसी को घर में आकर पढ़ता था। पर कोचिंग में दूसरा चैप्टर पढ़ाया जा रहा था और जो यूनिट टेस्ट में आ रहा था वह दूसरा था। अब तो रमेश के लिए मुश्किल हो गयी। रमेश तो स्कूल का क्लास वर्क भी पूरा नहीं करता था, इसलिए उसे पता भी नहीं चल रहा था कि क्या पढ़े।

एक दिन कोचिंग जाते समय रमेश, प्रिया से बोला- यूनिट टेस्ट कितनी जल्दी हो रहा है, क्या तुमने सब चैप्टर पढ़ लिया? प्रिया- हाँ, बस एक चेप्टर बचा है उसे देखना है, तुम तो सब पढ़ लिए होगे।

रमेश किसी लड़की के सामने अपनी बेइज्जती कैसे होने देता, इसलिए बोला हाँ। स्कूल में यूनिट टेस्ट हो गया और सब विषय की कॉपियाँ दिखा दी गयीं। रमेश, Physics, Chemistry में नहीं पास हो पाया, पर मैथ्स में किसी तरह Just passing marks पाया। हिन्दी, अंग्रेजी में तो सभी पास थे। रमेश ने अपनी कॉपी देखी तो उसे विश्वास नहीं हो रहा था कि वह फेल भी हो सकता है, किसी विषय में। रमेश उदास बैठा हुआ था, तभी निखिल ने उसे समझाने की कोशिश की और बोला- यार उदास मत हो; अभी यह तो पहला यूनिट टेस्ट है; देखो, क्लास के ज्यादातर बच्चे नहीं पास हुए, तुम अगले यूनिट टेस्ट में अच्छा कर लेना।

पुनीत - चलो आज शाम को हम लोग इंजॉय करते हैं, ताकि यूनिट

टेस्ट में फेल होने का गम भुला दिया जाए। निखिल बोला - कहाँ पर और कैसे इंजॉय करेंगे; स्कूल के बाद कोचिंग भी तो जाना है। पुनीत (धीरे से) क्यों न आज कोंचिग से बंक मारें और एक रेस्टोरेन्ट में चलें और वहाँ पर कुछ खाया-पिया जाए।

रमेश - अबे नहीं, कोचिंग से बंक नहीं मारेंगे और रेस्टोरेन्ट में ज्यादा खर्चा आयेगा, कुछ और करते हैं, ताकि हमारे साथ प्रिया भी आ सके। पर क्या करेंगे। निखिल बोला - रमेश! याद है जब हम लोग घर से कोचिंग के लिए निकलते हैं तो एक कनफेक्शनरी की शॉप बीच में पड़ती है, वहीं पर बैठा जायेगा और कुछ खाया जाएगा। सभी उसकी बात मानकर राजी हो गए और उस शाम उन चारों ने उस कन्फेक्शनरी की शॉप पर जाकर कुछ न कुछ खाया। प्रिया ने जहाँ चिप्स और पेटीज पसंद करने के साथ एक कोल्डड्रिंक लिया, वहीं तीनों ने एक-एक कोल्डड्रिंक पिया और पेटीज लिया।

उस दिन बातों -बातों में प्रिया ने भी रमेश को समझाया कि तुम परेशान मत हो, अभी तो यह पहला यूनिट टेस्ट है; आगे मेहनत करना अच्छे अंक पाओगे। रमेश को प्रिया की बातें अच्छी लगीं और वह सोचने लगा कि यह तो पहला यूनिट टेस्ट था; अभी भी बहुत समय है; मैं पिछले वर्ष अच्छे अंक पाया था तो इस बार भी अच्छा अंक लाऊँगा।

Physics, Chemistry में फेल तो बहुत बच्चे हुए हैं, मुझे तो 1st attempt में IIT निकालना है। यह तो 11 क्लास है, कौन-सी बड़ी बात है और अभी तो academic year शुरू हुआ है और पूरा समय बचा है। क्लास 11 में नहीं इंजॉय करेंगे तो कब करेंगे; क्लास 12 में जाकर खूब मेहनत करूँगा।

यही सब सोचते हुए वह घर पहुँच गया। घर पर जब उसके मम्मी-पापा ने पूछा कि बेटा, यूनिट टेस्ट में किस विषय में कितना अंक पाए, तो रमेश बहाना बना गया और बोला, सर ने अभी कॉपी नहीं दिखाई है। रमेश के पापा ने कहा - बेटा खूब मेहनत करना, ताकि अच्छा अंक आए।

रमेश ने हाँ में सिर हिला दिया और फिर अपने कमरे में सोने चला

गया। सोते समय रमेश सोचने लगा कि आज मुझे पापा से झूठ बोलना पड़ा, पर क्या करूँ, स्कूल में पहला यूनिट टेस्ट जल्दी हो गया और स्कूल में ठीक से पढ़ाई नहीं होती है और कोचिंग में भी जो पढ़ाई होती है, वह स्कूल की पढ़ाई से अलग हो जाती है। मैं तो पूरी मेहनत करता हूँ पर पता नहीं क्या हुआ है कि अंक नहीं आता। पिछले वर्ष तो थोड़ा सा ही मेहनत करके अंक आ जाता था, पर इस बार उससे ज्यादा मेहनत करता हूँ फिर भी उतना अंक नहीं आता जितना उम्मीद करता हूँ। पर क्लास के कुछ बच्चे बहुत अच्छा अंक पा रहे हैं; जो बच्चे मुझसे हमेशा पिछले वर्षों तक पीछे रहते थे, वे आज मुझसे अच्छा कर रहे हैं। लगता है जो बच्चे कमजोर थे, वे स्कूल वाले सर के घर कोचिंग पढ़ने जाते हैं, इसीलिए वे अच्छा अंक पा रहे हैं, नहीं तो वे कभी भी मुझसे आगे नहीं बढ़ पाते।

रमेश यही सब बातें सोच रहा था। उसके दिमाग में आ गया था कि स्कूल के टीचर ठीक से नहीं पढ़ाते और केवल स्कूल की पढ़ाई से आगे नहीं बढ़ा जा सकता और कोचिंग के बिना तो किसी भी कम्पीटिशिन को पास करना लगभग असंभव है। कोचिंग वाले सर लोग कितने अच्छे हैं, कितना अच्छा पढ़ाते हैं और नोट्स भी देते हैं और तो और, करीब-करीब रोज-रोज चुटकले सुनाते हैं। वहाँ पर मजा आता है। वहाँ पर तो कोई भी ड्रेस पहनकर जा सकते हैं और प्रिया भी तो बगल में बैठकर पढ़ती है। स्कूल में कहाँ ऐसा माहौल मिलता है। कोचिंग के बाद हमलोग बाहर मस्ती करते हैं, वहाँ पर कोई हमें रोकता नहीं।

स्कूल के atmosphere में दम घुटने लगता है। टीचर भी क्लास में केवल पढ़ाई की बातें करते हैं और स्कूल में प्रिया मेरे बगल में न बैठकर अपनी सहेली के साथ बैठती है। मन करता है कि प्रिया हमेशा मेरे साथ रहे, मेरे साथ उठे-बैठे। अब तो लगने लगा है कि प्रिया मेरी जिन्दगी है; जिस दिन वह नहीं आती है, मैं उसके बिना बेचैन हो जाता हूँ और कुछ भी करने का मन नहीं करता और पढ़ने में भी मन नहीं लगता।

अब तो किताब लेकर बैठता हूँ तो प्रिया का अक्स उसमें नजर आता है। लग रहा है मुझे उससे प्यार हो गया है। रमेश, प्रिया के बारे में ज्यादा सोचने लगा, जिसकी वजह से उसके पढ़ाई के स्तर में गिरावट होने लगी,

पर वह इस बात को नहीं समझ सका कि प्रिया उसे केवल एक दोस्त की तरह समझ रही थी। वह उससे दोस्ती इसलिए करती थी कि वह मैथ में अच्छा था और प्रिया को जो नहीं समझ में आता, वह उससे क्लास के बाद पूछ लेती। रमेश उसे अच्छी तरह से समझा देता। रमेश का दिमाग अच्छा है, परन्तु उसका ध्यान भटक गया है, जिसकी वजह से वह परीक्षा में अच्छा नहीं कर पा रहा है। उसके अन्दर यह भावना भी घर कर गयी है कि उसे First attempt में IIT निकालना है, जिसकी वजह से वह स्कूल की पढ़ाई में नहीं ध्यान दे पाता और कोचिंग के पेपर को स्कूल में भी Solve करता रहता था, जिसका नतीजा निकला कि वह पहले यूनिट टेस्ट में फेल तो था ही, दूसरे यूनिट टेस्ट, यहाँ तक की Half Yearly में भी मैथ और Physics में फेल कर गया। रमेश जब Half Yearly में दो विषय में फेल हो गया तो उसे लगा कैसे क्या हो गया। उसे समझ में भी नहीं आ रहा था कि गलती कहाँ हो रही है। उसके दिमाग में अभी भी स्कूल टीचर के प्रति कोई सम्मानजनक भावना नहीं थी। वह तो बस कोचिंग वाले अध्यापक को इज्जत से देखता था ओर कोचिंग वाले अध्यापक उसे कहते थे, बेटा इस बार नहीं पास कर पाये तो क्या, अगले परीक्षा में पास कर लेना, मेहनत करो।

एक दिन रमेश के पापा स्कूल में रमेश के क्लास अध्यापक से Parent Teacher Meeting में मिलने आये। क्लास अध्यापक ने रमेश के पापा को बताया कि रमेश केवल हिन्दी और अंग्रेजी छोड़कर तीनों मुख्य विषय Physics, Chemistry और Maths में बहुत ही कम अंक पाया है। Chemistry में तो किसी तरह Passing Marks पाया, पर Physics और Maths में तो Single Digit में अंक पाया है।

रमेश के पापा को बताया कि रमेश, क्लास में कभी Sincere होकर नहीं बैठता; वह न तो कभी होमवर्क दिखाता है और न तो क्लासवर्क ही पूरा करता है। वह पीछे बैठकर अपने दोस्तों से बातें करता रहता है और पढ़ाई में मन नहीं लगाता। रमेश की Actual position जानने के बाद रमेश के पापा घर पर आये और उस शाम उन्होंने रमेश को अपने पास बुलाया और पूछा।

तुमने पहले मुझसे क्यों झूठ बोला था? तुम अच्छा कर रहे हो और मुझे चिन्ता करने की जरूरत नहीं; तुम्हारा अंक तो बिल्कुल ही कम है... कैसे पास करोगे XI Class को? कोचिंग भी जाते हो, फिर भी अच्छा अंक तो दूर, पासिंग अंक भी नहीं आ रहा है, क्या करोगे जीवन में।

रमेश खड़ा होकर चुपचाप सुनता रहा। उसकी गलती पकड़ ली गयी, फिर भी रमेश को यही लग रहा था कि मैं पास हो जाऊँगा। उसने फिर अपने पापा से प्रॉमिस किया कि वह पास होकर दिखायेगा, उसे एक और मौका दिया जाए। उसके पापा उसकी बात मान गए। उन्होंने उससे यही कहा कि बेटा मेहनत करो और इसी मेहनत की बदौलत आगे बढ़ सकते हो; दुनिया में जो लोग आगे बढ़े हैं, वे केवल अपनी मेहनत लगन और हिम्मत से ही आगे बढ़े हैं।

आज रमेश को लग रहा था कि उसके Performance से उसके पापा बहुत दुःखी हैं, पर रमेश को समझ में नहीं आ रहा था कि गलती कहाँ हो रही है। इसी तरह समय बीतता गया और रमेश किसी तरह तीसरे यूनिट टेस्ट में तो सभी विषय में पास हो गया पर Annual Exam में फिर से नहीं हुआ और मैथ में पास नहीं हो पाया, उसके साथ-साथ Chemistry का पेपर Tough आ गया जिसकी वजह से वह घबड़ा गया और Chemistry में भी फेल हो गया। जब रिजल्ट निकला, तो रमेश detained हो गया, क्योंकि तीनों विषय में वह फेल हो गया था।

रमेश को जब पता चला तो उसे विश्वास ही नहीं हो रहा था कि वह क्लास में detained हो सकता है। उसको लगा कि पाँव के नीचे की जमीन खिसक गयी। इस बार उसके साथ उसके पापा रिजल्ट लेने आये थे। उन्होंने चुपचाप रमेश के क्लास अध्यापक से रिजल्ट लिया और रमेश के साथ घर आ गए। रमेश की मम्मी बहुत खुश थीं कि अब बेटा पास हो जाएगा और इसी खुशी में उन्होंने रमेश की पसंद का खाना बनाया था। रमेश जब अपने पापा के साथ घर आया तो एकदम उदास था। उसे अभी भी विश्वास नहीं हो रहा था कि वह फेल हो गया है। रमेश की मम्मी को नहीं पता था, तो उन्होंने उससे कहा, बेटा उदास क्यों हो, क्या अच्छी पोजिशन नहीं आयी क्लास में? तब तक रमेश के पापा, रिपोर्ट कार्ड रमेश की मम्मी

को दे दिए और बोले, खुद ही देख लो रमेश की पोजिशन। रमेश की मम्मी ने जब रिपोर्ट कार्ड देखा, उसमें जगह-जगह रेड कलर का निशान था। जब रिजल्ट पढ़ा तो वह भी चकरा गयीं। उनको खुद ही समझ में नहीं आ रहा था कि क्या कहें।

निखिल ने पुनीत को फोन कर पार्क में बुलाया और निखिल बोला - यार, आज रिजेल्ट निकला और सबसे चौंकाने वाली बात है कि हम लोग पास हो गए और जो बच्चे हम लोगों से भी कमजोर थे, वह भी पास हो गए; पर रमेश तो क्लास 10 तक बहुत अच्छा करता था, पता नहीं क्या हुआ, उसकी supplementary तक नहीं आयी; मुझे विश्वास नहीं हो रहा है कि वह फेल भी हो सकता है।

लंबी साँस लेकर पुनीत बोला - हाँ यार, मुझे भी यकीन नहीं हो रहा है; मुझे समझ में नहीं आ रहा कि उससे कैसे बात करें और उसे क्या समझायें। निखिल कुछ देर शांत रहने के बाद बोला, यार अच्छा नहीं हुआ पर यह तो होना ही था। क्या तुमने कभी observe नहीं किया कि 11 क्लास में आने के बाद रमेश बहुत बदल गया था; उसको पता नहीं क्या हो गया था... उसे तो हमलोग एकदम बेवकूफ लगते थे; उसकी बातों से लगता था, कि वह सबकुछ एक साथ समझ लेता है और हम लोग कुछ भी नहीं समझ पाते।

पुनीत टोकते हुए - मैं तुम्हारी बात नहीं समझ रहा हूँ; तुम क्या कहना चाह रहे हो? निखिल - मेरे कहने का मतलब रमेश के फेल होने में उसी का हाथ है; उसे अपने आप पर overconfidence हो गया था, वह हर चीज को हल्के में लेता था, यहाँ तक कि स्कूल के बारे में कहता था कि यहाँ के अध्यापक को कुछ नहीं आता। उसके अंदर यह भावना घर कर गयी थी कि वह बहुत तेज है और यहाँ के अध्यापक उसके लायक नहीं हैं; वे लोग उसकी जिज्ञासा की भूख को शांत नहीं कर सकते क्योंकि उसे आगे चलकर एक बहुत बड़ा इंजिनियर बनना है।

पुनीत - हाँ यार, यह तो मैंने भी महसूस किया; वह कई बार Chemistry वाले सर से उलझ गया; वह भी ऐसा प्रश्न पूछा करता जो विषय में है भी नहीं। जब सर ने कहा कि बैठ जाओ, और बाद में लैब में

आना तो मैं तुम्हें समझा दूँगा, तो उसने कहा, नहीं सर, मुझे अभी बताइए और सर ने कहा कि बेटा यह सेलेबस में नहीं है; पहले मुझे टॉपिक पूरा कर लेने दो, फिर में तुम्हारे प्रश्न का उत्तर दूँगा। उस समय तो रमेश बैठ गया और जब तक सर टॉपिक पूरा करते बेल बज गयी और सर चले गए। तब रमेश कहने लगा, उसको आयेगा तो बतायेगा न। जब Chemistry वाले सर से कोई प्रश्न पूछो तो वह मुझे देखकर ही काँपने लगता है, उत्तर कहाँ से बताएगा; वह कोई न कोई बहाना करके बच निकलने की कोशिश करता है।

निखिल - सच कह रहे हो, वह हमेशा स्कूल अध्यापक की बुराई करता रहता था और वह कितनी बार मैथ वाले सर की कम्प्लेन करने प्रिंसिपल सर के पास गया और उसने कहा कि सर ठीक से नहीं पढ़ाते, उनका पढ़ाया हुआ समझ में नहीं आता।

पुनीत- हाँ, वह जब सर क्लास में आते तो चिल्लाने लगता था और हम लोग को भी ठीक से पढ़ने नहीं देता था। सर कितना भी बोलते, पर वह नहीं मानता और उनके पास कभी कोचिंग का, कभी आई.आई.टी. का प्रश्न लेकर जाता। जब सर बोलते कि बेटा पहले अपना बेसिक क्लियर कर लो, बाद में यह सब तुम्हारे लिए आसान हो जाएगा; तो वह विजयी भाव से आता और सबसे कहता देखो, सर को कुछ नहीं आता। पर आज हम लोग जो पास हो पाए हैं, वह स्कूल की पढ़ाई की वजह से... सर अच्छा पढ़ाते हैं, पर रमेश जैसे कुछ लड़के इनकी hooting करके उन्हें परेशान करते थे, जिसका नतीजा हुआ कि अच्छा रमेश बाबू फेल हो गए।

पुनीत - हाँ यार! पर क्या तुमने एक बात और नहीं observe की? उसके फेल होने में उसका overconfidence, स्कूल के प्रति सम्मानजनक दृष्टि का न रहना के अलावा प्रिया भी एक कारण रही है मेरे ख्याल से; तुम क्या सोचते हो निखिल?

निखिल-अरे हाँ, यह तो मैं भूल गया था। वह जब से प्रिया के सम्पर्क में आया, केवल उसी की बातें करता था, और तो और, हम लोगों के साथ भी उसने कोचिंग जाना छोड़ दिया था, वह हमेशा उसी के साथ जाता था और उसी के बगल में बैठता था। कोचिंग में भी उसका ध्यान पढ़ाई पर

कम, प्रिया पर ज्यादा रहता था और जब भी यूनिट टेस्ट आता, वह अपना नोट्स प्रिया को दे देता था, ताकि वह अपना काम पूरा कर ले और खुद को होशियार समझकर कभी उससे माँगता भी नहीं था कि वह नोटस दे दे और वो अपनी तैयारी कर ले। मेरी समझ से प्रिया Factor भी उसके फेल होने में सहायक रहा। वो दोनों काफी देर तक आपस में बातें करते रहे, पर उनकी समझ में नहीं आ रहा था कि रमेश से कैसे बात की जाए। शाम हुई तो दोनों वापस अपने-अपने घर को चले गए।

रमेश का रिजल्ट देखने के बाद रमेश की मम्मी ने कहा, बेटा परेशान मत हो, फेल पास तो लगा रहता है; कुछ खाकर आराम कर लो, बहुत थके हुए लग रहे हो। उन्होंने रमेश को खाना दिया। उसने बेमन से थोड़ा सा खाया और उठकर अपने कमरे में चला गया।

रमेश के जाने के बाद रमेश की मम्मी उसके पापा से बोलीं, रमेश इस वर्ष ठीक से पढ़ाई नहीं करता था; वह पहले की तरह मेरी बात भी नहीं मानता था और हमेशा मोबाइल पर या लैपटॉप पर लगा रहता था। कोचिंग से आने के बाद सीधा लैपटॉप खोल लेता था और उस पर Facebook चलता रहता था, जब मैं पूछती तो कहता मैं लैपटाप से से पढ़ाई कर रहा हूँ, यह तो ऐसे ही खोल लिया था। मैं भी समझती कि कम्प्यूटर पर तो कई काम एक साथ होते हैं, और जब इसका मन ऊब जाता होगा तो Facebook से अपने दोस्तों से बात कर लेता होगा, क्योंकि पिछले वर्ष तक तो यह पढ़ने में ठीक था और परीक्षा में हमेशा अच्छा करता रहा है।

रमेश के पापा - यह सब तुमने मुझे पहले क्यों नहीं बताया? पर मैंने भी एक चीज उसमें observe किया था, वह उसकी sincerity में कमी। वह पहले की तरह sincere नहीं रहा और जब मैं उससे पढ़ाई के बारे में पूछता, तो बताते समय उसका Attitude ऐसा लगता कि मैंने उससे पूछकर गलती कर दी। वह कई बार बातों से आक्रामक हो जाता, जैसे मैं पढ़ रहा हूँ और अच्छा करूँगा। मैं भी उसको ज्यादा नहीं बोलता था, क्योंकि वह बड़ा हो रहा है और ज्यादा बोलने से उसके ऊपर बुरा प्रभाव पड़ता।

उसने एक बार कहा था कि स्कूल में ठीक से पढ़ाई नहीं होती और

मैथ वाले टीचर ठीक से नहीं पढ़ाते। मैं भी उसके कहने पर विश्वास करके एक दिन स्कूल के प्रिंसिपल के पास पहुँच गया और जब मैंने कहा कि मैं रमेश जो आपके स्कूल में 11क्लास साइंस का छात्र है का पिता हूँ, तो वे कहने लगे कि आप अपने बच्चे का घर पर ध्यान नहीं देते हैं क्या; आपका बच्चा बहुत शिकायत करता है और वह लगभग हर अध्यापक की शिकायत करने मेरे पास कई बार आ चुका है और सबसे ज्यादा शिकायत मैथ वाले अध्यापक की करता है। एक बार मैं उसकी शिकायत की जाँच करने उसके क्लास में गया और बच्चों से जब पूछा कि क्या वे टीचर जो पढ़ा रहे हैं उनकी पढ़ाई से संतुष्ट हैं, तो सभी बच्चों ने एक स्वर से उत्तर दिया हाँ और पूरे क्लास में केवल आपका बच्चा शिकायत करने के लिए खड़ा हुआ। पर जैसे ही उसने अध्यापक की शिकायत शुरू की,अन्य बच्चे खुद ब खुद बोल उठे, सर ऐसा नहीं है, सभी अध्यापक अच्छे हैं और वे ठीक से पढ़ाते हैं, हम लोगों को समझ में भी आता है और हम लोग उनकी पढ़ाई से पूरी तरह संतुष्ट हैं। इसके बाद मैं क्लास से चला आया। हमारे अध्यापक बहुत ज्यादा experienced और अपने विषय में एक्सपर्ट हैं, उनके बारे में अभी तक कम से कम पढ़ाने के मामले में मुझे कोई शिकायत नहीं मिली; केवल आपका बच्चा ही शिकायत लेकर आता है। बाद में जब मैंने और बच्चों से आपके बच्चे के बारे में पूछा तो पता चला कि आपका बच्चा क्लास में पीछे बैठकर कोचिंग के पेपर को पढ़ता है और जिसका हमारे सेलेबस से कोई लेना-देना नहीं। वह क्लास में disturbance भी पैदा करता है और अपने कुछ दोस्तों के साथ मिलकर अध्यापक से अनाप-शनाप प्रश्न पूछता है। इसके अलावा वह मैथ्स वाले क्लास में अध्यापक की hooting भी करता है और पढ़ाते वक्त तरह-तरह की आवाज निकालता है। और जब अध्यापक उसको पकड़ते हैं तो बोलता है कि सर मैं कुछ नहीं कर रहा हूँ, आप हमेशा मेरे पीछे पड़े रहते हैं। अब आप बताइये, क्या करूँ? हमारे अध्यापक बताते हैं कि वह न तो होमवर्क और क्लासवर्क पूरा करता है और पढ़ाई में भी कमजोर है; जो पढ़ाया जाता है वह नहीं पढ़ता; अच्छा हुआ आप आ गए, मैं खुद ही बुलाने वाला था, ताकि आपको सही स्थिति पता चल जाए, थोड़ा उसको समझाइए। मैंने उसे counselor से समझवाया था, counselor की बात सुनकर मैं दंग रह गया था। counselor ने

बताया कि रमेश सोचता है कि हर विषय अध्यापक उसके लायक नहीं और उसे अपने आप पर इतना confidence है कि थोड़ा भी पढ़कर वह पास हो सकता है और केवल मजबूरी में स्कूल आ रहा है। मैं भी प्रिंसिपल साहब की बातें सुनकर स्कूल से वापस आ गया और जब शाम को रमेश को समझाने की कोशिश की तो वह झुँझला उठा। फिर भी मैंने कहा था कि बेटा स्कूल की पढ़ाई पर थोड़ा ध्यान दो।

रमेश अपने कमरे में आ गया। आज उसे अपना रूम कुछ बदला-बदला सा नजर आ रहा था। वहीं लैपटॉप, वहीं किताबें, वही कुर्सी-मेज; पर आज कुछ अजीब सा एहसास उसे हो रहा था। रमेश सोच रहा था कि समझ में नहीं आ रहा, ये मेरे साथ क्या हो गया। मैं फेल भी हो सकता हूँ, इस पर अभी भी मुझे विश्वास नहीं हो रहा है। जरूर कुछ गलत हुआ है मेरे साथ... मैं तो पिछले वर्ष तक टॉपर रहा हूँ, अचानक मैं कैसे पास भी नहीं हो सकता। मैं पढ़ने में इतना कमजोर तो नहीं। यही सब सोचकर उसने रिपोर्ट कार्ड फिर से देखा, और इस बार उसने ध्यान से उस रिपोर्ट कार्ड को पढ़ा, जिसमें हर परीक्षा के बाद Comment में लिखा था कि Improve your performance in Physics and Maths. और जिस रिपोर्ट कार्ड को उसे अपने मम्मी को दिखाना चाहिए था, उसे वो खुद ही अपने पापा का नकली हस्ताक्षर कर अपने क्लास अध्यापक को लौटा देता था। आज पहली बार उसे अपनी गलती का एहसास हो रहा था और सोचने लगा कि शायद मैं पहले ही अपने अध्यापक की बात मान लेता तो ऐसा दिन नहीं देखना पड़ता। पर अब क्या... मैं तो बहुत पीछे हो गया; मेरे दोस्त भी अगली क्लास में पहुँच गए, मैं उनसे कैसे बातें करूँगा? प्रिया मेरे बारे में क्या सोचेगी? वो तो हमेशा कोचिंग में मेरे साथ रहती थी; मैं अपना कितना नोट्स उसका देता था, अब मैं उसके साथ कैसे रहूँगा, मैं कैसे उससे आँख मिला पाऊँगा; वो सोचेगी कि रमेश तो पास भी नहीं हो सका; सभी विषयों के बारे में डींग हाकता था, पर पास होना मुश्किल हो गया। निखिल और पुनीत मेरा मजाक उड़ायेंगे। मैं यह सब नहीं सह पाऊँगा।

रमेश आज अपनी ही नजर में गिर गया। उसे समझ में नहीं आ रहा था कि इतनी मेहनत करने के बावजूद इस तरह का रिजल्ट आया। यही सब सोचते हुए रमेश depression में चला गया। उसका शरीर एकदम सुन्न सा

हो गया। उसका मन किसी भी काम में नहीं लगता। अब वह पहले की तरह लैपटॉप भी नहीं चलाता और अपने कमरे में पड़ा रहता। जब उसकी मम्मी जबरदस्ती उसको बुलातीं तो बाहर आता। वह एकदम उदास और हताश हो गया। उसके पापा उसे बहुत समझाये, पर उसमें कुछ सुधार नहीं हुआ।

रमेश के मम्मी-पापा ने सोचा कि कुछ दिन बाद अपने आप ठीक हो जाएगा, इसलिए वे लोग भी उसके ऊपर ज्यादा दबाव नहीं डालते थे। वे लोग समझ रहे थे कि समय के साथ सब ठीक हो जाएगा। एक दिन रमेश के बगल वाली आन्टी उसके घर आयीं और बोलने लगीं कि रमेश की मम्मी, आजकल रमेश बाहर गया है क्या, नजर नहीं आता। रमेश की मम्मी - नहीं घर पर ही है; इस समय उसको बुखार हो गया है, इसीलिए वह बाहर नहीं निकलता।

आन्टी - अच्छा बुखार हो गया है, जरा मैं उसको देख लूँ। जब तक रमेश की मम्मी उनको कुछ कहतीं, वह सीधा रमेश के कमरे में चली गयीं। रमेश उस समय बैठा हुआ था। वह आन्टी को देखकर हड़बड़ा गया। आन्टी ने पूछा, बेटा क्या हाल है, बुखार कैसा है?

रमेश- ठीक हूँ। तभी रमेश की आन्टी को कुछ याद आया और बोलीं, बेटा! रिजेल्ट तो निकल गया होगा, बताओ अबकी बार कौन-सा पोजिशन आया है? यह सुनते ही रमेश को लगा मानो काटो तो खून नहीं। रमेश का चेहरा स्याह हो गया, होठ सूख गए, गला भर आया; मुँह से कुछ आवाज ही नहीं निकल रही थी।

तभी रमेश की मम्मी, आन्टी को लगभग पकड़कर बोलीं, चलिए हम लोग कुछ दूसरी बातें करते हैं और आपको मैं एक चीज खरीदकर लायी हूँ, उसे दिखाती हूँ।

रमेश के जवाब का इंतजार किए बगैर वह उसकी मम्मी की बात मान कर दूसरे कमरे में चली गयीं, पर इधर रमेश की हालत खराब हो गई। वह जिस चीज को भूलना चाह रहा था, वही चीज आज फिर से उसके सामने आकर खड़ी हो गयी। उसे लगा कि लोग मेरे बारे में क्या सोचेंगे, जब उन्हें पता चलेगा कि मैं फेल हो गया हूँ। मेरी वजह से मम्मी-पापा का भी अपमान

हो रहा है, अब जीने का क्या फायदा। इस बेइज्जती और जिल्लत की जिन्दगी से अच्छा है मर जाना।

यही सब उसके दिमाग में चलता रहा। उसने निश्चय कर लिया कि गंगा नदी में डूबकर आत्महत्या कर लेगा। रात में रमेश, बिना बुलाये अपनी मम्मी के पास जाकर खाना माँगकर खाया और खाते समय अपने पापा से कुछ बातें की। और जब खाकर अपने रूम में जाने लगा तो अपने पापा से बोला - Sorry पापा, मेरी वजह से आप और मम्मी परेशान हुए।

रमेश के पापा - बेटा, हम तुम्हारी वजह से क्यों परेशान होंगे; तुम खुश रहो इसी में हम लोगों की खुशी है और sorry क्यों बोल रहे हो, तुमने क्या गलती कर दी है, तुम तो हम लोगों की जिन्दगी हो। यह कहते हुए रमेश के पापा ने रमेश को गले से लगा लिया। रमेश की आँखों से आँसू गिरने लगे, गला बैठ गया। उससे रोया भी नहीं जा रहा था। किसी तरह उसकी मम्मी ने उसे सँभाला और बोलीं- बेटा तुमको क्यों ऐसा लग रहा है कि तुमने कुछ गलत कर दिया है; तुम तो हमारे आँख के तारे हो और तुम क्यों परेशान हो; जिन्दगी में पास फेल लगा रहता है, इससे घबड़ाना नहीं चाहिए। इस वर्ष खूब मेहनत करना और टॉप कर जाना। उसकी मम्मी भी बोलते-बोलते रुआँसी हो गयीं। रमेश के मम्मी-पापा ने रमेश को उस दिन बहुत समझाया। वे दोनों लोग रमेश के कमरे में करीब 11 बजे रात तक रहे। जब रमेश को नींद आने लगी तो वे लोग अपने कमरे में चले आए।

रात को करीब 3 बजे रमेश उठा। उसके दिमाग में उथल-पुथल चल रहा था। उसे लग रहा था कि उसकी वजह से आज उसके मम्मी-पापा की बेइज्जती हो रही है; यदि वह आत्महत्या कर लेगा तो उसके मम्मी-पापा इज्जत से रहेंगे और उसकी भी रोज-रोज इंसल्ट नहीं होगी। यही सब सोचते हुए वह बाहर की दीवार फाँदकर गंगा नदी के पुल पर पहुँच गया। उसने एक सुसाइड नोट लिखकर छोड़ दिया। sorry मम्मी-पापा! मैं आप लोगों की उम्मीदों पर खरा नहीं उतरा love u lot mom, papa. वह नदी के पुल पर पहुँचकर जैसे ही कूदने वाला था, तभी उसे नदी में एक बहुत तेजी से छपाक की आवाज आयी। उसने देखा, एक हमउम्र लड़का नदी में डूब रहा है। रमेश तुरंत दौड़ पड़ा उसे बचाने के लिए और जगह देखकर नदी में कूद

गया। रमेश भूल गया कि वह आत्महत्या करने आया था। वह अपनी परवाह किए बिना उस लड़के को बड़ी मुश्किल से बाहर निकाल पाया। वह लड़के को किसी तरह खींचकर नदी के किनारे रेत पर ले गया। उसी समय पुलिस, पेट्रोलिंग पर निकली थी। जब वे पुल के पास आये तो रमेश और उस लड़के को देखा। उनमें से दो सिपाही दूर से बोले, वहाँ पर कौन है? रमेश ने जब पुलिस को देखा तो उसके होश उड़ गए। उसके मुँह से कुछ नहीं निकला। वह उस लड़के के शरीर से पानी निकालने की कोशिश कर रहा था। तब तक पुलिस वाले उसके पास आ गए। उन्हें समझते देर नहीं लगी कि रमेश ने किसी की डूबने से जान बचाई है। वे दोनों भी उसकी मदद करने लगे, ताकि डूबे हुए लड़के के शरीर से पानी निकल जाए। उस लड़के ने पानी बहुत पी लिया था और वह अभी तक बेहोश था। जब उसके शरीर से पानी निकल गया तो उन्होंने (पुलिस वालों ने) फोन कर Ambulance बुला लिया और उस लड़के को Ambulance में लिटा दिया और रमेश को भी इसी में बिठाकर अस्पताल ले आये, ताकि उसे भी First Aid दिया जा सके। अस्पताल ले जाते समय रमेश से एक पुलिस वाले ने कहा, तुमने बहुत अच्छा काम किया, किसी की जान बचाकर... आज यदि तुम नहीं होते तो इस लड़के की लाश ही मिलती; क्या तुम इस लड़के को जानते हो?

रमेश - नहीं सर! मैंने इसे आज तक नहीं देखा, मैं तो उधर से गुजर रहा था कि नदी में आवाज सुनी तो मैं भागकर वापस नदी के पास आ गया और फिर नदी में कूदकर किसी तरह उसको खींचकर बाहर निकाल पाया।

पुलिस वाले - ठीक है, Very Good, पर तुम इतनी रात कहाँ जा रहे थे? रमेश घबड़ा गया। कुछ बोल नहीं पा रहा था। पुलिस वाले समझ गये कि जरूर कुछ गड़बड़ है। उसने थोड़ा पुलिसिया अंदाज में पूछा, तो रमेश डर गया और उसने अपने बारे में बताया कि वह फेल हो गया है, और जिसकी वजह से वह बहुत ज्यादा Depression में चला गया और जिसकी वजह से वह जीने की आस छोड़ दिया था और आत्महत्या के मकसद से चला आया; पर यहाँ पर आकर उसने उस डूबते हुए लड़के की जान बचा ली। पुलिस वाले ने जब सब बात जान लिया तो उसने कहा - देखो बेटा, कभी जिन्दगी में घबड़ाना नहीं चाहिए; जीवन में हमेशा उतार-

चढ़ाव लगा रहता है; जो चीज हम चाहते हैं और नहीं पाते हैं, तो इसका मतलब है हमने अपने काम को सही ढ़ंग से नहीं किया, जिसकी वजह से हमें असफलता मिली है और हमें अपनी असफलता से प्रेरणा लेनी चाहिए न कि हतोत्साहित होना चाहिए और इस तरह का आत्मघाती कदम तो कायराना हरकत है; इसका यह मतलब है कि हम फिर से मेहनत नहीं करना चाहते; तुम्हारी तो अभी उम्र ही क्या है; तुम चाहो तो बहुत आगे जा सकते हो... आज तुमने जो कार्य किया, वह तुम्हारे अंदर की मानवता को दर्शाता है... इसलिए बेटा कभी भी हिम्मत मत हारना और खूब मेहनत करना, ताकि जिन्दगी में कभी पीछे मुड़कर न देखना पड़े।

यही सब बातें करते वे लोग अस्पताल पहुँच गए। अस्पताल में उस लड़के का इलाज होने लगा और उसकी जेब की तलाशी करने पर एक मोबाइल नंबर था, जिस पर फोन कर इस लड़के के घरवालों को बुलाया गया। पुलिस ने रमेश के पापा को भी फोन किया और उन्हें Civil Hospital में आने के लिए कहा।

रमेश के सोने के बाद उसके मम्मी-पापा अपने कमरे में चले गए, पर उन्हें रमेश का आज का व्यवहार कुछ अजीब लगा। वे लोग बेचैन हो उठे। उन्हें नींद नहीं आ रही थी। रात के करीब तीन बजे उन लोगों को लगा कि कोई दीवार से कूदा है। तुरंत ही रमेश के पापा बाहर गए। लाइट जलाकर देखा, पर उन्हें वहाँ कुछ नजर नहीं आया। गेट बंद ही था। कुछ भी अस्वाभाविक नहीं लगा। रमेश की मम्मी भी उठ चुकी थीं। उन्होंने सोचा, चलो रमेश को देख लेते हैं कि सो रहा है कि नहीं। उन्होंने धीरे से कमरे का दरवाजा खोला तो देखा रमेश का बिस्तर खाली है। सोचा, बाथरूम में गया होगा, पर कुछ देर बीत जाने पर भी वह नहीं आया, तो कुछ घबड़ा गयीं। और तो और, उसका दरवाजा खुला था। अब तो और घबड़ा गयीं। उन्हें कुछ समझ में नहीं आ रहा था। तब तक उनकी नजर रमेश के लिखे लेटर पर पड़ी, जिस पर लिखा था Sorry मम्मी पापा! मैं आप लोगों की उम्मीदों पर खरा नहीं उतरा Love U Lot मम्मी-पापा। लेटर पढ़ते ही उनके पैरों तले से जमीन खिसक गयी और जोर-जोर से रोने-चिल्लाने लगीं। तभी बाहर से दौड़ते हुए रमेश के पापा आ गए। उन्होंने पूछा क्या बात है? रमेश कहाँ है? रमेश की मम्मी ने रोते हुए वह लेटर उन्हें दे दिया। उसको पढ़कर

मानो उनके ऊपर दुःख का पहाड़ टूट पड़ा हो; पर कुछ समय बाद अपने को सँभालकर रमेश की मम्मी को सँभालने में लग गए, जो पागलों की तरह चिल्ला-चिल्लाकर रो रही थीं।

किसी तरह उन्हें ढाँढ़स बँधाकर रमेश को खोजने लगे। उन्हें रमेश घर में नहीं मिला। फिर तुरंत गाड़ी निकाल लिए और रमेश की मम्मी को किसी तरह समझाकर गाड़ी में बिठाया और रमेश को खोजने निकल पड़े।

रोड पर आने के बाद उन्होंने चारों तरफ रात के पसरे हुए सन्नाटे को देखा। उनको कुछ सूझ नहीं रहा था कि किधर जाएँ। वह धीरे-धीरे आगे बढ़ रहे थे। उधर बगल में बैठी हुई रमेश की मम्मी बदहवास इधर-उधर देखे जा रही थीं। रमेश के पापा के दिमाग में आया कि चलो एक बार रेलवे लाइन की तरफ देख लेते हैं। वो रेलवे लाइन के बगल में चलते हुए रेल पटरी को निहारते चल रहे थे। एक जगह गाड़ी रोककर उन्होंने रेल पटरी को भी देख लिया। वहाँ पर कुछ न देखकर वे वापस गाड़ी में आ बैठे और फिर गाड़ी चलाने लगे। इसी तरह इधर-उधर भटकते हुए उन्हें काफी देर हो गयी। तभी उनके मोबाइल की घंटी बजी। उनका दिल धड़क गया। उन्होंने मोबाइल को उठाया तो उधर से आवाज आई - हेलो! मि0 संजय सिंह?

रमेश के पापा - हाँ सर, संजय बोल रहा हूँ। उधर से - मि0 संजय, मैं सिविल हॉस्पिटल से इंस्पेक्टर अजय बोल रहा हूँ; आप सिविल हॉस्पिटल तुरंत पहुँचें। उसके बाद फोन कट गया।

रमेश के पापा इधर से जब तक कुछ पूछते, तब तक पुलिसवाले ने फोन काट दिया। रमेश के पापा ने जब सिविल हॉस्पिटल का नाम सुना तो मानो काटो तो खून नहीं। उनका शरीर काँपने लगा। बगल में बैठी उनकी पत्नी बोलीं, किसका फोन था? रमेश के पापा ने कुछ नहीं बताया। वे सीधे सिविल हॉस्पिटल की तरफ चल दिए। अस्पताल को देखते ही उनकी पत्नी को एहसास हो गया, कि जरूर कुछ अनहोनी हो गयी है। वह अनहोनी की आशंका से बेसुध हो गयीं। रमेश के पापा किसी तरह रमेश की मम्मी को सँभालकर हॉस्पिटल के अंदर जा ही रहे थे, तभी एक पुलिसवाला सामने आ गया।

पुलिस वाला - क्या आप संजय सिंह हैं?

रमेश के पापा - हाँ सर। पुलिस वाला मुस्कराते हुए मुबारकबाद दिया आज आपके लड़के ने बहुत बड़ा काम किया है।

रमेश के पापा को कुछ समझ में नहीं आ रहा था। पुलिसवाले ने उनकी भावना को समझ लिया और बोला - घबड़ाइए नहीं, आपका बच्चा सुरक्षित है और उसने इतना बड़ा काम किया है कि आप सुनकर उस पर गर्व करेंगे।

अब तक रमेश के पापा समझ गए कि रमेश सुरक्षित है। उन्होंने हिम्मत करके पूछा - सर क्या बात है, Please मुझे साफ-साफ समझाइए। पुलिसवाला - आपके बच्चे रमेश ने अपनी बहादुरी का परिचय देते हुए एक लड़के को डूबने से बचाया; यदि रमेश आज नदी के पास नहीं गया होता, तो वह लड़का नहीं मिलता, बल्कि उसकी लाश मिलती और सबसे बड़ी बात यह है कि वह लड़का ऐसी जगह डूब रहा था, जहाँ पर दिन में जाकर बचाने की हिम्मत नहीं पड़ती, रात की बात ही अलग; लेकिन रमेश अपनी परवाह किए बिना पता नहीं किस हिम्मत के दम पर उस डूबते लड़के को बचाकर नदी के तट तक लाया और वह जब इसके शरीर से पानी निकालने की कोशिश कर रहा था तभी हम लोग पहुँच गए और दोनों को यहाँ पर ले आए। उस लड़के को बचाने के चक्कर में रमेश को कुछ हल्की सी खरोंचें आ गई थीं, अन्दर डाक्टर उसको First Aid दे रहे हैं, चलिए आप लोगों को उससे मिला देता हूँ। जब तक वे लोग हॉस्पिटल के अंदर जाने को मुड़ते, तभी उस डूबने वाले लड़के के मम्मी-पापा आ गए। उस औरत का बुरा हाल था। जो आदमी बाद में आया, उसने पुलिस वाले से कहा-सर मैं अनिल, मैं राकेश का पिता हूँ, जिसे आपने फोन किया था... सर राकेश का क्या हाल है?

पुलिसवाला - अच्छा, आप लोग राकेश के माता-पिता हैं... आइये मेरे साथ। वे लोग हॉस्पिटल के अन्दर एक वार्ड में गये, जिसमें रमेश बैठा हुआ था और वह लड़का, जिसका नाम राकेश था, लेटा था। उसको धीरे-धीरे होश आ रहा था। रमेश को एक दो जगह खरोंच आई थी, जिस पर डॉक्टर ने मलहम लगा दिया था।

जैसे ही सब लोग वार्ड में दाखिल हुए, रमेश की नजर अपने मम्मी-पापा के ऊपर पड़ी। वह दौड़कर अपनी मम्मी से लिपटकर रोने लगा और बोलने लगा - मम्मी मुझे माफ कर दो, मुझसे बहुत बड़ी गलती हो गई। रमेश बच्चों की तरह रो रहा था। किसी तरह उसके मम्मी-पापा ने उसे सँभाला और रमेश के पापा ने कहा- बेटा मुझे तुम पर गर्व है। यह कहकर उन्होंने रमेश को अपने गले से लगा लिया।

उधर राकेश के मम्मी की नजर जब राकेश पर पड़ी, तो वे उससे लिपटकर रोने लगीं। तब डॉक्टरों ने बताया कि वह ठीक है और कुछ समय बाद उसे पूरा होश आ जाएगा, तब तक आप लोग शांत रहें।

पुलिसवाले ने राकेश के मम्मी-पापा से कहा- आप लोग इस (रमेश की तरफ इशारा करके) लड़के का एहसान मानिए, जिसने अपनी जान पर खेलकर आपके लड़के को डूबने से बचाया; आज यदि यह नहीं होता तो आपका राकेश नहीं बचता।

राकेश की मम्मी भावविह्वल होकर रमेश के पैरों पर गिर पड़ीं और बोलने लगीं- आप तो मेरे भगवान हो, यदि आज आप नहीं होते तो मैं अपने लाल को नहीं देख पाती; आपका यह एहसान मैं ताउम्र नहीं चुका पाऊँगी। रमेश को समझ में नहीं आ रहा था क्या करे। उसके सामने राकेश के मम्मी-पापा हाथ जोड़ रहे थे। तभी रमेश की मम्मी ने राकेश की मम्मी को उठाया और बोलीं- मेरे बेटे ने एहसान नहीं किया है, वह तो मानवता की सेवा किया है; आप लोग अपने बच्चे की देखभाल करिए।

फिर कुछ देर रुककर उन्होंने राकेश की मम्मी को समझाया और फिर वो लोग पुलिसवाले को धन्यवाद देकर रमेश को साथ में लेकर अपने घर पर आ गए। रास्ते भर रमेश कुछ नहीं बोला। रमेश के मम्मी-पापा ने भी उससे कुछ नहीं पूछा। घर आकर रमेश की मम्मी ने रमेश से कहा- बेटा! जाओ मुँह धो लो, मैं तुम्हारे लिए चाय बना देती हूँ।

रमेश मुँह धोकर आया और अपनी मम्मी के साथ चाय पी। उसके बाद अपने रूम में सोने चला गया। रमेश को अपनी गलती का एहसास हो चुका था और वो सोचने लगा कि - मैं गलत सोच रहा था; मम्मी-पापा तो

मुझसे बहुत प्यार करते हैं और वे लोग मेरे बिना नहीं रह सकते... मैं कितना गलत कदम उठाने जा रहा था। मेरे इस कदम से इन लोगों को कितना दुःख हुआ होगा, पर पापा ने एक बार भी कुछ नहीं बोला, उल्टे वह बोले थे कि उन्हें मुझ पर गर्व है। यही सब सोचते-सोचते उसे कब नींद आ गयी, पता ही नहीं चला।

रमेश सुबह 10 बजे तक सोता रहा। उसकी मम्मी ने देखा कि रमेश 10 बजे के बाद भी नहीं उठ रहा, तो उन्होंने उसे जगाया और तब जाकर उसकी नींद खुली। वह नहा-धोकर नाश्ता करने के बाद अपने कमरे में चला गया। आज वह अपने आपको तरोताजा अनुभव कर रहा था। उसे लग रहा था, मानो वह कितने दिनों से थका हुआ था और आज जाकर उसकी थकावट दूर हुई और उसका मन आज एकदम शांत और प्रसन्नचित है। आज उसने लैपटॉप पर गेम भी खेला। अब वह धीरे-धीरे नॉर्मल होने लगा। रमेश की मम्मी ने रमेश का मनपसंद खाना बनाया, जिसे खाकर रमेश बहुत खुश हुआ और एकाध घण्टे टी.वी. देखने के बाद वह अपने कमरे में लेटने चला गया। रमेश अपने कमरे से आया तो वह वहाँ पर रखे टेबल पर अपनी किताबें व्यवस्थित करने लगा। तभी उसकी नजर अपने रिपोर्ट कार्ड पर गई। उसको देखकर रमेश सोचने लगा कि यह रिजल्ट मेरा है और इसके लिए कोई और नहीं मैं ही जिम्मेदार हूँ। उसे याद आने लगा कि किस तरह वह स्कूल की पढ़ाई पर बिल्कुल ध्यान नहीं देता था। वह सोच रहा था कि मैथ्स वाले सर जब आते थे तो मैं कैसे उल्टा-सीधा सवाल पूछता था। उनका Knowledge Check करने के लिए आई.आई.टी. का प्रश्न पूछता था। और जब वह कहते कि बाद में बताऊँगा अभी यह चैप्टर का नहीं है, इसे खाली पीरियड में आने पर पूछ लेना, तो मैं उस समय सोचता था कि मैथ्स वाले सर को कुछ नहीं आता। मैंने उनकी कितनी बार प्रिंसिपल सर से शिकायतें की कि मैथ्स वाले सर ठीक से नहीं पढ़ाते। साल भर मैंने उनकी पढ़ाई की तरफ ध्यान नहीं दिया और उनका मजाक उड़ाता रहा। कुछ दिन तो मेरे दोस्तों ने भी मेरा साथ दिया, पर बाद में वे सब सर की पढ़ाई से संतुष्ट हो गए, पर मुझे पता नहीं क्या हुआ था कि मैं उनकी पढ़ाई से संतुष्ट नहीं हुआ, जबकि वो अच्छा पढ़ाते थे। मुझे हमेशा लग रहा था कि मैं बहुत तेज हूँ और सर मेरे सवालों का जवाब देने लायक

नहीं हैं; पर हकीकत तो यह है कि मैं कभी भी उनके पास पीरियड खत्म होने के बाद नहीं गया। मैंने हमेशा सर को नजरअंदाज किया और जिसका नतीजा है कि आज फेल हो गया। मैंने कभी होमवर्क पूरा नहीं किया। एक बार तो मैं सर से बहस ही कर लिया था। मैं उनके आने पर सीटी बजाया करता था और हूटिंग भी करता था, पर सर को ये सब पता ही नहीं चल पाता था कि कौन इस तरह की हरकत करता है। उसे याद आ रहा था अपने कक्षा अध्यापक का Lecture। उन्होंने कहा था - Class XI totally class X से अलग है। जहाँ आपके X में साइंस के तीनों विषय Physics, Chemistry और Biology के तीन-तीन या चार-चार चैप्टर हैं, वहीं XI और XII क्लास में तीनों अलग-अलग विषय हैं और अकेले XI में ही हर विषय के 16-16 चैप्टर हैं; आपको बहुत मेहनत करने की जरूरत है। XI और XII क्लास ही आपके जीवन का आधार है और आप लोग किसी भी Competition में बैठिएगा तो केवल XI और XII का ही syllabus आयेगा, अतः अभी से तैयारी में लग जाएँ ताकि first attempt में ही आपका सेलेक्शन IIT/PMT में हो जाए। आपकी तकदीर, आपकी तरक्की आपके हाथ में है; आपके माँ-बाप आपको सुविधा दे सकते हैं, हम लोग आपको ज्ञान दे सकते हैं, पर Ultimately आप लोग जब तक सही ढंग से पढ़ाई नहीं करेंगे, तब तक सब बेकार है। अध्यापक एक Catalyst की तरह वर्क करता है; वह आपको पढ़ने-लिखने के लिए प्रेरित कर सकता है, पर सबकुछ आप लोगों पर निर्भर करता है कि उसकी प्रेरणा को किस तरह से लेते हैं। हम लोग आपकी गलतियों को बता सकते हैं, पर उसमें सुधार आप ही लोग ला सकते हैं। आप लोग अपनी क्षमता को पहचानकर अपने-अपने लिए एक टारगेट फिक्स कर लीजिए और फिर उस टारगेट को पूरा करने के लिए परिश्रम करिए। रोज का रूटीन बना लीजिए और उसी के अनुसार चलने की कोशिश करिए, तभी जाकर आपको सफलता मिलेगी। जब सर यह सब कह रहे थे तब मैं मोबाइल स्कूल ले गया था और उस पर एक Adult Video देख रहा था। उस दिन सिवाए दोस्तों के, किसी भी अध्यापक को नहीं पता चला कि मैं मोबाइल लाया हूँ।

मैंने कभी टाइम-टेबल नहीं बनाया। बनाता भी कैसे? स्कूल से दो बजे छुट्टी होती थी। घर आते-आते तीन बज जाता था और फिर पाँच बजे

से आठ बजे तक कोचिंग रहती थी। साढ़े आठ बजे तक घर पहुँचता और इतना थक जाता था कि पढ़ना तो दूर, खाने तक को मन नहीं करता था। किसी तरह खा-पीकर सो जाता था और फिर सुबह जब मम्मी जगाती थीं तो उठता था और जल्दी-जल्दी तैयार होकर स्कूल चला जाता था।

अपने क्लास में प्रिया जब से आई और जबसे मेरी नजर उस पर पड़ी, पता नहीं मुझे क्या हो गया था। हर समय उसका चेहरा मेरी आँखों के सामने घूमता रहता और जब तक मैंने उससे दोस्ती नहीं कर ली, तब तक मैं परेशान रहता था और जब वह मुझसे बात करने लगी तो मुझे लगा कि सारी दुनिया की खुशी मुझे मिल गयी है। मैंने उसके साथ कोचिंग जाना शुरू कर दिया और इसी चक्कर में मैंने अपने दोस्तों से दूरी भी बना ली। उसके साथ गोल-गप्पा खाने में भी बहुत मजा आता था और परीक्षा के समय मैं अपना नोट्स दे देता था और उससे कहता था कि वह आराम से लौटाये, मैंने पढ़ लिया है। घर में जब पढ़ता था तो दिमाग में चलता था कि कल उससे किस तरह की बातें करूँगा। मुझे उससे प्यार हो गया था और लगता था कि वो मेरी जिन्दगी है, मैं उसके बिना नहीं रह सकता। जब तक मैं उसको देख नहीं लेता या उससे बात नहीं कर लेता, तब तक मुझे चैन नहीं मिलता था। मेरे दिलोदिमाग में प्रिया ही छाई रहती। जब मैं पढ़ने बैठता तो प्रिया की तस्वीर मेरे जेहन में उतर जाती थी। हालाँकि प्रिया हमेशा मुझे पढ़ने को कहती, पर मैं ही उसकी बात को गम्भीरता से न लेकर यह सोचता कि यह मेरे बारे में कितना सोचती है और यह मुझसे प्यार करने लगी है, पर मुझे क्या पता था कि मेरा यह कदम मुझे एक साल पीछे कर देगा। वह तो एक दोस्त की तरह मुझसे बर्ताव करती रही, पर मैं ही पागल उसको प्यार समझ बैठा, इसमें मेरी ही गलती है। प्रिया तो अपनी जगह सही थी, उसने हमेशा मुझे Motivate किया, पर मैं ही सही ढंग से अपनी पढ़ाई पर concentrate नहीं कर पाया।

मेरे दोस्त निखिल और पुनीत ने भी मुझे कई बार समझाने की कोशिश की, पर मैं ही उनकी हर बात को हल्के में लेता था और उनको कमतर आँका करता था। पढ़ाई-लिखाई में कोई तेज नहीं होता, जो मेहनत और ईमानदारी से पढ़ाई करता है वही आगे बढ़ता है। मैंने साल भर पढ़ाई में मेहनत नहीं की। मैं सोचता रहा कि मैंने तो पिछले सालों तक टॉप किया

है तो इस साल भी टॉप करूँगा, पर यह मेरी भूल थी। इस साल जिस लड़के ने सबसे ज्यादा अंक लाया है, वह तो पिछले साल फेल होते-होते बचा था, और मैं over confidence में फेल हो गया। इसका मतलब सफलता किसी की गुलाम नहीं; वह तो मेहनतकश की मंजिल है। जो मेहनत करता है वह आगे बढ़ता है और जो मेहनत नहीं करता और केवल ख्वाब देखता है कि मैं तो बहुत तेज हूँ, उसका हश्र मेरे जैसा होता है।

यही सब सोचकर रमेश को अब एहसास हो चला था कि वह अपनी गलती से फेल हुआ है; तब कहीं जाकर वह औरों को समझ पाया कि जो उसके अध्यापक और पैरेंट्स कह रहे थे, यदि वह उनकी बात मान लेता तो शायद यह नौबत नहीं आती।

अगले दिन सुबह करीब-करीब पाँच बजे रमेश के पापा बड़े जोर-जोर से रमेश की मम्मी को न्यूज पेपर पढ़ने के लिए बुला रहे थे। उन्होंने रमेश को भी जगाया और बोले बेटा I am proud of you! देखा (पेपर दिखाते हुए) आज के न्यूज पेपर के पहले पेज पर ही छपा है कि सेन्ट्रल स्कूल के student रमेश ने अपनी जान की परवाह किए बिना एक डूबते लड़के की जान बचाई ओर इसके लिए उसे बहादुरी का मेडल प्रशासन की तरफ से देने की पेशकश की जाएगी। रमेश, न्यूज पेपर पढ़कर बहुत खुश हुआ। उसे अब जाकर लगा कि खुद पर वह नाज कर सकता है। उसे अब कुछ-कुछ जिन्दगी की नई दिशा मिल रही थी। सुबह 10 बजे तक उससे मिलने वालों का ताता लगा रहा। जिसने भी न्यूज पेपर पढ़ा, वह बधाई देने के लिए रमेश के पास दौड़ा चला आया। इसी क्रम में रमेश के दोस्त पुनीत और निखिल भी आए। दोनों ने रमेश को बधाई दी और बोले आजकल तुम पार्क में खेलने नहीं आते, हम तुम्हें बहुत मिस करते हैं, अब तो आया करो; तुम तो Celebrity बन गए हो, क्या हम लोग के साथ खेलोगे।

रमेश मुस्कराने लगा और बोला, मुझ भी तुम लोगों की याद आती थी, पर बाहर निकलने में शर्म आती थी कि कैसे मैं तुम लोगों से आँख मिलाऊँगा, क्योंकि मैं तो पास भी नहीं हो पाया और मैं तुम लोगों की कितनी खिंचाई करता था, Please मुझे माफ कर देना। इतना कहकर वह उन दोनों से लिपट गया। निखिल बोला, यार, हम लोग दोस्त हैं; पढ़ाई-

लिखाई में पास फेल तो लगा रहता है, पर हमारी दोस्ती नहीं प्रभावित होगी, हम आज भी तुम्हें इतना ही चाहते हैं, जितना पहले; इससे कोई फर्क नहीं पड़ता कि हम लोग पास होकर क्लास 12 में चले गए और तुम 11 में ही रह गए; कोई बात नहीं, इस बार मेहनत करना और पास ही नहीं, क्लास को टॉप कर जाना। तभी रमेश की मम्मी मोबाइल लेकर आयीं और बोलीं, बेटा प्रिया तुमसे बात करना चाहती है। रमेश की आँखें चमक उठीं। उसने तुरंत फोन लिया। उधर से आवाज आयी - Hello रमेश Good Morning

रमेश - Good Morning

प्रिया - कैसे हो?

रमेश - ठीक हूँ

प्रिया - Congratulation! तुमने बहुत बहादुरी का काम किया है, तुम बहुत बहादुर हो।

रमेश - धन्यवाद।

प्रिया - आजकल पार्क में भी नजर नहीं आते, क्या बात है?

रमेश - कुछ नहीं

प्रिया - बाहर घूमा करो, मन शान्त रहेगा। मुझे कभी-कभी किसी टॉपिक में प्रॉब्लम हो जाती है, Please उसे समझा दिया करो; तुम बहुत अच्छा समझाते हो। रमेश - (झेंपते हुए) अब कैसे समझा सकता हूँ, तुम तो 12 में...

रमेश की बात काटते हुए प्रिया बोली - तो क्या हुआ, मैं तुम्हें एक दिन पहले टॉपिक बता दूँगी, तुम उसे पढ़ लेना और अगले दिन मुझे समझा देना... तुम्हारी विषय पर पकड़ अच्छी है और पढ़ते रहना, तुम बहुत आगे जाओगे। फिर रुककर बोली ... कभी बीते हुए कल के बारे में न सोचो, और यदि सोचो तो यह सोचो कि तुमसे क्या गलती हो गयी और उसको सुधारकर पूरी शिद्दत से आगे बढ़ने की कोशिश करो, मुझे पूरा यकीन है कि इस साल न केवल पास होगे बल्कि टॉप करोगे, और हम लोग तुम्हारे दोस्त हैं, हम लोगों से अपनी बातें शेयर करोगे तो अच्छा लगेगा।

रमेश - अच्छा

प्रिया - बाय बाय!

प्रिया से बात कर रमेश एकदम से प्रसन्नचित्र और रोमांचित हो उठा। उसके शरीर में एक नवीन ऊर्जा का संचार हो गया और जो दोस्तों से गिला शिकवा था वह दूर हो गया। उसे समझ में आ गया था कि दोस्ती में कोई दीवार नहीं होती, वह तो निःस्वार्थ होती है। दो-तीन दिन बाद रमेश अपने पापा के साथ स्कूल में फीस जमा करने के लिए गया। स्कूल में पहुँचकर रमेश को पुरानी बातें याद आने लगीं, पर इस बार वह इस तरह से चल रहा था जैसे उसे कोई देख न ले। वह सीधा स्कूल के ऑफिस में पहुँचा और पता किया कि कौन उसका क्लास अध्यापक है। फिर उसने अपने पापा को बताया और उनसे मिलने के लिए Physics Lab की तरफ चल दिया। Physics Lab में पहुँचकर रमेश बाहर ही रुक गया। उसके पापा अंदर जाकर Physics वाले सर से मिले और फीस जमा कर दिए। Physics वाले सर ने रमेश के पापा से कहा - रमेश नहीं आया क्या?

रमेश के पापा - आया है, पर यहाँ आने से हिचकिचा रहा है।

Physics वाले सर - उसको बुलाइए मैं भी उसको पहचान लूँ, क्योंकि मैंने उसके क्लास को नहीं पढ़ाया था। रमेश के पापा ने रमेश को अंदर बुलाकर सर से मिलवाया। रमेश जब अंदर आया तो उसे झेंप आ रही थी। इसके साथ-साथ वह सर से डर भी रहा था, क्योंकि उसने सुन रखा था कि सर थोड़ा Strict हैं।

रमेश अंदर आकर (सर को) Good Morning Sir!

Physics Teacher - Good Morning! कैसे हो रमेश? (घबड़ाते हुए) ठ... ठीक हूँ सर। अध्यापक- मैं तुम्हारी भावना को समझ सकता हूँ, पर जो हो गया उसमें तुम्हारा बस नहीं चलेगा, पर जो आगे आने वाला समय है उसको यदि सही ढंग से Utilize करोगे तो कभी पीछे मुड़कर नहीं देखोगे।

(थोड़ा रुककर) देखो, फेल होना बड़ी बात नहीं है; फेल होने का यह मतलब नहीं कि सबकुछ खत्म हो गया, फेल होने का यही मतलब है कि तुमने Sincerity और मनोयोग से पढ़ाई नहीं की; अपने failure से सीख लो कि तुमने गलती कहाँ की है और उस गलती को सुधारो; यदि तुम अपनी गलती को सुधार ले गए तो तुमसे बड़ा successor कोई नहीं होगा।

जिन्दगी में हर चीज हमें कोई न कोई सीख देती है, बस हमें यह सोचना और देखने की कोशिश करना है कि हम किसी चीज को किस तरह से लेते हैं। तुम्हें यह सोचना है कि तुम अपने failure को किस तरह से लेते हो, Positive में या Negative में। उस पर मुझे पूरा यकीन है और मैं यह कहूँगा भी कि इसको एक Challenge के रूप में लो। क्लास 12 की पढ़ाई तुम्हारे जीवन की रूपरेखा निर्धारित करेगी और इस बेस को यदि मजबूत कर ले जाते हो तो तुम हमेशा आगे रहोगे।

तुम अब सोचो कि तुम्हारा फिर से नया दाखिला 11 क्लास में हुआ है और पहली बार 11 के परीक्षा में बैठोगे। रमेश को आज लग रहा था कि हमारे स्कूल के अध्यापक कितने विद्वान हैं। Physics सर की बात रमेश के दिल को छू गई। उसके अंदर इतना confidence आ गया कि वह किसी भी काम को कर सकता है। वह घर पर पहुँचकर अपनी किताबें पढ़ने लगा। अब उसे पढ़ने में मजा आ रहा था। उसके अंदर से फेल होने का जो दंश था वह निकल चुका था। उसने पढ़ाई को एक Challenge के रूप में लिया। अभी अप्रैल से पढ़ने लगा, जबकि 11 की क्लास जून से चलती है। पर उसकी जिद थी और उसके ऊपर एक जुनून सवार हो गया कि पूरा Syllabus गर्मी की छुट्टियों में खत्म कर देगा। अबकी बार उसने कोचिंग भी जाना छोड़ दिया और सेल्फ स्टडी करने लगा। सेल्फ स्टडी करते वक्त जो चीज उसे समझ में नहीं आती, उसे वह टॉपिक वाइज एक कॉपी में नोट करता जाता, ताकि स्कूल खुलने पर वह अपने अध्यापक से पूछ सके। रमेश में आये इस परिवर्तन को देखकर उसके माँ-बाप भी आश्चर्यचकित हो गए। पहले कहाँ वो उसे पढ़ने के लिए कहते थे, पर अब तो रमेश इतनी मेहनत करने लगा कि उन्हें उसे सोने, खाने के लिए कहना पड़ता था।

रमेश ने अपने लिए एक टाइम-टेबल बना लिया और उसी के अनुसार अपने कार्य करने लगा। वह सोचने लगा, मैं सिर्फ अपने बारे में सोचूँगा और सिर्फ अपने बारे में। मैं एक बहादुर लड़का हूँ। मेरे दोस्त मुझ पर विश्वास करते हैं कि यदि मैं मेहनत करूँ तो किसी भी मुकाम को हासिल कर सकता हूँ। प्रिया की बातों ने मेरे अंदर जोश भर दिया और मेरे अध्यापक, जिनको मैं इस साल तक नजरअंदाज करता था, उन्होंने मुझे एक ऐसी राह दिखाई, जिसपर अब मुझे समझ में आ गया कि किसी व्यक्ति

की पहचान उसके कद-काठी, रंग-रूप, पैसे-कौड़ी से न होकर उसकी पहचान केवल उसके कर्म से होती है। यदि व्यक्ति अपने दिए हुए कर्म को पूरी मेहनत और ईमानदारी से करता है, तभी उसको इज्जत मिलती है, नहीं तो उसको लोग दूसरी नजर से देखते हैं।

मैं भी अब जमकर तैयारी करूँगा ताकि हर विषय में 100 में 100 पाऊँ और उसके लिए मुझे हर चैप्टर को thoroughly पढ़ना है कि उसमें से कैसा भी किसी भी तरह का प्रश्न पूछा जाए मैं वह बता दूँ। दो महीने बाद जब गर्मी की छुट्टियॉ समाप्त हो गयीं तो स्कूल खुला। रमेश स्कूल गया। इस बार उसके क्लास में नये-नये लड़के आए थे। वो लड़के जिन पर कभी वह रौब झाड़ता था, जब वह पिछले साल 11 में था और ये सब क्लास 10 में। पहले दिन उसे झेंप लग रही थी उनके साथ बैठने में और सब भी उसे भइया कह रहे थे, पर समय बीतने के साथ रमेश उनके साथ adjust कर गया और रमेश के बर्ताव से उसे उसकी क्लास का मॉनीटर बना दिया गया। वह दिए हुए काम को बखूबी करता था और अब एकदम अनुशासन में रहने लगा।

रमेश ने कोचिंग जाना छोड़ दिया। अब वह पूरी तरह स्कूल पर और सेल्फ स्टडी पर डिपेन्ड हो गया। जब पहला यूनिट टेस्ट हुआ तो वह Physics, Chemistry और मैथ्स में करीब-करीब शत-प्रतिशत अंक पाया। इस तरह उसे सफलता की कुंजी मिल गयी। फिर उसने पीछे मुड़कर नहीं देखा। उसने अपनी कक्षा में टॉप किया। वह यहीं पर नहीं रुका। उसने अपनी जिन्दगी का एक लक्ष्य निर्धारित कर लिया कि उसे आई.आई.टी. में जाना है; उसके साथ-साथ क्लास 12 में 98 प्रतिशत अंक लाना है।

रमेश ने अपने बनाये हुए Goal के अनुसार अपनी सारी Activity को निर्धारित किया। रमेश ने क्लास में बहुत ही कड़ी मेहनत की, जिसका उसको फल मिला कि वह 12 में मैथ्स में 100/100 अंक पाया। Physics में 98/100 और में Chemistry 99/100 अंक आया। चूँकि रमेश ने क्लास 11 में जमकर पढ़ा था और NCERT और Refresher के प्रश्नों को thoroughly solved किया था, जिसका उसे फायदा मिला कि वह अपने पहले ही attempt में IIT qualify कर गया।

IIT में भी उसे अच्छी रैंक मिली। रमेश को जब पता चला कि वह IIT qualify कर गया, तब उसकी खुशी का ठिकाना नहीं रहा। उसने अपनी खुशी को अपने दोस्तों के साथ Celebrate किया। सच ही कहा गया है कि असफलता, सफलता की कुंजी है। कड़ी मेहनत और अथक प्रयास का कोई विकल्प नहीं।

किसी भी क्षेत्र में सफल होने का कोई शार्टकट फार्मूला नहीं है। छात्रों को अपनी मनवांछित सफलता पाने के लिए रोजाना औसतन तीन से चार घंटे अध्ययन करनां चाहिए। परीक्षा की तैयारी करते समय कोई उम्मीद मत रखिए; अपना बेस्ट दीजिए और सबसे बड़ी बात पूरे सिलेबस की तैयारी कीजिए, ताकि परीक्षा में आपको कोई सवाल चौंकाने वाला और न पढ़ा हुआ न लगे। यह जरूर याद रखिए कि कर्तव्य करना आपके हाथ में है, और उसी पर केवल आपका बस है; अतः निःस्वार्थ भाव, लगन एवं एकाग्र होकर अपने कर्तव्य को अंजाम दीजिए, आपका लक्ष्य खुद ब खुद आपके पास चलकर आयेगा। और अंत में

I asked for strength
God gave me difficulties to make me strong.

I asked for wisdom
God gave me problem to solve.

I asked for more and more
God gave me to work

I asked for courage
God gave me danger to over come

I asked for love
God gave me troubled people to help

I asked for favour
God gave me opportunities

I received nothing I am wanted
I received everything in needed.

विभिन्न प्रकार के पाठ्यक्रम

हमारे विद्यालयों में बहुत प्रकार के पाठ्यक्रम चलते हैं, जो न केवल 12 की डिग्री प्रदान करते हैं, बल्कि उनको पढ़कर आगे के कैरियर के बारे में किसी निष्कर्ष तक पहुँचा जा सकता है।

Most popular streams after class X for admission in XI.

Streams

1. Science
2. Commerce
3. Humanities/Arts

1

साइन्स स्ट्रीम

(Science Stream)

1.1 साइंस स्ट्रीम की इंजिनियरिंग ब्रांच

सबसे अच्छे विषय का चयन :- साइंस स्ट्रीम में एक भाषा का पेपर अंग्रेजी या हिन्दी या दोनों इसके अतिरिक्त अन्य विषय। निम्नलिखित विषयों में से गणित, भौतिक विज्ञान, रसायन विज्ञान, जीव विज्ञान, बायो टेक्नोलॉजी, इंजीनियरिंग, ड्राइंग, कम्प्यूटर विज्ञान (Computer Science)/Information Practices सूचना प्रौद्योगिक अभ्यास, मल्टीमीडिया व वेब प्रौद्योगिकी (Multimedia and Web Technology) विभिन्न विद्यालयों द्वारा उपलब्ध कराए गए पसंदीदा पाठ्यक्रम अपने विद्यालय के बच्चों के लिए निम्नलिखित हैं। Science Stream

1. Physics, chemistry, Maths
2. Physics, chemistry, Maths, Computer Science

यह दोनों 'धारा' इंजिनियरिंग धारा कहलाती है और इससे ग्रेजुएशन स्तर पर विभिन्न विश्वविद्यालय/कॉलेज एक प्रतियोगी परीक्षा के द्वारा

दाखिला प्रदान करते हैं। इंजीनियरिंग का क्रेज इतना ज्यादा है कि प्रत्येक ऊपर वर्णित विषय पढ़ने वाले छात्र/छात्रा का सपना होता है कि वह एक कुशल इंजिनियर बने और अपना और अपने माता-पिता का नाम रोशन करे। भारत में इंजिनियरिंग के प्रतिष्ठित कॉलेज, जैसे आई.आई.टी. में जाने के लिए वहाँ से पढ़ाई करने के लिए प्रत्येक छात्र लालायित रहते हैं, और उनके भविष्य को सँवारने के लिए माँ-बाप भी कम परेशान नहीं होते। वे उन्हें अच्छे से अच्छे कोचिंग में दाखिला करवाते हैं ताकि उनका बच्चा JEE में पास होकर किसी सरकारी इंजिनियरिंग कॉलेज से पढ़ाई करे। आज के समय में ढेर सारे प्राइवेट इंजिनियरिंग कॉलेज खुल गए हैं, फिर भी IIT और सरकारी कॉलेजों/विश्वविद्यालयों का इतना क्रेज है कि कोचिंग एक बिजनेस बन गया है, जो छात्रों को इस तरह से शिक्षा प्रदान करता है कि वे JEE में सेलेक्ट हो सकें।

क्लास 12 पास करने के बाद छात्रों के पास सिवाय कम्पटीशन के तैयारी के अलावा और कोई काम नहीं रहता। यदि छात्र का 12 के Passing year में ही सेलेक्शन हो गया तो ठीक, अन्यथा वह कोई कोचिंग ज्वाइन कर लेता है, ताकि उसकी पढ़ाई की लय बनी रहे और यदि छात्र अपनी पढ़ाई की प्रति पूरी तरह समर्पित है तो वह 12 पास करने के अगले साल कोई न कोई कम्पीटिशन निकाल ही लेगा। यदि वह अगले साल भी कोई कम्पीटिशन नहीं निकाल पा रहा तो उसे चिंता होने लगती है कि उसका एक साल बर्बाद हो गया। यह भाव उसे आगे बढ़ने की प्रेरणा भी दे सकता है और उसके अंदर frustration की भावना का विकास भी कर सकता है।

अभिभावक को क्या करना चाहिए इस तरह के केस में, कि अपने बच्चो को समझायें कि केवल नामी कॉलेजों से पढ़कर ही नहीं आगे बढ़ा जा सकता; और भी बहुत सारे प्राइवेट इंजिनियरिंग कॉलेज खुल गए है, उसमें अपने बच्चों का उनके मनपसंद Trade में दाखिला करा दें, ताकि उसकी प्रतिभा न दबे और छात्र में किसी प्रकार की कुंठा न रहे। याद रखिए, पढ़ाई कहीं से भी की जाए, यदि आप अपने विषय के मास्टर हो गये तो कभी भी पीछे मुड़कर नहीं देखेंगे। छात्रों को भी चाहिए कि वह जो भी पढ़े मन से पढ़े, और उसमें पूर्ण पारंगत होने की कोशिश करे।

चाहे आप सरकारी इंजिनियरिंग कॉलेज से पढ़े या प्राइवेट कॉलेज से, यदि आपमें प्रतिभा होगी तभी आप अन्य प्रतियोगी परीक्षाओं को पास कर पाएँगे ओर मनवांछित नौकरी पाएँगे।

Science Stream, Physics, Chemistry, Maths, Comp. Science. *At Graduation level -*

1. Admission in IIT and government Engineering College through joint Entrance Examination (row days conducted by CBSE)

The courses offered by these examination are B.E. /B.Tech, B.Arch/B. Planning.

2. State level engineering examination, conducted by each state for admission in undergraduate engineering programme under its jurisdication, state owned engineering colleges.

3. इसके अतिरिक्त कुछ विश्वविद्यालय भी अपने स्तर पर एक प्रतियोगी परीक्षा के माध्यम से छात्रों का विभिन्न इंजिनियरिंग कोर्सों के लिए चयन करते हैं। छात्रों को चाहिए कि क्लास 12 में पढ़ते हुए शुरू से ही Vigilant रहें और समय-समय पर न्यूज पेपर, इन्टरनेट का उपयोग करके अपने आपको Examination के schedule से सदैव अपडेट रखें, ताकि कोई परीक्षा छूट न जाए।

Some popular engineering courses

1. Electrical Engineering.
2. Software Engineering.
3. Civil Engineering.
4. Mechanical Engineering.
5. Chemical Engineering.

6. System Engineering.
7. Interdisciplinarity

1 - Electrical Engineering

1.1 Computer Engineering
1.2 Electronic Engineering
1.3 Optical Engineering
1.4 Power Engineering

2 - Software Engineering

2.1 Computer aided Engineering
2.2 crypto graphic
2.3 Teleproffic
2.4 Web Engineering

3 - Civil Engineering

3.1 Environmental Engineering
3.2 Geotechnical Engineering
3.3 Structural Engineering
3.4 Mining
3.5 Transport Engineering
3.6 Water Resources Engineering

4 - Mechanical Engineering

4.1 Acoustical Engineering
4.2 manufacturing Engineering
4.3 Thermel Engineering
4.4 Sports Engineering
4.5 Vehicle Engineering
4.6 Energy Engineering
4.7 Power plart Engineering

5- Chemical Engineering

5.1 Biomoleculer Engineering
5.2 Materials Engineering
5.3 Molecular Engineering
5.4 Material Engineering
5.5 Process Engineering
5.6 Corrosian Engineering

6 - Interdisciplinary Engineering

6.1 Acrospace Engineering
6.2 Agricultural Engineering
6.3 Applied Engineering
6.4 Biomedical Engineering
6.5 Biological Engineering
6.6 Building Engineering

6.7 Enery Engineering
6.8 Industrial Engineering
6.9 Mechatronics Engineering
6.10 Management Engineering
6.11 Military Engineering
6.12 Namo Engineering
6.13 Nuclear Engineering
6.14 Petroleum Engineering
6.15 Textile Engineering

नौकरी के अवसर Job opportunities - इन कोर्सों को करने के बाद इंजिनियर कोर्सों को पढ़कर आप अंदाजा लगा सकते हैं कि किस कोर्स को पढ़ने से आपको किस प्रकार की Job Offer की जा सकती है, या आप उसके लिए एक Eligible candidate हो सकते हैं। यदि आपका Acedemic records अच्छा है और इंजिनियरिंग स्तर पर आपने अपने कैरियर में एक अच्छा मुकाम हासिल किया है तो भारत की महारत्न कंपनियों में आपके लिए एक सुनहरा अवसर है। भारत की महारत्न कंपनियाँ निम्नलिखित हैं।

1. Bharat Heavy Electricals Limited.
2. Coal India Limited.
3. GAIL (India) Limited.
4. Indian Oil Corporation Limited.
5. NTPC limited
6. Oil and Natural Gas Corporation Limited.
7. Steel Authority of India Limited.

इसके अलावा 17 नवरत्न कंपनियाँ हैं, जहाँ पर आपके लिए ढेरों संभावनाएँ हैं।

1. Bharat Electronics.
2. Bharat Petroleum (BPLL).
3. Container Corporation of India (CONCOR).
4. Engineers India.

5. Hindustan Aeronautics.
6. Hindustan Petroleum (HPLL).
7. Mahanagar Telephone Nigam (MTNL).
8. National Aluminium Company (NALCO).
9. National Building Construction Corporation (NBCC).
10. National Mineral Development Corporation (NBCC).
11. Neyoieli Lignit Corporation.
12. Oil India.
13. Power Finance Corporation.
14. Power Grid corporation (BINL).
15. Rashtriya Ispat Nigam Ltd.
16. Rural Electrification Corporation.
17. Shipping Corporation of India.

54 कम्पनियों को मिनी रत्न श्रेणी में रखा गया है, जो इस प्रकार हैं-

1. Airports Authority of India.
2. Antrix Corporation Limited.
3. Balmer Lawris & Co. Limited.
4. Bharat Cocking Coal Limited.
5. Bharat Dynamics Limited.
6. BEML Limited.
7. Bharat Sanchar Nigam Limited (BSNL).
8. Bridge and Roof company (India) Limited.
9. Central warehousig corporation.
10. Central coalfields limited.
11. Chennai Petroleum corporation limited.
12. Cochin Shipyard Limited.
13. Dredging corporation Limited.
14. Kamarajar Port Limited.
15. Garden Reach Shipbuilders and Engineers Ltd.
16. Goa Shipyard Limited.
17. Hindustan Copper Limited.
18. HLL Lifecare Limited.

19. Hindustan Newsprint Limited.
20. Hindustan paper corporation limited.
21. Housing and Urban Development corporation limited.
22. Indian Rare earth Limited.
23. Indian Railway Catering and Tourism Corporation Limited.
24. IRCON International Limited.
25. KIOCL Limited.
26. Mazagaon Dock Limited.
27. Maharadi coalfield limited.
28. Maogance ore (India) Limited.
29. Mangolore refinery limited.
30. Mistro Dhatu Nigam Limited.
31. MMTC Limited.
32. MSTC Limited.
33. National Fertilizers Limited.
34. National Seeds corporation Limited.
35. NHPC Limited.
36. Northern Coal fields Limited.
37. North Eastern Electric power corporation Limited.
38. Numaligarh Refinery Limited.
39. Numaligarh Refinery Limited.
40. ONGC Videsh Limited.
41. Pawan Hans Helicopter Limited.
42. Projects and Development India Limited.
43. Raitel corporal of India Limited.
44. Rail Vikas Nigam Limited.
45. Rashtriya Chemicals and fertilizers limited.
46. RITES Limited.
47. SJVN Limited.
48. Security Printing and Minting Corporation of India Limited.
49. South Eastern Coal fields limited.
50. Tele communication consultants India limited.
51. THDC India Limited.

52. Western Coal fields Limited.
53. State Trading Corporation of India Limited.
54. WAPCOS Limited.

18 PSUS मिनी रत्न श्रेणी में हैं, जो इस प्रकार हैं-

1. Bharat Pumps & compressor limited
2. Broadcast engineering consultants (I) limited.
3. Central Mine Planning and Design Institute Limited.
4. Central Raiside ware house company limited.
5. Ed. CTL (I) Limited.
6. Engineering Projects (India) Limited.
7. FCI Araveli Gypsum and Minerals India Limited.
8. Ferro Scrap Nigam Limited.
9. HMT (International) Limited.
10. India Trade Promotian Organisation.
11. HSCC (India) Limited.
12. India Medicine & Pharma Ceuticals Corporation Limited.
13. MECON Limited.
14. Mineral Exploration Corporation Limited.
15. National Film Deudopment corporation Limited.
16. National Small Industies corporation limited
17. PEC Limited
18. Rajasthan Electronics and Instruments Limited.

इन सबके अलावा इंजीनियर्स की माँग (वैज्ञानिक के अतिरिक्त) यहाँ भी सदैव बनी रहती हैं -

1. ISRO (Indian Space Research Organisation Limited).
2. Nuclear Power corporation of India Limited.
3. Military Engineering Service.
4. Irrigation Department State level and National level.
5. CPWD central public work department.
6. State's PWD.

छात्रों को चाहिए कि वे एक ऐसे ब्रांच को लेकर आगे बढ़ें, जिनमें उनकी रुचि हो, तभी मनमाफिक सफलता मिलेगी। सिर्फ B.Tech कर लेने से कुछ हासिल नहीं होगा। अपने विषय पर मजबूत पकड़ होनी चाहिए, और विषय पर मजबूत पकड़ तभी होगी जब आप पढ़ते समय यह ध्यान में रखते हैं कि प्रत्येक सेमेस्टर में कम से कम 95 प्रतिशत आयें।

यदि आप BE/B.Tech करने के बाद टीचिंग लाइन में जाना चाहते हैं तो वहाँ पर आपके लिए एक सुनहरा भविष्य है। आप M.Tech कर लीजिए और किसी भी इंजिनियरिंग कॉलेज में पढ़ाने के लिए eligible हो जाएँगे और यदि आपकी इच्छा M.Tech नहीं करने की है और टीचिंग में भी जाना चाहते हैं तो 'केन्द्रीय विद्यालय संगठन' में WET (Work experience Teacher) के रूप में कार्य कर सकते हैं, जिसकी वेकेन्सी समय-समय पर निकलती रहती है।

इसके अतिरिक्त जिन छात्रों ने BE/B. Tech (Computer Science/IT), Ùee BE/B.Tech (any stream) and post graduate diploma in computers

or

M.Sc (Computers Science)/MCA or equivalent

or

B.Sc (Computer Science)/BCA or equivalent and post graduate degree in any subject.

वे केन्द्रीय विद्यालय संगठन, या नवोदय विद्यालय समिति में पोस्ट ग्रेजुएट टीचर, PGT (C.S.)/PGT(IT) के रूप में अध्यापन का कार्य कर सकते हैं, जिसकी वेकेन्सी समय-समय पर निकलती रहती है। यदि इंजिनियरिंग किए हुए छात्र अत्यंत ही मेधावी हैं तो उन्हें पढ़ते वक्त ही Campus Selection के द्वारा बहुत बड़ी-बड़ी कंपनियों द्वारा जॉब ऑफर किया जाता है।

1.2 साइंस स्ट्रीम की मेडिकल ब्रांच

Science Stream - Medical Branch

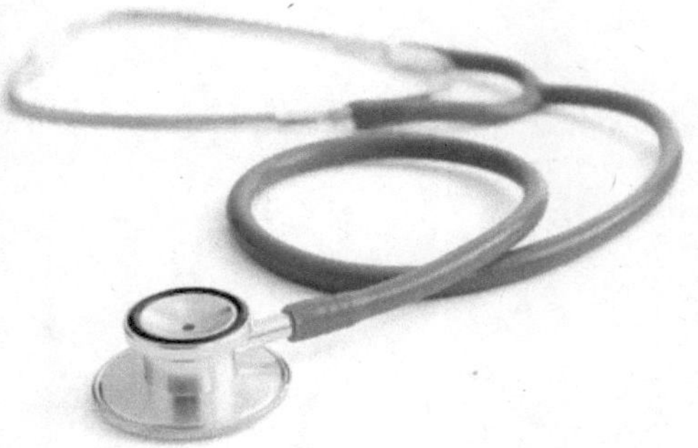

मेडिकल ब्रांच में Physics Chemistry, Biology/ Biotechnology विषय हैं। यह साइंस का ब्रांच इंजिनियरिंग के बाद सबसे ज्यादा पापुलर है और जिन छात्रों की मैथ्स में उतनी अच्छी पकड़ नहीं है, या जो Mathmatics से डरते हैं, पर साइंस में उनकी गहरी पकड़ और रुचि है, वे इस स्ट्रीम को सेलेक्ट करते हैं। अक्सर विद्यालयों में देखा गया है कि ज्यादातर लड़कियों का रुझान बायो ग्रुप के प्रति होता है। यदि इसमें difficultly level देखा जाए तो सबसे कठिन भौतिक विज्ञान, उसके बाद रसायन विज्ञान है; जीव विज्ञान बच्चों का पसंदीदा विषय है, क्योंकि वह जो कुछ अध्ययन करते हैं वह उसे देख सकते हैं, महसूस कर सकते हैं। बायो ग्रुप के छात्रों का सपना होता है कि वे एक डॉक्टर बनें और इसके लिए वे बहुत ज्यादा मेहनत भी करते हैं,

बायो ग्रुप के हर छात्र का सपना होता है कि वह 12 पास करने के बाद, AIPMT/PMT (आज इसको NEET के नाम से जाना है) की परीक्षा को Qualify करें और एक अच्छे कॉलेज से MBBS की डिग्री हासिल करें। सभी छात्रों का पहला Preference MBBS ही होता है, उसके बाद वे BDS (Bachelor of Dental surgery) को महत्त्व देते हैं।

कभी-कभी छात्र कई-कई वर्षों तक कोचिंग करने के बावजूद MBBS की सीट नहीं पाते तो उनके अंदर हताशा और निराशा की भावना जागृत हो जाती है जो उनके लिए बहुत घातक है।

MBBS/BDS के अलावा बहुत सारे ऐसे Graduation courses हैं जिनको करके छात्र खुद को एक डॉक्टर के रूप में स्थापित कर सकता है। अतः छात्रों को चाहिए के वे निम्नलिखित कोर्स को करने पर ध्यान दे सकते हैं :

1. BHMS (Bachelor of Homeopathic Medicine and surgery)
2. BAMS (Bachelor of Ayurvedic Medicine and surgery)
3. BUMS (Unani Medicine).
4. B.PT (Physic therapy).
5. BOT (Bachelor of Occupational therapy).
6. B.Opiom (Bachelor of Optometry).
7. B.Sc. Nursing.
8. B. Pharma (Bachelor of Pharmacy).
9. BMRSC (Bachelor of Medical Record Science).
10. B.Sc (Hons) Medical Technology.
11. B.Sc. (Hons) Opthalmic Techniques.
12. B.Sc. (Medical Laboratory Technology).
13. Bachelor of Audiology & speech language pathology

(BASLP).
14. B.Sc. (Cardiac Perfusian Technology).
15. B.Sc. (Health Information Administration).
16. BSC (Medical Imaging Technology).
17. BSC (Nuclear Medicine Technology) (Integrated BSC NMT).
18. Diploma in Clinical Research.
19. Lab Technicians.
20. Sanitary Inspector Medical Courses.
21. General Nursing Training Medical Course.
22. Orthopedist Medical Course.
23. Dental Mechanic Medical Course.
24. Dental Hygienist Medical Course.
25. Radiological Assistant.
26. Radiography (Diagnosis & therapy).

1.3 Veterinary Courses

यदि आप को जानवरों से लगाव है और आप उनके लिए कुछ करना चाहते हैं, उनको बीमारी मुक्त/रोग मुक्त देखना चाहते हैं और लगता है कि आप जानवरों की सेवा कर संतुष्ट हो सकते हैं तो आपके लिए Veterinary Courses हैं, जिनको करके आप जानवरों के डॉक्टर बन सकते हैं और ग्रामीण और शहरी इलाकों में अपनी पैठ बनाकर अच्छी खासी कमाई कर सकते हैं। इसके लिए आपको All India Pre-Veterinary Test जिसको Veterinary council of india (कृषि मंत्रालय) द्वारा आयोजित किया जाता है, में बैठना पड़ेगा और उसको Qualify करने के बाद आप 1. B.V. Sc & A.H. (Bachelor of Veterinary Science)

and Animal huWandry : 5 year duration.

B.VSc & AH करने के बाद निम्नलिखित क्षेत्रों में आपके लिए जॉब के अवसर हैं :

1. Animal Resource Development Centres.
2. Biological Products and Vaccine Product Plants
3. Breeding Farms/Hatchery
4. Consultancy Films
5. Dairy Farms
6. Department of Animal HuWandry and Dairying.
7. Disease Investigation Centres.
8. Drug Research Institution
9. Food Processing Industry.
10. Indian Council of Agricultural Research (ICAR)
11. Insurance companies.
12. Meat/Milk processing plants.
13. Ministry of Agriculture.
14. National Parks.
15. Para veterinary Staff Training Schools.
16. Police Forces.

17. Poultry Farms.
18. Polyclinics.
19. Public Health laboratories.
20. Stud Farms.
21. Veterinary Centres.
22. Veterinary Corp. in Military and paramilitary forces.
23. Veterinary Hospitals.
24. Veterning Instruments/Equipment Industry.
25. X-ray and Ultra-sound facility centres.
26. Zoo and wildlife centres.

B.V.Sc. and A.H. Job Types

1. Veterinarian/ Veterinary Doctor.
2. Animal Care and Service Worker.
3. Veterinary Assistant.
4. Biological Scientist.
5. Veterinary Consultant.
6. Lecture.
7. Veterinary Surgeon.
8. Manager Animal Farm.
9. Veternary Technologist.
10. Pharmacy Research Scientist.
11. Senior Medical Representative
12. Veterinary Researcher

B.V.Sc. & AH का कोर्स पूरा करने के बाद आप Veterinarian बन जाएँगे।

1.4 Interdisciplinary Science Stream BSC in Agriculture

भारत एक कृषि प्रधान देश है। यहाँ की दो तिहाई आबादी गाँवों में निवास करती है और उनकी आजीविका का मुख्य साधन कृषि है। भारतीय कृषि पूर्णतः मौसम पर आधारित है। मौसम के अनुसार कृषिगत उत्पादन घटता और बढ़ता रहता है। भारत के आर्थिक विकास में कृषि और उसके सह सेक्टर Agriculture and allied sector का शेयर GDP का 17.01% है। आज के समय में Perhectare उपज बढ़ाने के लिए परंपरागत और गैर परंपरागत तकनीक का भरपूर इस्तेमाल हो रहा है, फिर भी हमें दलहन, और तिलहन का आयात करना पड़ता है।

जनसंख्या बढ़ने की वजह से कृषि योग्य भूमि पर दबाव पड़ रहा है और लोग कृषि योग्य भूमि पर घर बना रहे हैं। विकास के नाम पर अंधाधुंध Urbanisation हो रहा है। कहीं-कहीं पर उद्योग धंधे भी कृषि योग्य भूमि पर लगाए जा रहे हैं, जिससे कृषि योग्य भूमि दिनों-दिन कम होती जा रही है, पर खाद्य पदार्थों की माँग बढ़ती जा रही है। ऐसे में यह क्षेत्र उन लोगों को चुनौती देता है जो देश को कृषि उत्पादन में आत्मनिर्भर बनाने का स्वप्न देखते हैं। यदि आप भी चाहते हैं कि हमारा देश खाद्यान्न उत्पादन में आत्मनिर्भर बने, और जिसके लिए आप में कुछ नया करने की चाहत है तो

12 पास करने के बाद (Bachelor of Science in Agriculture) B.Sc. (Ag) कर सकते हैं। इसमें Physics, chemistry, Biology and or Mathmatics से 10+2 करने वाले छात्र अपना दाखिला विभिन्न विश्वविद्यालयों में करा सकते हैं।

BSc in Agriculture एक चार वर्ष का कोर्स है, जबकि कुछ विश्वविद्यालय/Institute पाँच वर्ष का कोर्स छात्रों को ऑफर करते हैं।

B.Sc. Ag में दाखिला एक प्रतियोगी परीक्षा के माध्यम से होता है जिसे Indian council of Agriculture Research (ICAR) कृषि अनुसंधान भवन, पूसा, नई दिल्ली आयोजित करती है। यह एक अखिल भारतीय स्तर की परीक्षा है, जिसमें 15 प्रतिशत of the total number of seats राज्य विश्वविद्यालय के सीट, National Dairy Research Institute Karnal और केन्द्रीय कृषि विश्वविद्यालय, इम्फाल के लिए रिजर्व होता है।

<u>Scope of BSC in Agriculture</u>

यह कोर्स करने के बाद छात्रों को असीमित अवसर मिलते हैं, जहाँ पर उन्हें उनके अनुभव का भी लाभ मिलता है। इस कोर्स को करने के बाद कई ऐसे क्षेत्र हैं जहाँ पर आपको जॉब के अवसर उपलब्ध हैं, जिनमें से निम्नलिखित हैं।

1. Agriculture Engineering.

2. Agriculture

3. Agriculture Marketing.

4. Banking and Cooperation.

5. Dairy Technology.

6. Fisheries Science.

7. Food Science and Technology.

8. Forestry.

9. Home Science.

10. Horticulture.

11. Sericulture.

12. Veterinary Science.

1.5 B.Sc. FORENSIC SCIENCE

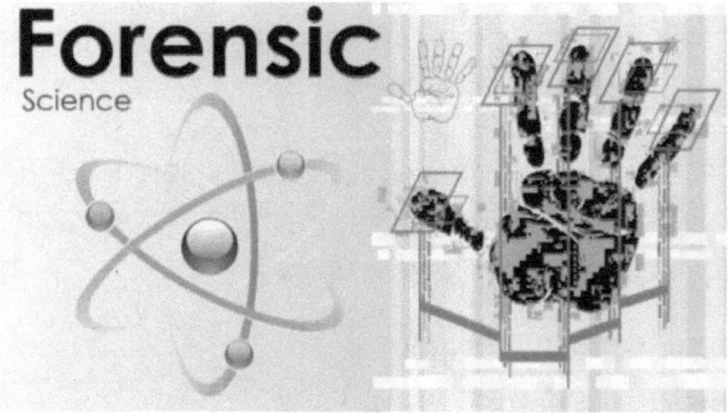

यदि आपको लगता है कि आप एक खोजी प्रकृति के व्यक्ति हैं और विज्ञान का उपयोग कर अपराध को हल कर सकते हैं, वैज्ञानिक विधि द्वारा अपराधी को पकड़ने में पुलिस या प्रशासन की मदद कर सकते हैं, तो आपके लिए B.Sc. फोरेसिंक साइंस एक बहुत ही उपयोगी कोर्स है। यह कोर्स वैज्ञानिक पहलू को ध्यान में रखते हुए किसी अपराध को Investigate करने का विज्ञान है। कभी-कभी कुछ अपराध ऐसे होते हैं, जहाँ पर अपराधी का पता लगाना लगभग नामुमकिन सा हो जाता है, पर इस विज्ञान की मदद से उस लगभग अज्ञात अपराधी का न केवल पता लगाया जा सकता है, बल्कि उसके खिलाफ पर्याप्त वैज्ञानिक सबूत इकट्ठा किए जा सकते हैं, ताकि उस अपराधी को न्यायालय में सबूतों के द्वारा अपराधी सिद्ध किया जा सके। इस कोर्स को करने से पहले आपको अपने अंदर झाँककर देख लेना है कि

1. क्या आपका साइंस विषय (जैसे जीवविज्ञान और रसायन विज्ञान) पर मजबूत पकड़ है?

2. क्या आप खोजी प्रवृत्ति के हैं?

3. क्या आप अपने कार्य को पूर्ण परिशुद्धता (high degree accuracy) से खत्म करने का प्रयास करते हैं? क्या आप अपने कर्म को करते समय अत्यधिक सावधानी बरतते हैं?

4. क्या आपमें अवलोकन की क्षमता है? (observation skills)

5. क्या आप धैर्यवान, सहनशील (Patience) हैं?

6. क्या आप में अत्यधिक दबाव में तनावमुक्त होकर लंबे समय तक एक टीम में रहकर कार्य करने की प्रवृत्ति है?

यदि हाँ, तो आपके लिए B.Sc. Forensic science एक बहुत ही उपयुक्त और challenging course, है जिसको करने के पश्चात आपको निम्नलिखित जॉब के अवसर उपलब्ध हो सकते हैं :-

1. a crime scene investigator.
2. forensic pathologist.
3. forensic anthropologists.
4. forensic psychologists.
5. forensic chemist.
6. Trace evidence analyst.
7. expert analyst toxicologists.
8. Teacher.

फॉरेंसिक वैज्ञानिक ज्यादातर केन्द्र और राज्य सरकार के Criminal Investigation department and law enforcement agency के साथ कार्यरत रहते हैं।

इसका सबसे बड़ा लाभ यह है कि आपको एक सरकारी नौकरी मिलेगी, जिसमें आगे बढ़ने के असीमित अवसर हैं। इसके अलावा आप प्राइवेट Detective agency के साथ मिलकर किसी Crime को solve कर सकते हैं। (Euro peand US)

इसके अतिरिक्त विकसित देशों में Forensic Science के विशेषज्ञों की बहुत ज्यादा माँग है, अतः यह कोर्स न केवल आपको संतुष्टि प्रदान करेगा, बल्कि रोजगार के ढेरों अवसर मुहैया करायेगा।

After graduation courses

M.Sc. Forensic Science & Criminology

Post - graduation courses

MD Forensic Science (after MBBS)

Ph.D. (Research in area of interest).

2

कॉमर्स स्ट्रीम

(Commerce Stream)

कॉमर्स स्ट्रीम आजकल छात्रों के बीच बहुत ही तेजी से लोकप्रिय हो रहा है। मैंने विभिन्न स्कूलों में देखा है कि वे छात्र जो टॉपर्स की श्रेणी में आते हैं, वे भी साइंस स्ट्रीम के Comparison में कॉमर्स लेकर पढ़ने लगे है, जिसका एक बड़ा कारण यह है कि यह स्ट्रीम उन युवाओं के लिए एक अवसर उपलब्ध कराता है जो आगे चलकर खुद अपनी कंपनी खोलना चाहते हैं, या कोई नया स्टार्ट-अप लांच करना चाहते हैं।

मूलतः 'वाणिज्य किसी भी व्यवसाय की एक शाखा है, जो कानूनी, सामाजिक, राजनीतिक, तकनीकी और सांस्कृतिक प्रणाली का आर्थिक हिस्सा शामिल करता है।'

वाणिज्य उन सभी गतिविधियों की गिनती करता है जो उन वस्तुओं और सेवाओं के आदान-प्रदान में शामिल होते हैं, जो पैसे के लिए माना जाता है। व्यक्ति और कंपनियों के बीच वाणिज्य ही एकमात्र आधार है जो कंपनी के बाजार और अर्थव्यवस्था का कारण हो सकता है।

साइंस स्ट्रीम के बाद कॉमर्स सबसे लोकप्रिय ब्रांच है। यदि आपने 12 कॉर्मस स्ट्रीम से पास किया है तो आपके पास चुनने के लिए बहुत सारे विकल्प हैं। बी0बी0ए0 (BBA) और बी0 कॉम0 (B.Com) छात्रों द्वारा चुने गए सबसे सामान्य पाठयक्रम हैं। BBA और बी0कॉम के अलावा, वहाँ भी अन्य पाठयक्रम उपलब्ध हैं जो आपको एक उज्ज्वल कैरियर के लिए ले जा सकते हैं। कॉमर्स स्ट्रीम में निम्नलिखित Degree Courses उपलब्ध हैं।

B.Com (Bachelor of Commerce)

B.A. (Business Economics)

Bachelor of Arts in Business Economics

B.B.A. (Accounting and Finance)

Bachelor of Business Administration in Accounting and Finance

B.B.A. (Banking and Finance)

Bachelor of Business Administration in Banking & Finance

B.B.A. (Banking)

Bachelor of Business Administration in Banking

BBA (Marketing and Finance)

Bachelor of Business Administration in Marketing & Finance

B.B.M (Computer Application)

Bachelor of Business Management in Computer Application

B.C.S. Bachelor of Corporate Secretaryship

B.Com (Accountancy)

Bachelor of Commerce in Accountancy

B.Com (Accounting & Taxation)

Bachelor of Commerce in Accounting and Taxation

B.Com (Accounting and Finance)

Bachelor of Commerce in Accounting and Finance

B.Com (Actuarial Science)

Bachelor of Commerce in Actuarial Science

B.Com (Advanced Accountancy)

Bachelor of commerce in Advanced Accountancy

B.Com (Advertising & Brand Management)

Bachelor of Commerce in Advertising & Board

Management

B.Com (Applied Economics)

Bachelor of commerce in Applied Economics

B.Com (Banking and Finance)

Bachelor of Commerce in Banking and Finance

B.Com (Banking & Insurance)

Bachelor of Commerce in Banking and Insurance

B.Com (Banking Management)

Bachelor commerce in Banking Management

B.Com (Business Administration)

Bachelore of commerce in Business administration

B.Com (Business economics and Business environment)

B.Com (Business Economics)

B.Com (Business Mathematics Bachelor of Commerce in Business Mathematics & Statistics)

B.Com (Commercial Law)

Bachelor of commerce in Commercial law

B.Com (communication English)

B.Com (Computer Applications and Informatic)

B.Com (corporate accountancy)

B.Com (corporate affairs and administration)

B.Com (corporate secretaryship)

B.Com (Customer Service Management)

B.Com (e-commerce)

Bachelor of commerce in e-commerce

B.Com (Electronic Education)

B.Com (Elements of cost and Management Accounting)

B.Com (Entrepreneurship Development and Business communication)

B.Com (Executive Communication)
B.Com (Financial Accounting)
B.Com (Financial Markets)
B.Com (Financial Planing)
B.Com (Foreign Trade Management)
B.Com (Fundamentals of Auditing)
B.Com (Garment Production & Export Management)
B.Com (honours)
B.Com (Hons.) Accountancy
B.Com (Hons.) Accounting & Finance
B.Com (Hons.) Banking and Insurance
B.Com (Hons.) Computer Application and e-Business
B.Com (Hons.) cost and Management Accounting
B.Com (Hons.) Direct and Indirect Taxation
B.Com (Hons.) Indian Financial System and Financial Market
B.Com (Hons.) (International Accounting)
B.Com (Hons.) (Marketing Management)
B.Com (Hons.) Taxation
B.Com (Human Resource Management)
B.Com (Industrial Management)
B.Com (Information Technology & Its Application the Business)
B.Com (Insurance Management)
B.Com (Jewelry Design and Technology)
B.Com (Management and Marketing Insurance)
B.Com (Management Tourism Business)
B.Com (Management Studies)
B.Com (Marketing and Advertising)

B.Com (Money and Financial System)
B.Com (Taxation)
B.Com (Tourism & Travel Management)
B. Economics
Bachelor in Economics
Bachelor in Financial Management (BFM)
Bachelor of International Business and Finance BIBF
Bachelor of System Administration (BSA)
Final Course for company Secretary (CS)
Final Course for ICWAI
Foundation Course for Company Secretary
Foundation course of ICWAI
Foundation course of institute of cost and work accountants of India

सर्वश्रेष्ठ पाठ्यक्रम - 12वीं वाणिज्य एवं ग्रेजुएशन के बाद (Best Professional courses after 12th commerce and graduation.)

1. Charted Accountant (CA)
2. Company Secretary (CS)
3. Cost and Management Accountant (CMA)
4. Master in Business Administration

बी.कॉम के पश्चात रोजगार के निम्नलिखित क्षेत्र हैं :-

बैंकों में Banks

व्यवसाय परामर्श Business consultancies

विदेशी व्यापार Foreign Trade

सार्वजनिक लेखा फर्म Public Accounting Firms

शिक्षण संस्थान Educational Institution

निवेश बैंकिंग Investment Banking

औद्योगिक घर Industrial Houses

बजट योजना Industrial Planning

बहुराष्ट्रीय कंपनियाँ Multinational Companies

वाणिज्य स्नातकों के कुछ जॉब प्रोफाइल हैं :

बजट विश्लेषक Budget Analyst

लेखा परीक्षक Auditor

चार्टर्ड प्रबंधन अकाउंटेंट Chartered Management Accountant

मुख्य वित्तीय अधिकारी Chief Financial Officer

व्यापार सलाहकार Business Consultant

स्टॉक ब्रोकर Stock Broker

वित्त प्रबंधक Finance Manager

उत्पादन प्रबंधक Production Manager

प्रबंधन अकाउंटेंट Management Accountant

3

Art Stream/ Humanities

आर्ट स्ट्रीम के बारे में छात्रों एवं अभिभावकों की सोच यही है कि इस स्ट्रीम को वही सेलेक्ट करता है जो पढ़ाई में सबसे कमजोर होता है। अर्थात् जिनको साइंस एवं कॉमर्स स्ट्रीम नहीं मिलता है उन्हें आर्ट स्ट्रीम में एडमिशन मिलता है। सच्चाई भी कुछ हद तक यही है, पर एक बात लोग भूल जाते हैं कि बिना History, Geography पढ़े वे किसी Competitive परीक्षा को Motify नहीं कर सकते; और तो और देश या प्रदेश की सबसे प्रतिष्ठित जॉब IAS/PCS में जाने के लिए इन्हीं विषयों का अध्ययन करना पड़ता है, चाहे उस छात्र का कोई भी Background हो। मतलब वह चाहे साइंस स्ट्रीम ले के पढ़ा हो या कॉमर्स लेकर। इसके साथ-साथ किसी भी परीक्षा को पास करने के लिए सामाजिक अध्ययन का पेपर History, Geography, Political Science के प्रश्नों से मिलकर बना होता है जो आर्ट स्ट्रीम का अनिवार्य हिस्सा है, अतः छात्रों को चाहिए कि जब उन्हें आर्ट स्ट्रीम मिले तो उसे वे सहर्ष स्वीकार करें और इस स्ट्रीम

में निहित विषयों का गहराई से अध्ययन करें। अपने अंदर किसी हीनभावना को न रखें और परीक्षा में अच्छे से अच्छा अंक लाने का प्रयास करें। यदि आपने 11 एवं 12 में जमकर मेहनत की है और 12 में 60-85% के बीच Passing Marks पाकर उत्तीर्ण हुए हैं तो आपको अपना Goal Set करना पड़ेगा कि आप किस क्षेत्र में आगे बढ़ना चाहते हैं। यदि आप IAS/PCS में जाना चाहते हैं तो आपको ग्रेजुएशन उन विषयों से करना चाहिए, जिसमें आप सर्वाधिक अंक प्राप्त करते हैं। यदि आपने ग्रेजुएशन में भी अच्छा अंक प्राप्त किया, तो आप निःसंदेह IAS/PCS बन जाएँगे, क्योंकि आपके अंदर वह नैसर्गिक क्षमता विकसित हो चुकी है जो आपको इस तरह की प्रतिष्ठित परीक्षाओं को उत्तीर्ण करा सके। याद रखिए, आपने ऐसे विषयों को चुना है जो जीवन में आगे बढ़ने का एक रास्ता हैं, जिस पर हर कोई गुजरता है, चाहे उसने कोई भी स्ट्रीम से पढ़ाई पूरी की हो।

आर्ट्स स्ट्रीम से 12वीं पास करने के बाद बी.ए. में दाखिला लेते समय विषय के कम्बीनेशन का ध्यान रखें। बी.ए. के सर्वाधिक लोकप्रिय विषय हैं

1. अंग्रेजी भाषा	English Language
2. हिन्दी भाषा	Hindi Language
3. संस्कृत	Sanskrit
4. मनोविज्ञान	Psychology
5. अर्थशास्त्र	Economics
6. भूगोल	Geography
7. इतिहास	History
8. पॉलीटिकल साइंस	Political Science
9. समाज सेवा	Social Work
10. समाजशास्त्र	Sociology
11. दर्शनशास्त्र	Philosophy

12. शिक्षा शास्त्र Education

13. भूगर्भ शास्त्र Geology

14. फाइन आर्ट Fine Art

15. गृह विज्ञान Home Science

16. स्वास्थ्य एवं शारीरिक शिक्षा Health and Physical Education

17. उर्दू Urdu

18. Journalism and Mass Communication

19. Music and Performing Arts

20. Anthropology

बी0ए0 में एडमिशिन के वक्त यह जरूर ध्यान में रखें कि जिन विषयों का आप चयन कर रहे हैं उनमें से दो विषय आपके विद्यालयी विषय जरूर हों; जैसे History, Geography Economics/Political Science B. History with geography/Economics/ Political Science C. History/Geography तीनों साल पढ़ा गया हो।

12वीं के बाद कला/मानविकी छात्रों के लिए बहुत सारे पाठयक्रम उपलब्ध हैं। किसी भी कला विषय में स्नातक की डिग्री उच्च शिक्षा में रुचि रखने वालों के लिए सबसे अच्छा विकल्प है। बैचलर पाठ्यक्रम विज्ञापन, ललित कला, पत्रकारिता, जन संचार, कला प्रदर्शन, पर्यटन और देशाटन (Travel and Tourism) होटल प्रबंधन और बहुत कुछ इस क्षेत्र में उपलब्ध है। इन पाठ्यक्रमों की भारी माँग होती है और वे छात्रों के लिए बेहद फायदेमंद होते हैं जो इसे पेशेवर के रूप में लेने को तैयार होते हैं।

उत्साही छात्र फैशन प्रौद्योगिकी (Fashion Technology) गहने डिजाइन (Jewellery Design) रेडियो जॉब के (Radio) में पाठ्यक्रम ले सकते हैं। स्पेनिश, जर्मन, रूसी, जापानी या चीनी जैसी उनकी रुचि की भाषाएँ, वाणिज्य और दूतावासों में एक दुभाषिए की नौकरी के लिए चुन सकते हैं।

कैरियर चार्ट

Career Chart 10+2 Arts/Humanities

1 - Diploma Programme
2 - Degree Programme
3 - Professional Programme
4 - Others

1- Diploma Programme

1.1 - Diploma in Education
1.2 - Diploma in foreign Language
1.3 - Diploma in Travel and tourism
1.4 - Diploma in Hotel Management

1.5 - Diploma in Air Hostess and Fight Steward

1.6 - Diploma in Event Management

1.7 - Diploma in Interior Designing

1.8 - Teachers training

2- Degree Programme

2.1 - B.A.

2.2 - B.B.A.

2.3 - B.B.M.

2.4 - Bachelor of Library Science (B.lib)

2.5 - Bachelor of Social work (BSW)

2.6 - Bachelor of Journalism

2.7 - Bachelor of Fine Art

2.8 - Bachelor of law (LLB)

3 - Professional Programme

3.1 - C.S. Programe

3.2 - chartered Accountant Programe

3.3 - ICWA Programe

4 - Others

4.1 - LIC / Insurance Agent

4.2 - Call Centre

4.3 - NDA (Army wing)

कुछ अपवाद छोड़ दिया जाए तो ज्यादातर छात्र आर्ट स्ट्रीम या तो 10 में कम नम्बर आने से लेते हैं या उनके Performance को देखकर

माँ-बाप या अध्यापक के सुझाव/दबाव के फलस्वरूप लेते हैं। पर छात्रों को यह पता होना चाहिए कि कोई भी स्ट्रीम किसी से कम नहीं होती है; बस उसका Application अलग-अलग होता है। यह तो हमारे मन का वहम है कि कोई किसी से कम है; सबका समाज में एक महत्त्वपूर्ण स्थान है।

आर्ट स्ट्रीम एक ऐसा कैरियर उपलब्ध कराता है कि जो न केवल ग्लैमरस है बल्कि वह आपको पद-प्रतिष्ठा के शिखर तक पहुँचाता है। मैं यहाँ पर कला/मानविकी के कुछ ऐसे जॉब की जानकारी दूँगा, जिसके बारे में आप सबने सुना होगा, पर कभी उस फिल्ड के बारे में आपने कैरियर बनाने का नहीं सोचा होगा।

वकील /जज

हम लोग रोज न्यूजपेपर में हाईकोर्ट/सुप्रीम कोर्ट के बारे में पढ़ते रहते हैं, और उसे न्यूज का एक हिस्सा मानकर पढ़ लेते हैं और भूल जाते हैं; पर ज्यादातर लोग जिनके परिवार में कोई वकील/जज नहीं हैं, वे अपने बच्चे को हमेशा यही समझाने की कोशिश करते हैं कि तुम पढ़-लिखकर एक बहुत बड़े डॉक्टर बनो या इंजीनियर। इन दो जॉब के अलावा लगता है कि समाज में कुछ भी नहीं है। पर जो वकील है, वह यह हमेशा कोशिश करता है कि उसका बेटा/बेटी बड़ा होकर मुझसे भी बड़ा वकील बनेगा और यदि ईश्वर की मर्जी हुई तो एक न एक दिन हाईकोर्ट/सुप्रीम कोर्ट का जज बने। क्योंकि उन्हें पता है कि इस क्षेत्र में सफलता की अपार संभावनाएँ हैं... इसके साथ-साथ पद प्रतिष्ठा भी जुड़ी रहती है। यह एक ऐसा क्षेत्र है जो आम जन-मानस में अभी भी जगह नहीं बना पाया है। इसके साथ-साथ युवाओं का रुझान इस क्षेत्र की तरफ उतना नहीं रहता है जितना अन्य क्षेत्रों में, जिसका फायदा कुछ ही लोग उठा रहे हैं। आप अपने सोचने का नजरिया बदलिए और यदि आपको लगता है कि

- एक जिज्ञासु प्रकृति के हैं
- विस्तार पर ध्यान देते हैं

- तार्किक तर्क करने की क्षमता है
- निर्णय लेने की क्षमता है
- लिखने की क्षमता है
- आपकी भाषा पर पकड़ है।
- आप एक अच्छे वक्ता हैं।
- आपके अंदर Attitude, Aptitude और Analytics क्षमता है।
- आपके अंदर पढ़ने की आदत है
- आप में धैर्य है
- भावात्मक समझ है
- समय को अच्छी तरह से मैनेज कर सकते हैं

तो आपके अंदर एक अच्छा वकील बनने के गुण विद्यमान हैं और आप इस क्षेत्र को एक कैरियर के रूप में चुन सकते हैं।

ADVOCATE

एक वकील के रूप में कैरियर का चुनाव करना अपने आपमें एक असाधारण बात है। हालाँकि वकील बनने के लिए आपको अत्यधिक समय एवं पैसों का निवेश करना पड़ेगा; इसके साथ-साथ धैर्य रखना पड़ेगा। एक बार जब आप अपने आपको पूर्ण वकील के रूप में स्थापित कर लेते हैं तो आपके लिए Sky is limit बन जाती है, अर्थात आपकी सीमाएँ अनंत हो

जाती हैं। इस पेशे से जुड़ी कुछ खूबियाँ इस प्रकार हैं -

1. वेतन भत्ते -

इस पेशा में इतना पैसा है कि आप अंदाजा नहीं लगा सकते। कुछ वकीलों की फीस करोड़ रुपये प्रति सुनवाई तक चली जाती है। कानूनी उद्योग में यदि किसी को सबसे अधिक भुगतान होता है तो वे वकील हैं। दुनिया के शीर्ष वकील लाखों डॉलर प्रतिवर्ष कमाते हैं। हालाँकि सभी वकील एक जैसा नहीं कमाते; उनकी कमाई इस बात पर निर्भर करती है कि उन्हें कौन अपने वकील के रूप में रख रहा है। यदि वे किन्हीं बड़ी फर्मों से जुड़े हुए हैं, या किसी Public Sector undertaking (PSU), जैसे IOC, ONGC इत्यादि से जुड़े मामलों को देख रहे हैं, या उनके स्थायी वकील हैं, तो निःसंदेह उन्हें अच्छा भुगतान प्राप्त होता है। एक वकील की कमाई, उसकी योग्यता, अनुभव का स्तर एवं भौगोलिक क्षेत्र पर निर्भर करती है। कमाई के मामले में वकील, लगभग सभी पेशों जैसे डॉक्टर, इंजीनियर, अभिनेता इत्यादि को टक्कर देते हैं और कभी-कभी वकील उनसे भी आगे निकल जाते हैं।

2. प्रतिष्ठा -

वकालत का पेशा सदैव से प्रतिष्ठा का प्रतीक रहा है। इस पेशे में इतना सम्मान एवं प्रतिष्ठा है कि यदि एक बार आपने उसे अपनी मेहनत के बल पर हासिल कर लिया, तो आप समाज एवं देश की निगाहों में एक सम्मानित व्यक्ति बन जायेंगे। आप लोग मोतीलाल नेहरू को जानते होंगे, जो पेशे से वकील थे। हमारे संविधान निर्माता डॉ0 भीमराव अम्बेडर, महात्मा गाँधी, जवाहरलाल नेहरू आदि अनगिनत नाम हैं; जो पेशे से वकील रहे हैं जिनका नाम आज भी पूरी दुनिया में बड़ी इज़्ज़त के साथ लिया जाता है।

आज भी वकील, मीडिया द्वारा बनाये गए एक ग्लैमरस छवि का

आनंद लेते हैं।

जैसे देश के जाने माने सरकारी वकील उज्ज्वल निकम, जो आज किसी परिचय के मोहताज नहीं हैं। आतंकी अजमल कसाब को फाँसी दिलवाने में उनकी अहम भूमिका रही है।

अतः मैं कह सकता हूँ कि यह पेशा न केवल आपको रोजगार प्रदान करेगा बल्कि आपकी प्रतिष्ठा में वृद्धि भी करेगा।

3. दूसरों की सहायता करने का अवसर -

इस पेशे से जुड़ी सबसे अच्छी बात है कि एक वकील के रूप में आप व्यक्ति, व्यक्ति समूहों और संगठनों को उनकी कानूनी समस्याओं में भरपूर सहायता कर सकते हैं। देखा गया है कि किसी कानून का लोगों, समाज पर क्या प्रभाव पड़ेगा, इसका सबसे अच्छा आकलन एक वकील ही कर सकता है और यदि आप दीन दुखी गरीब की सहायता करना चाहते हैं तो उसके लिए आप स्वतंत्र हैं और बड़ी संजीदगी से उनकी बातों को रख सकते हैं; उनके साथ होने वाले किसी भी प्रकार के भेदभाव, अत्याचार या प्रताड़ना के खिलाफ अपनी कानूनी, बौद्धिक सेवाएँ देकर उनकी मदद कर सकते हैं।

4. वैश्विक प्रभाव -

वकील, सामाजिक बदलाव को प्रभावित करने की हैसियत में होते हैं। वकील, समाज की धुरी बने हुए हैं; वे कानून लिखते हैं, अदालतों का शासन करते हैं और सरकार में प्रभावशाली पदों पर रहते हैं। वकील, नीति निर्माताओं और नेताओं पर असर डालते हैं और विश्वभर में होने वाले परिवर्तन को प्रभावित करते हैं। आप वकील के प्रभाव का इसी बात से अंदाजा लगा लीजिए कि वर्तमान सरकार में 15 ऐसे मंत्री हैं, जो कानून की डिग्री लिए हुए हैं।

5. समाज को दिशा देने की हैसियत -

एक वकील, समाज को दिशा देने की हैसियत रखता है। इस सन्दर्भ में मैं महात्मा गाँधी का नाम लेना चाहूँगा, जिन्होंने अपनी दूरदृष्टि एवं तीक्ष्ण बुद्धि की वजह से पूरे देश में एक ऐसा आंदोलन खड़ा कर दिया, जिसे सँभालना अंग्रेजों के लिए मुश्किल हो गया और अंततः वे देश छोड़ने को मजबूर हो गए।

दूसरा उदाहरण डॉ. भीमराव अम्बेडकर हैं, जिन्होंने अछूतों को खोयी हुई प्रतिष्ठा दिलानें में अद्वितीय योगदान दिया। उन्होंने हिन्दू धर्म की 80 प्रतिशत जनसंख्या को पढ़ने-लिखने का हक दिलाकर समाज में एक नयी क्रांति ला दी और आज बाबा साहब भीमराव अम्बेडर के प्रयासों की बदौलत अधिकांश जनसंख्या को अपने इंसान होने का बोध हो गया और वे उनके अंदर समानता, मानवता की भावना भरने में बहुत हद तक कामयाब रहे।

एक वकील किसी भी कानून को पैनी नजर से देखता है और वह उसका आकलन करता है कि उक्त कानून का समाज पर क्या प्रभाव पड़ेगा। यदि कानून का प्रभाव सकारात्मक रहा तो वह समाज में उस कानून की खासियतें बताता है और यदि कानून का असर नकारात्मक पड़ रहा हो तो वह समाज में उस कानून का क्या नकारात्मक प्रभाव पड़ेगा, उसके बारे में चेताता है और जरूरत पड़ने पर आंदोलन का अग्रदूत तक बनने से नहीं हिचकिचाता।

इस प्रकार वकालत का पेशा मान-सम्मान एवं पैसों से भरपूर है, बस जरूरत इस बात की है कि आप इस पेशे को किस रूप में लेते हैं एक चुनौती के रूप में या समझौते के रूप में।

अब आपके दिमाग में एक काले कोट पहने अदालत में खड़े वकील की तस्वीर उभर गयी होगी, मैं आप लोगों की जानकारी के लिए बता दूँ, कानून इतना विशाल है कि किसी एक व्यक्ति के लिए प्रत्येक क्षेत्र के कानून को जान लेना और उन क्षेत्रों में वकालत करना असंभव सा है। जिस प्रकार शरीर के प्रत्येक अंग के लिए अलग-अलग विशेषज्ञ डॉक्टर होते हैं, उसी

प्रकार प्रत्येक क्षेत्र के लिए अलग-अलग अपने विषय में पारंगत वकील होते हैं; उनमें से कुछ के विशिष्ट नाम इस प्रकार के हैं -

1- व्यापार वकील (जिसे कॉपोरेट वकील भी कहा जाता है)

2- रोजगार एवं श्रम वकील (Employment and Labour Lawyer)

3- वित्त एवं प्रतिभूति वकील (Finance and Securities Lawyer)

4- विलय व अधिग्रहण वकील (Mergers and Acquistions Lawyer)

5- बौद्धिक संपदा वकील (Intellectual Property Lawyer)

6- पारिवारिक वकील (Family Lawyer)

7- एस्टेट योजना वकील (Estate Planning Lawyer)

8- कर वकील (Tax Lawyer)

9- आपराधिक बचाव वकील (Criminal Defence Lawyer)

10- आवागमन वकील (Traffic Lawyer)

11- व्यक्तिगत चोट वकील

12- दिवालियापन वकील (Bankruptcy Lawyer)

13- सिविल मुकदमेबाज वकील (Civil Litigation Lawyer)

14- Digital Media and Internal Lawyer

15- Entertainment Lawer

16- Immigration Lawyer

17- Legal Malpractice or Professional Responsibility Lawyer

18- Real Estate Lawer

उपलब्ध पाठ्यक्रम एवं योग्यता

Courses available & eligibility

किसी भी स्ट्रीम में स्नातक होने या 12वीं कक्षा की परीक्षा उत्तीर्ण करने के बाद एक 5 साल के पाठ्यक्रम के बाद एक 3 साल का लॉ कोर्स BA-LLB (Hons.)

कई विश्वविद्यालय एकीकृत पाठ्यक्रम प्रदान करते हैं, जैसे B.B.A. - LLB, B.Com - LLB और B. Tech - LLB. जो छात्र पाँच साल का कोर्स करना चाहते हैं, उन्हें (CLAT (common law admission test) जैसी प्रतियोगी परीक्षाओं को पास करना पड़ेगा।

देश के कुछ प्रतिष्ठित लॉ कॉलेज

1. नेशनल लॉ स्कूल (एन0एल0एस0) बैंगलोर

National Law School, Banglore

2. नेशनल एकेडमी ऑफ लीगल स्टडीज एंड रिसर्च, हैदराबाद

National Academy of Legal studies and Research (NAALSAR), Hyderabad

3. National Law University, Jodhpur.

4. Government Law College (GCL). बॉम्बे

5. पश्चिम बंगाल नेशनल युनिवर्सिटी ऑफ ज्यूरिडिकल साइंसेस, कोलकाता

West Bengal National University of Juridical Sciences, Kolkata

Job Profile for Law Graduate

1. मध्यस्थ, सलाहकार (Arbitrators, Mediators and Conciliators):- अदालती प्रणाली के बाहर के संघर्षों को सुलझाने में मदद करने के लिए पार्टियों के विवादों के बीच वार्ता और बात-चीत की

सुविधा प्रदान करते हैं।

2. न्यायाधीश : न्यायाधीश अदालतों में कानूनी प्रक्रिया की देख-रेख करके कानून लागू करते हैं। वे Pretrial सुनवाई का संचालन, प्रशासनिक विवादों का समाधान, विरोधी दलों के बीच बातचीत की सुविधा और कानूनी फैसले जारी करते हैं।

3. **वकील** : वकील, कानूनी मुद्दों और विवादों पर व्यक्तियों व्यवसायों और सरकारी एजेंसियों को सलाह और प्रतिनिधित्व करते हैं।

नौकरी के अवसर

निम्नलिखित क्षेत्रों में इन छात्रों को नौकरी के अवसर उपलब्ध हैं :-

1. कानून फर्म (Law Firms) :- अमर चंद मंगलदास, ए जे बी
2. कॉर्पोरेट इन हाउस कानूनी विभाग : HUL, ICICI इत्यादि
3. निजी क्षेत्र की मुकदमेबाजी
4. पब्लिक सेक्टर अंडरटेकिंग्स (PSUs) : SEBI, ONGC, IOCC, SAIL इत्यादि।
5. कानूनी प्रक्रिया आउटसोर्सिंग : Pangea 3, OSC
6. आई. पी. फर्म्स :- अनान्द एण्ड आनन्द,
7. अनुसंधान :- Lexis Nexis manupatra
8. मध्यस्थता परामर्श
9. चैंबर अभ्यास
10. कानूनी शिक्षक

लाइब्रेरियरन/पुस्तकालयाध्यक्ष

प्राचीन काल से ही इंसान का ज्ञान पुस्तकों के रूप में संकलित होता रहा है और पुस्तकें ज्ञान का माध्यम हैं। तभी से पुस्तकों को संरक्षित करने का प्रचलन शुरू हो गया। आज के समय में पुस्तकों के आयोजन, रखरखाव एवं भंडारण का खयाल रखते हुए एक अलग ही विज्ञान का नाम दे दिया... लाइब्रेरी साइंस, जो युवाओं के लिए एक नया कैरियर उपलब्ध कराता है।

जैसे-जैसे अनुसंधान संस्थानों की संख्या में वृद्धि हो रही हैं, स्कूल, कॉलेजों की संख्या में उत्तरोत्तर बढ़ोत्तरी हो रही है, वैसे-वैसे पुस्तकालयों के प्रशासन एवं चलाने में सक्षम पेशेवरों के लिए एक आकर्षक और रोमांचक कैरियर के अवसर हैं।

लाइब्रेरी साइंस एक पेशा है। पुस्तकालयाध्यक्ष (लाइब्रेरियन) पुस्तकालय का संरक्षक होता है और वह लोगों को किसी भी प्रकार की जानकारी उपलब्ध कराने में मदद करता है :

योग्यता : बी0ए0/बी0एस0सी0 या किसी भी स्ट्रीम से ग्रेजुएशन (स्नातक)। देश में बहुत से लाइब्रेरी साइंस के कॉलेज हैं जो लाइब्रेरी साइंस में स्नातक की उपाधि देते हैं।

Makhanlal Chaturvedi National University Institute of Journalism (Bhopal) त्रिवर्षीय पाठ्यक्रम है जो बैचलर ऑफ लाइब्रेरी एण्ड इनफार्मेशन टेक्नोलॉजी (Hons) में उपलब्ध कराता है। यह 10+2 पास छात्रों के लिए है। B.Lib, दूरस्थ शिक्षा के माध्यम से भी किया जा सकता है।

लाइब्रेरियरन के लिये रोजगार के क्षेत्र

1. सार्वजनिक/सरकारी पुस्तकालय
2. विश्वविद्यालय एवं अन्य शैक्षणिक संस्थान
3. मीडिया घरों, समाचार एजेंसियों और समाचार समूह
4. निजी संगठन एवं विशेष पुस्तकालय
5. विदेशी दूतावास
6. फोटो / फिल्म पुस्तकालय
7. सूचना केन्द्र/दस्तावेज केन्द्र
8. संग्रहालय एवं दीर्घाएँ, जहाँ पर पुस्तकालय की सुविधा उपलब्ध है।

रोजगार के प्रकार (Job Type)

1. सलाहकार (Consultant)
2. सूतीकर्ता (CataLoguer)
3. डिप्टी लाइब्रेरियन (Deputy Librarian)
4. डायरेक्टर/हेड ऑफ इनफॉर्मेशन सेन्टर

   Director/Head of Information Centre
5. जूनियर लाइब्रेरियन/अर्ध पेशेवर सहायक

   Junior Librarian/Science Professional सहायक
6. Junior Librarian /Professional Assistant/
7. जूनियर सूचना विश्लेषक (Junior Information Analyst)
8. लेक्चरर
9. लाइब्रेरियन
10. लाइब्रेरी सहायक (Library Assistant)
11. पुस्तकालय परिचर (Library Attendant)

मनोचिकित्सक

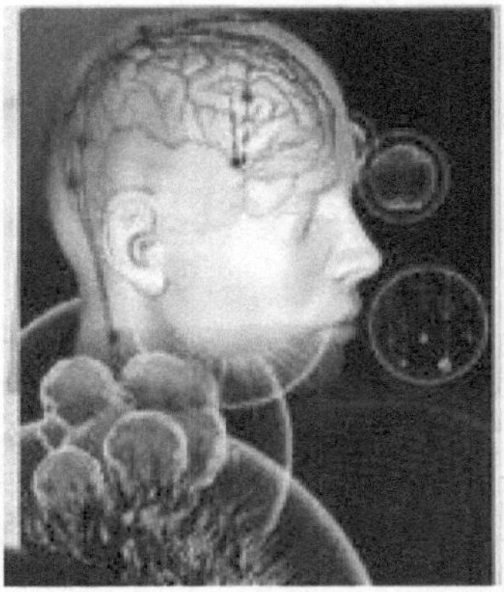

यदि आप डॉक्टर बनना चाहते हैं, पर किसी कारणवश आपको साइंस स्ट्रीम नहीं मिली; फिर भी आपके डॉक्टर बनने का रास्ता बंद नहीं हुआ। बस आपको 11 और 12 में मनोविज्ञान को एक विषय के रूप में आर्ट स्ट्रीम के साथ पास होना होगा।

यदि आप 10+2 में मनोविज्ञान लेकर पास हुए हैं, तो आपको स्नातक की डिग्री यानि पोस्टग्रेजुएशन, मनोविज्ञान में करना होगा।

विशेषता के लिए आपको MA या M.Sc. करना पड़ेगा, तत्पश्चात Ph.D., M.Phil. फिर आप एक मनोचिकित्सक के रूप में कार्य कर सकते हैं।

इस क्षेत्र में सफल होने के लिए आपके अंदर निम्नलिखित कौशल होने चाहिए, तभी आप सफलता प्राप्त कर सकते हैं।

1. निदान के लिए एक बहुत ही विश्लेषणात्मक दिमाग

2. मानसिक/व्यावहारिक समस्याओं से पीड़ित प्रभावी परामर्शदाता एवं आपके अंदर उत्कृष्ट संचार कौशल होना चाहिए।

3. धैर्यवान होना चाहिए

4. आपके अंदर एक जज्बा होना चाहिए कि आप लोगों को मानसिक/व्यावहारिक चुनौतियों से उबारने में मदद कर सकते हैं।

मनोचिकित्सक : कैरियर के अवसर

1. मनोचिकित्सक के रूप में आप प्राइवेट या सरकारी अस्पताल में कार्य कर सकते हैं

2. किसी भी NGO में सहायक मनोचिकित्सक के रूप में कैरियर की शुरूआत कर सकते हैं।

मनोविज्ञान के कार्य क्षेत्र (Psychology Job Prospects)

जो उम्मीदवार, मनोविज्ञान में अपना प्रशिक्षण सफलतापूर्वक हासिल कर चुके हैं, वे मनोविज्ञान की निम्नलिखित शाखाओं में अपनी पहचान बना सकते हैं

1. नैदानिक मनोविज्ञान Clinical Psychology

2. परामर्श मनोविज्ञान Counseling Psychology

3. स्वास्थ्य मनोविज्ञान Health Psychology

4. शिक्षण एवं अनुसंधान Teaching and Research

5. औद्योगिक/संगठनात्मक मनोविज्ञान Industrial Organization psychology

6. खेल मनोविज्ञान Sports Psychology

7. एजेंसी/सामुदायिक परामर्शAgency/Community Counselling

8. शैक्षणिक मनोविज्ञान Educational Psychology

9. स्कूल परामर्श School Counselling

10. स्कूल मनोविज्ञान School Psychology

11. सामाजिक कार्य Social Work

समाजशास्त्र में कैरियर

समाजशास्त्र, कैरियर के ढेरों मौके उपलब्ध कराता है; बस जरूरत है कि आप इन मौकों को किस रूप में देखते हैं। समाजशास्त्र का क्षेत्र बहुत ही व्यापक है। इसके अलग-अलग क्षेत्रों का अध्ययन कर, आप विषय विशेषज्ञ बन सकते हैं, जो आपके लिए स्वर्णिम कैरियर उपलब्ध कराता है।

समाजशास्त्र से बी०ए० करने के उपरान्त आप अपने इच्छित क्षेत्र से स्नातकोत्तर कर लें। कहीं-कहीं पर पीएचडी वालों को भी माँग होती है। आप अपनी आवश्यकतानुसार निम्नलिखित कोर्स कर सकते हैं

- बी०ए० (समाजशास्त्र)
- एम०ए० (समाजशास्त्र)
- एम०फिल० (समाजशास्त्र)
- पी०एचडी० (समाजशास्त्र)

समाजशास्त्र : रोजगार के क्षेत्र

1. अनुसंधान संस्थान
2. आपराधिक न्याय प्रणाली
3. सार्वजनिक स्वास्थ्य एवं कल्याण संगठन
4. निजी व्यवसाय
5. कानूनी फर्म
6. चिकित्सा केन्द्र
7. शैक्षणिक संस्थान
8. विज्ञापन फर्म
9. मजदूर संगठन
10. पत्रकारिता

रोजगार के प्रकार

1. जनगणना कार्यकर्ता
2. सिविल सेवक
3. सूचना वैज्ञानिक
4. पत्रकार
5. प्रवक्ता
6. शोधकर्ता
7. सलाहकार

इस तरह आपने देखा कि कैरियर के ढेरों आप्शन्स आपके सामने मौजूद हैं, जिनमें मैंने कुछ ही के बारे में कुछ जानकारी देने की कोशिश की है। इसके अलावा बहुत से क्षेत्र हैं, जहाँ पर पहुँचकर आप पद प्रतिष्ठा दोनों कमा सकते हैं; जैसे इतिहास वेत्ता बनकर, भूगर्भशास्त्री, भूगोलवेत्ता, अध्यापक, वैज्ञानिक आदि बनकर।

इस तरह आर्ट स्ट्रीम, किसी भी प्रकार से साइंस स्ट्रीम से कम नहीं है; बशर्ते आप पढ़ते समय अपना सारा दिमाग केवल अपनी पढ़ाई पर लगायें, यह कभी न सोचें कि आपने जो सब्जेक्ट सेलेक्ट किया है, वह औरों की राय में अच्छा या बुरा है। हर विषय की अपनी महत्ता है और प्रत्येक विषय का स्कोप है; उसमें कैरियर की क्या संभावनाएँ हैं, यह तलाश करना आपकी जिम्मेदारी है।

बहुत से छात्र ऐसे हैं जो सिर्फ दिखावे में या दबाव में साइंस स्ट्रीम ले लेते हैं, पर आगे चलकर उनको लगता है कि स्ट्रीम में उनका कैरियर नहीं बन सकता, तो वह ग्रेजुएशन में मानविकी के विषय लेकर आगे बढ़ने का प्रयास करते हैं।

याद रखिए, जीवन में सफलता के लिए यह जरूरी नहीं कि आप क्या पढ़ रहे हैं; बल्कि यह जरूरी है कि जो आप पढ़ रहे हैं, उसमें आप कितनी

महारत हासिल करते हैं और इसी के आधार पर आपका भविष्य टिका हुआ हैं।

भीड़ हमेशा उस रास्ते पर चलती है, जो रास्ता आसान लगता है; लेकिन इसका मतलब यह नहीं कि भीड़ हमेशा सही रास्ते पर चलती है। अपने रास्ते खुद चुनिए, क्योंकि आपको आपसे बेहतर और कोई नहीं जानता। और अंत में मैं एक मशहूर शेर आप तक पहुँचाना चाहूँगा।

खुदी को कर बुलंद इतना कि हर तकदीर से पहले

खुदा बंदे से खुद पूछे बता तेरी रजा क्या है

www.ingramcontent.com/pod-product-compliance
Lightning Source LLC
LaVergne TN
LVHW100816051026
849519LV00006B/2099